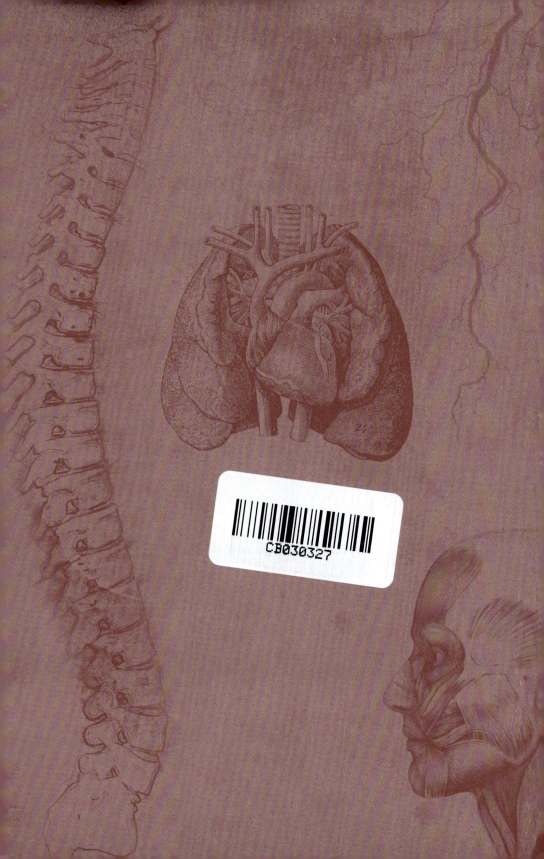

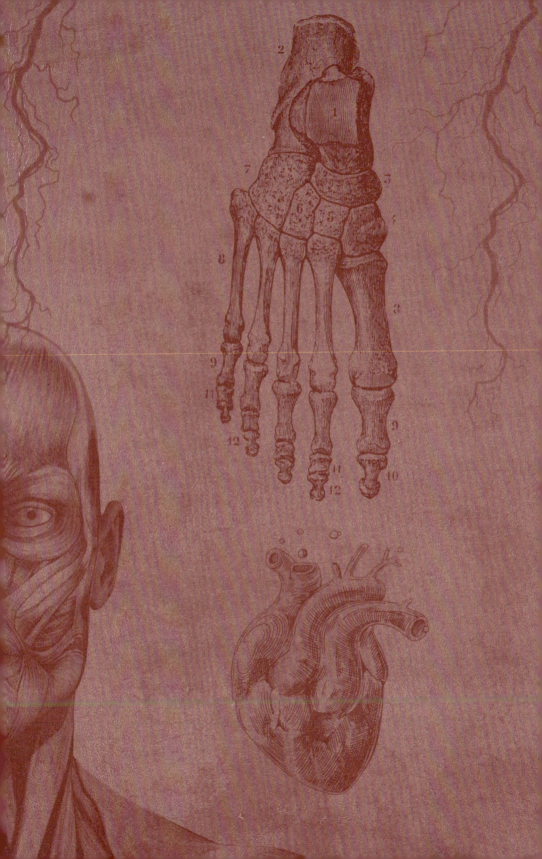

FRANKENS TEIN

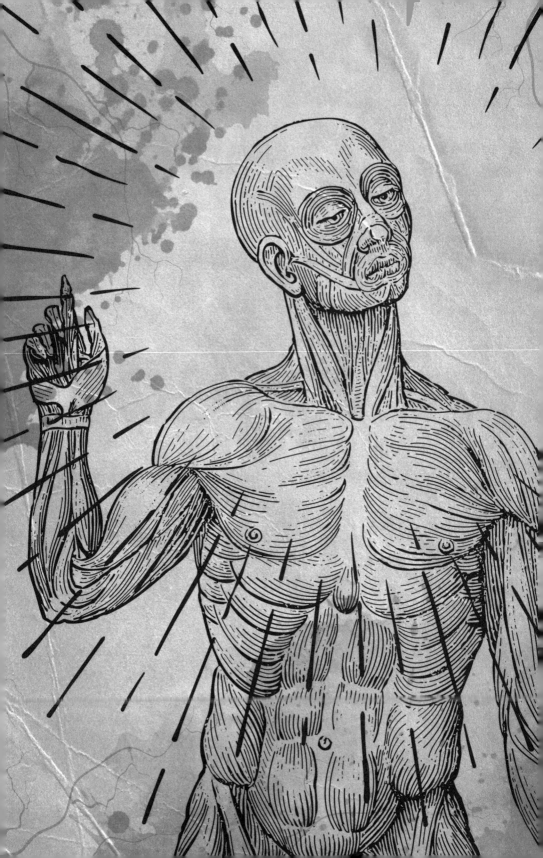

Frankenstein or, The Modern Prometheus
Publicado originalmente em 1818, com edição definitiva datada de 1831.

1ª REIMPRESSÃO

© 2019 by Book One
Todos os direitos reservados e protegidos pela Lei 9.610 de 19/02/1998.
Nenhuma parte deste livro, sem autorização prévia por escrito da editora, poderá
ser reproduzida ou transmitida sejam quais forem os meios empregados:
eletrônicos, mecânicos, fotográficos, gravação ou quaisquer outros.

Este livro é uma obra de ficção. Nomes, personagens, lugares e incidentes
são fruto da imaginação da autora ou usados de modo ficcional, e qualquer
semelhança com pessoas reais, estejam elas vivas ou mortas, assim como
estabelecimentos comerciais, eventos ou locais é pura coincidência.

Tradução: **Rafaela Caetano**
Preparação: **Sylvia Skallák**
Revisão: **Diogo Rufatto e Aline Graça**
Capa: **Felipe Guerrero**
Projeto gráfico e diagramação: **Renato Klisman**
Arte: **Francine C. Silva**

Dados Internacionais de Catalogação na Publicação (CIP)
Angélica Ilacqua CRB-8/7057

S549f	Shelley, Mary Wollstonecraft, 1797-1851
	Frankenstein: ou o Prometeu moderno / Mary Shelley; tradução de Rafaela Caetano. – São Paulo: Excelsior, 2019.
	320 p., il.
	ISBN: 978-65-80448-33-3
	Título original: *Frankenstein: or the Modern Prometheus*
	1. Ficção inglesa 2. Terror I. Título II. Caetano, Rafaela
19-2065	CDD 823

FRANKENSTEIN,

OU O PROMETEU MODERNO

Mary Shelley

TEXTO NA ÍNTEGRA DA EDIÇÃO DE 1831, COM INTRODUÇÃO DA AUTORA

São Paulo
2020

EXCELSIOR
BOOK ONE

INTRODUÇÃO

OS EDITORES DAS STANDARD NOVELS[1] decidiram publicar *Frankenstein* em uma de suas coleções, expressaram o desejo de que eu falasse sobre as origens da história. Estou mais do que disposta a dizer, pois isso me permite dar uma resposta geral à pergunta tantas vezes dirigida a mim: "Como eu, na época uma jovem, posso ter pensado e desenvolvido uma ideia tão hedionda?". É verdade que sou muito avessa à ideia de falar sobre mim no papel; mas, como minhas considerações aparecerão apenas como apêndice de uma obra anterior, limitadas às questões de minha condição como autora, mal posso me acusar de intromissão pessoal.

Não é surpreendente que, como filha de duas pessoas de distinta fama literária, eu tenha pensado desde cedo em escrever.

---

1 - Criada pelos editores Henry Colburn e Richard Bentley, a Standard Novels foi uma série de publicações composta por 126 obras de autores contemporâneos do século XIX, bastante popular entre o público de classe média na Inglaterra. (N. T.)

Quando pequena, eu rabiscava; meu passatempo preferido naquela época, durante as horas de recreação, era "escrever histórias". Porém, eu tinha um prazer ainda maior do que esse, que era fazer castelos no ar – o prazer de sonhar acordada –, seguindo trilhas de pensamento cujo objetivo era formar uma sucessão de incidentes imaginários. Meus sonhos eram ao mesmo tempo mais fantásticos e agradáveis do que meus escritos. Nestes últimos, eu era estritamente uma imitadora – mais repetia o que os outros já haviam feito do que colocava no papel as sugestões de minha própria mente. O que escrevia era destinado para, ao menos, um outro olhar – de meu companheiro e amigo de infância; mas meus sonhos eram só meus; não os contei para ninguém; eles eram meu refúgio quando estava aborrecida – meu maior prazer quando estava livre.

Quando menina, vivi a maior parte do tempo no campo e passei um período considerável na Escócia. Eu fazia visitas pontuais aos locais mais pitorescos, mas minha residência costumeira ficava nas costas vazias e sombrias ao norte de Tay, perto de Dundee. Chamo-as de vazias e sombrias em retrospecção; na época, não pareciam assim aos meus olhos. Elas eram o ninho da liberdade e a região agradável onde, despercebida, podia comungar com as criaturas das minhas fantasias. Eu escrevia naqueles tempos – mas em um estilo ordinário. Eu escrevia sob as árvores no terreno de nossa casa, ou nas encostas ermas das montanhas vizinhas, e foi lá que minhas verdadeiras composições – os voos arejados de minha imaginação – nasceram e foram nutridas. Não me tornei a heroína dos meus contos. A vida parecia banal do meu ponto de vista. Eu não conseguia imaginar quais problemas românticos ou eventos maravilhosos estariam em meu destino. No entanto, eu não estava confinada à minha própria identidade e podia passar horas com criações muito mais interessantes para mim naquela idade do que minhas próprias sensações.

Depois disso, minha vida se tornou muito mais movimentada, e a realidade ocupou o lugar da ficção. Meu marido, no entanto, mostrou-se ansioso desde o começo para que eu me provasse digna de minha linhagem e me inscrevesse nas páginas da fama. Ele sempre me incitava a perseguir uma reputação literária, com a qual eu ainda me importava, embora, desde então, eu tenha me tornado infinitamente alheia a ela. Na época, ele desejava que eu escrevesse, não tanto com a ideia de que eu produzisse algo digno de atenção, mas pela possibilidade de ele mesmo julgar até que ponto eu apresentava a promessa de resultados melhores no futuro. Ainda assim, não fiz nada. As viagens e os cuidados com minha família me ocupavam o tempo; e estudar, tanto em termos de leitura como no aprimoramento de ideias ante a comunicação com sua mente muito mais cultivada, era toda a atividade literária à qual dedicava minha atenção.

No verão de 1816, visitamos a Suíça e nos tornamos vizinhos de Lord Byron. A princípio, passávamos horas agradáveis no lago ou perambulando pela costa; e Lord Byron, que estava escrevendo o terceiro canto de *A peregrinação de Childe Harold*, foi o único entre nós que colocou seus pensamentos no papel. Estes, sucessivamente exibidos a nós e vestidos com toda luz e harmonia da poesia, pareciam exprimir a divindade das glórias do céu e da terra, cujas influências partilhamos com ele.

Mas aquele se provou um verão úmido e pouco generoso; as chuvas incessantes com frequência nos confinavam em casa por dias. Alguns tomos sobre histórias de fantasmas, traduzidas do alemão para o francês, caíram em nossas mãos. Havia a "História do amante inconstante", que, ao pensar que abraçava a noiva a quem prometera seus votos, se viu nos braços do pálido fantasma da moça que tinha abandonado. Havia a história do pecador fundador de sua raça, miseravelmente condenado a aplicar o beijo da morte em todos os filhos mais novos de sua maldita casa quando estes atingiam a idade predeterminada. Sua figura gigantesca e obscura, vestida como o fantasma em Hamlet, com armadura completa e viseira levantada, era vista à meia-noite, sob a luz da lua, em seu avançar lento pela alameda escura. O contorno se perdia sob a sombra das muralhas do castelo, mas, assim que o portão se abria, ouvia-se um passo, a porta da câmara se abria e ele se aproximava do sofá onde estavam os jovens florescentes, embalados em um sono saudável. Uma tristeza eterna lhe pairava no rosto enquanto ele se inclinava e beijava a testa dos meninos, que do momento em diante secavam como flores arrancadas do caule. Nunca me deparei com tais histórias desde então, mas seus incidentes ainda estão frescos em minha cabeça como se as tivesse lido ontem.

"Cada um de nós vai escrever uma história sobre fantasmas", sugeriu Lord Byron, e sua proposta foi aceita. Havia quatro de nós. O nobre autor começou a produzir um conto, do qual um fragmento foi impresso ao final de seu poema "Mazeppa". Shelley era mais apto a incorporar ideias e sentimentos no esplendor de imagens brilhantes e na música do verso mais melodioso que adorna nossa linguagem, em contraposição à invenção do mecanismo de uma trama. Ele deu início à sua história baseado em experiências do passado. O pobre Polidori teve uma ideia horrível sobre uma senhora com cabeça de caveira, uma punição por espiar através de um buraco de fechadura – para ver o quê, não lembro –, o que era algo chocante e errado, é claro; mas, quando ela foi reduzida a uma condição pior do que a do famoso Tom de Coventry,[2] ele não soube o que fazer com ela e teve a obrigação de despachá-la para a tumba dos Capuletos, o único lugar que lhe era cabível. Os ilustres poetas, aborrecidos com a trivialidade da prosa, rapidamente renunciaram à desagradável tarefa.

Eu me ocupei em *pensar numa história* – uma história capaz de rivalizar com aquelas que inspiraram a tarefa em questão. Uma que dialogasse com os pavores misteriosos de nossa natureza e despertasse horror arrebatador, que fizesse o leitor ficar com medo de olhar ao redor, coalhando seu sangue e acelerando-lhe as batidas do coração. Se não cumprisse com esse objetivo, minha história sobre fantasmas seria indigna de ser chamada assim. Pensei e ponderei. Em vão. Senti aquela incapacidade vazia de invenção que é a maior tristeza de um autor, quando um Nada monótono responde às nossas invocações aflitas. "Já pensou em uma história?", me perguntavam toda manhã, e toda manhã era forçada a responder com uma negativa agoniada.

Tudo precisa de um começo, como diria Sancho Pança; e esse começo precisa ter conexão com uma referência preexistente. Os hindus dão ao mundo um elefante para sustentá-lo, mas fazem o paquiderme se apoiar em uma tartaruga. A criação, deve-se admitir humildemente, não consiste em gerar a partir do vazio, mas do caos; os materiais devem, em primeiro lugar, ser fornecidos: eles podem oferecer contorno a substâncias escuras e disformes, mas não trazer à existência a própria substância. Em todas as questões de descoberta e criação, mesmo as que pertencem à imaginação,

---

2 - Personagem da lenda de Lady Godiva, uma aristocrata inglesa do século XI desafiada a cavalgar nua pelas ruas de Coventry enquanto todos os seus habitantes eram proibidos de olhá-la. Diz-se que Tom de Conventry, curioso, ousou espiá-la e ficou cego. (N. T.)

FRANKENSTEIN

somos continuamente lembrados da história de Colombo e seu ovo.[3] A criação consiste no poder de aproveitar as capacidades de determinado assunto e moldar as ideias que ele sugere.

Muitas e longas eram as conversas entre Lord Byron e Shelley, das quais eu era ouvinte devota, embora quase silenciosa. Durante uma delas, houve discussão sobre várias doutrinas filosóficas, dentre as quais a natureza do princípio da vida e a possibilidade de ela ser descoberta e transmitida. Eles falaram sobre os experimentos do Dr. Darwin (não me refiro ao que o doutor realmente fez, ou disse que fez, mas, em concordância com meu propósito, ao que se dizia que ele tinha feito), que conservou um pedaço de aletria em um recipiente de vidro até que, por meios extraordinários, este começou a se mexer com movimentos voluntários. Mas não era assim, afinal, que se dava a vida. Talvez um cadáver pudesse ser reanimado; o galvanismo dera sinal de tais hipóteses: talvez as partes componentes de uma criatura pudessem ser fabricadas, reunidas e imbuídas de calor vital.

A noite mingou com a conversa, e até mesmo a hora das bruxas[4] havia passado quando nos retiramos para descansar.

---

3 - Metáfora atribuída ao explorador italiano Cristóvão Colombo. Diz-se que, em um banquete, quando questionado sobre a capacidade de outro navegador ter descoberto a América em seu lugar, Colombo propôs como desafio que os presentes tentassem colocar um ovo em pé. Quando todos fracassaram, o explorador quebrou uma das extremidades de seu ovo para achatar a casca e o apoiou na mesa. Colombo, então, foi acusado de fazer algo que qualquer um poderia ter feito, ao que concordou e acrescentou: "Sim, mas ninguém o fez. É a mesma coisa com a descoberta da América; todos poderiam tê-la encontrado antes, mas eu tive a ideia primeiro". Logo, a metáfora diz respeito às coisas que só percebemos hoje como possíveis ou simples porque antes alguém teve o trabalho de torná-las assim. (N. T.)

4 - Período da noite, geralmente entre três e quatro da manhã, em que dita o folclore que as criaturas sobrenaturais se manifestam com maior intensidade. (N. T.)

Quando coloquei minha cabeça no travesseiro, não dormi, e nem se podia dizer que fiquei pensando. Minha imaginação, espontânea, me possuiu e guiou, dando às sucessivas imagens que se formavam em minha cabeça uma vivacidade muito além dos limites usuais do devaneio. Vi – com os olhos fechados, mas a visão mental aguçada – o rosto pálido de um estudante de artes profanas ajoelhar-se ao lado da coisa que havia montado. Eu me deparei com a imagem hedionda de um homem estendido que, graças a algum motor potente, dava sinais de vida, movendo-se de um jeito inquietante e meio vivo. Aquilo deve ter sido medonho, pois seria extremamente assustador o efeito de qualquer tentativa humana de brincar com o mecanismo estupendo do Criador do mundo. O êxito aterrorizaria o próprio artista, que fugiria de sua obra horrenda, arrebatado pelo pavor. Ele esperaria que, deixada por conta própria, a pequena centelha de vida que ele transmitira se extinguisse; que aquela coisa, tendo recebido tão imperfeita animação, se tornasse matéria morta; e ele poderia dormir na crença de que o silêncio da sepultura calaria para sempre a existência transitória do terrível cadáver considerado por ele o berço da vida. O criador dorme, mas é despertado; ele abre os olhos; eis que a coisa horrível está ao seu lado na cama, abrindo as cortinas e o fitando com olhos amarelos e lacrimejantes, mas especulativos.

Aterrorizada, abri meus olhos. Aquela ideia se apossou de tal forma de minha mente que um arrepio de pavor me perpassou, e desejei trocar a imagem horrível da minha fantasia pela realidade ao redor. Eu ainda os vejo; a mesma sala, o assoalho escuro, as persianas fechadas com o luar infiltrado e a sensação de que o lago vítreo e os elevados Alpes brancos estavam à distância. Não consegui me livrar tão facilmente de meu espectro abominável; ele ainda me assombrava. Precisava pensar em outra coisa. Recorri à minha história sobre fantasmas – minha cansativa e infeliz história sobre fantasmas! Ah, se ao menos eu conseguisse inventar uma trama que assustasse meu leitor do jeito que me assustei naquela noite!

A ideia que me invadiu foi alegre e rápida como a luz. "Encontrei! O que me aterrorizou aterrorizará os outros; só preciso descrever o espectro que me assombrou durante a noite." No dia seguinte, anunciei que havia pensado em uma história. Comecei o dia com as palavras: "Era uma noite sombria de novembro", fazendo apenas a transcrição dos horrores sinistros do meu devaneio.

A princípio, pensei apenas em algumas páginas – um pequeno conto; Shelley, porém, me pediu que desenvolvesse a ideia em maior extensão. Certamente, eu não devia apenas a sugestão de um episódio ou rastro de sentimento ao meu marido, mas, não fosse por seu incentivo, esta história nunca teria assumido a forma com que foi apresentada para o mundo. Desta declaração, devo excluir o prefácio. Até onde me lembro, ele foi inteiramente escrito por Shelley.

E agora, mais uma vez, desejo que minha criação hedionda siga em frente e prospere. Tenho uma afeição por ela, pois é fruto de dias felizes, quando a morte e a tristeza eram apenas palavras que não encontravam eco real em meu coração. Suas várias páginas relatam muitas caminhadas, viagens e conversas, quando eu não estava sozinha e meu companheiro era alguém que, neste mundo, nunca mais verei. Mas isto é algo pessoal; meus leitores não têm nada a ver com tais associações.

Acrescentarei apenas uma palavra sobre as alterações que fiz: elas se referem principalmente ao estilo. Não mudei nenhuma parte da história nem apresentei novas ideias ou circunstâncias. Corrigi a linguagem onde ela estava enfastiante a ponto de interferir no interesse da narrativa, e essas mudanças ocorreram quase exclusivamente no início do primeiro volume. Encontram-se inteiramente restritas às partes que são meras adições à história, mantendo o núcleo e a substância da obra intocados.

M. W. S.
Londres, 15 de outubro de 1831

PREFÁCIO

DE ACORDO COM O DR. DARWIN e determinados escritores fisiologistas da Alemanha, o evento no qual esta ficção se baseia não é de ocorrência impossível. Não se deve supor que eu tenha o mais remoto grau de crença séria em tal imaginação; ainda assim, assumindo-a como base de uma obra de fantasia, não creio que esteja meramente tecendo uma série de terrores sobrenaturais. O evento de interesse desta história está isento das desvantagens de um mero conto de espectros ou encantamentos. Ele foi recomendado pela originalidade das situações que desenvolve; e, embora seja impossível como evidência física, oferece à imaginação um ponto de vista para um desdobramento mais compreensível e dominante das paixões humanas do que qualquer outra relação ordinária de eventos reais poderia produzir.

Assim, esforcei-me em busca de preservar a verdade sobre os princípios básicos da natureza humana, ainda que não tenha me privado de inovar em suas combinações. A *Ilíada*, poema trágico grego, Shakespeare em *A tempestade* e *Sonho de uma noite de verão* e especialmente Milton em *Paraíso perdido* conformam-se a essa regra; e o mais humilde romancista, que busca dar ou receber diversão a partir de seus trabalhos, pode, sem presunção, aplicar à ficção em prosa uma licença – ou melhor, uma regra – cuja adoção culminou em várias combinações requintadas de sentimentos humanos, nos mais altos exemplos da poesia.

A circunstância em que minha história se baseia foi sugerida em uma conversa casual. Começou em parte como fonte de entretenimento, e parte como expediente para exercitar recursos mentais inexplorados. À medida que o trabalho prosseguiu, outros motivos se misturaram a esses. Não sou em absoluto indiferente ao modo como as tendências morais existentes nos sentimentos e nos personagens afetarão o leitor; contudo, minha principal preocupação nesse aspecto tem se limitado a evitar efeitos exasperantes dos romances atuais e a exibição da cordialidade do afeto doméstico, além da excelência da virtude universal. As opiniões que florescem naturalmente do caráter e da situação do herói não devem, em hipótese alguma, ser concebidas como inerentes à minha própria convicção; tampouco é possível inferir que as páginas a seguir sejam prejudiciais a quaisquer doutrinas filosóficas.

É também assunto de interesse complementar para a autora que esta história tenha começado na região majestosa onde a cena está particularmente situada e num circuito social que não consegue evitar o remorso. Passei o verão de 1816 nos arredores de Genebra. A estação estava fria e chuvosa, e à noite nos amontoávamos em torno de uma fogueira ardente. De vez em quando, divertíamo-nos com histórias alemãs sobre fantasmas que por acaso caíam em nossas mãos. Os referidos contos despertaram em nós um desejo brincalhão de imitação. Dois outros amigos – ambos capazes de fornecer tramas muito mais aceitáveis ao público do que qualquer produção minha – e eu concordamos que cada qual escreveria uma história baseada em ocorrências sobrenaturais.

O clima, no entanto, tornou-se repentinamente sereno; assim, meus dois amigos me deixaram em uma jornada pelos Alpes e perderam, nas cenas magníficas que descreveram, as lembranças de suas visões fantasmagóricas. A história a seguir é a única que foi concluída.

Marlow, setembro de 1817

CARTA I

À sra. Saville, na Inglaterra.
São Petersburgo, 11 de dezembro de 17—

Você ficará feliz ao saber que não houve desastres no início da empreitada que você enxergava com tantos pressentimentos ruins. Cheguei aqui ontem, e minha primeira tarefa foi assegurar minha querida irmã acerca de meu bem-estar e crescente confiança no sucesso de meu empreendimento.

Já estou bem ao norte de Londres, e conforme ando pelas ruas de São Petersburgo, sinto uma brisa fria do Norte brincar no meu rosto, reanimando minhas forças e me enchendo de prazer. Conhece a sensação? Essa brisa, advinda da mesma região para a qual me dirijo, oferece uma amostra do clima gelado. Inspirados por esse vento de promessa, meus devaneios se tornaram mais inflamados e vívidos. Tento, em vão, me persuadir de que o polo é uma área de gelo e desolação; ainda assim, ele se apresenta à minha imaginação como uma região de beleza e deleite. Lá, Margaret, o sol é sempre visível, com seu disco vasto resvalando o horizonte e espalhando um esplendor perpétuo. Lá – e me permita, minha irmã, que eu dê crédito aos navegantes anteriores – a neve e o gelo foram banidos; ao navegar em um mar calmo, podemos ser soprados até uma ilha que ultrapassa em beleza e maravilhas qualquer região já vista até hoje no globo habitado. Seus resultados e suas características podem ser inigualáveis, já que os fenômenos dos corpos celestes estão sem dúvida à mostra nesses lugares ermos ainda não descobertos.

O que não esperar de um país de luz eterna? Posso descobrir lá o poder maravilhoso que atrai a agulha da bússola e realizar milhares de observações celestes que exigem tal viagem a fim de atribuir consistência às suas aparentes excentricidades. Saciarei minha curiosidade ardente com a visão de parte do mundo que nunca visitei, e poderei pisar numa terra jamais tocada pelos pés do homem. São essas as minhas tentações, suficientes para vencer todo medo do perigo ou da morte e me induzir à laboriosa viagem com a alegria de uma criança quando embarca num pequeno barco, com seus companheiros de férias, rumo a uma expedição de descoberta até o rio de sua terra natal. Mas, supondo que todas essas conjecturas sejam falsas, você não pode negar o benefício inestimável que irei legar à humanidade, até à geração mais recente, ao revelar uma passagem perto do polo para os países cuja travessia exige muitos meses; ou, ao descobrir o segredo do ímã, algo que, se possível, só pode ser realizado por um empreendimento como o meu.

Essas reflexões dissiparam a agitação com que comecei minha carta, e sinto meu coração cintilar com um entusiasmo que me eleva ao céu; nada contribui tanto para tranquilizar a mente como um objetivo firme – um ponto em que a alma pode fixar seus olhos intelectuais. Esta expedição foi o sonho favorito da minha infância. Li com regozijo os relatos das várias viagens cujo objetivo era alcançar ao norte do oceano Pacífico através dos mares que cercam o polo. Você deve se lembrar de que a biblioteca de nosso querido tio Thomas era composta por histórias sobre as viagens feitas para fins de descoberta. Minha educação foi negligenciada, mas ainda assim eu gostava muito de ler. Os volumes em questão eram meu estudo dia e noite, e minha familiaridade com eles aumentava meu pesar, quando criança, ante a ordem de meu pai em seu leito de morte para que meu tio me proibisse de embarcar em uma vida marítima.

Essas visões desapareceram quando folheei, pela primeira vez, os poetas cujas efusões fascinaram minha alma e a elevaram ao céu. Também me tornei poeta e, durante um ano, vivi no paraíso da minha própria criação; imaginei que também poderia ter um nicho no templo em que nomes como Homero e Shakespeare estão consagrados. Você está bem familiarizada com meu fracasso e com a intensidade de minha decepção. Todavia, na época herdei a fortuna de meu primo, e meus pensamentos se voltaram para aquela inclinação do passado.

Seis anos se passaram desde que decidi realizar esta viagem. Lembro até hoje da hora em que decidi me dedicar a esta grande aventura. Dei início a ela ao submeter meu corpo a adversidades. Acompanhei os pescadores de baleia em várias expedições ao mar do Norte; voluntariamente passei frio, fome, sede e sono; muitas vezes trabalhei mais do que os marinheiros comuns durante o dia e dediquei minhas noites ao estudo da matemática, da teoria da medicina e dos ramos da ciência física, áreas das quais um aventureiro naval pode tirar grandes vantagens na prática. De fato, por duas vezes trabalhei como marinheiro em um baleeiro da Groenlândia e conquistei a admiração de todos. Devo admitir que fiquei um tanto orgulhoso quando o capitão me ofereceu o cargo de imediato do navio, exortando minha permanência com a maior seriedade, tamanha era sua estima por meus serviços.

E agora, querida Margaret, não mereço completar um grande propósito? Eu poderia ter escolhido uma vida fácil e luxuosa, mas pre-

feri a glória às tentações que a riqueza colocou em meu caminho. Ah, que alguma voz encorajadora responda afirmativamente à minha pergunta! Minha coragem e minha resolução são firmes, mas minhas esperanças oscilam e meus ânimos estão geralmente baixos. Estou prestes a prosseguir numa viagem longa e difícil, cujas emergências exigirão toda a minha força moral: sou obrigado não apenas a elevar o espírito dos outros, mas também a sustentar o meu quando o deles falhar.

Este é o período mais favorável para viajar na Rússia. Eles deslizam rapidamente sobre a neve em seus trenós; o transporte é encantador e, na minha opinião, muito mais agradável do que uma diligência inglesa. O frio não é excessivo se você estiver coberto por peles — uma vestimenta que já adotei; afinal, há grande diferença entre circular por um convés e permanecer sentado sem se mexer por horas, quando exercício algum é capaz de impedir o congelamento do sangue nas veias. Não tenho a ambição de perder a vida na estrada que liga São Petersburgo a Arcangel.

Partirei para Arcangel dentro de duas ou três semanas; minha intenção é alugar um navio lá, o que pode ser feito facilmente mediante o pagamento do seguro para o proprietário, e empregar quantos marinheiros julgar necessário dentre os que estão acostumados a pescar baleias. Não pretendo navegar até o mês de junho. Quando voltarei? Ah, querida irmã, como posso responder a essa pergunta? Se eu for bem-sucedido, muitos meses, talvez anos, passarão até nosso reencontro. Se eu falhar, você me verá novamente em breve, ou nunca mais.

Adeus, minha querida e primorosa Margaret. Que os céus derramem bênçãos sobre você e me protejam para que eu possa sempre reiterar minha gratidão por todo o seu amor e toda a sua bondade.

Seu irmão afetuoso,
R. Walton.

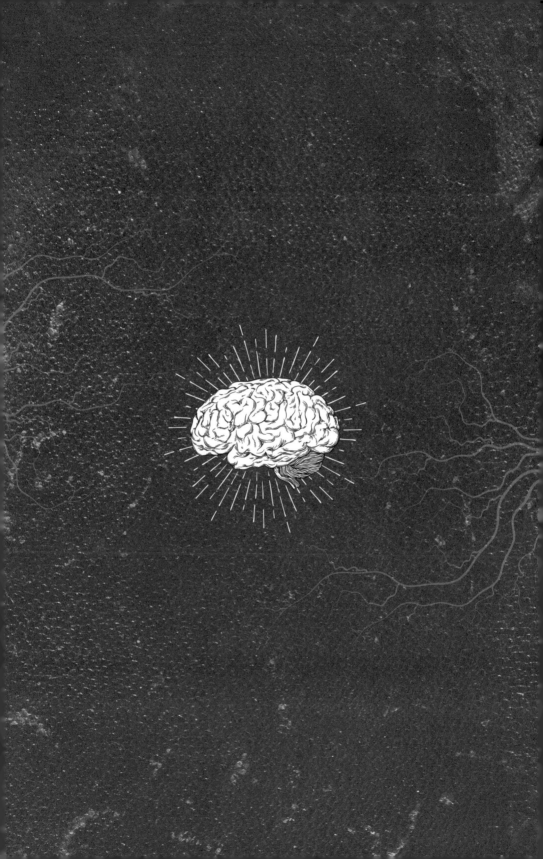

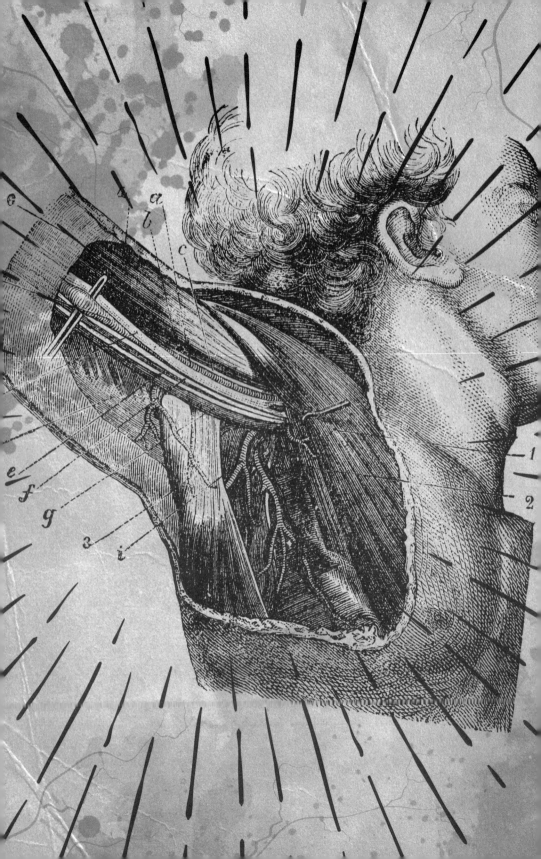

CARTA II

À sra. Saville, Inglaterra
Arcangel, 28 de março de 17—

Como o tempo passa devagar aqui, cercado como eu estou pela geada e a neve! Ainda assim, dei o segundo passo de minha empreitada. Aluguei um navio e estou ocupado com a seleção dos marinheiros; aqueles com quem já lidei parecem homens confiáveis, e certamente possuem uma notável coragem.

Mas tenho um desejo que ainda não fui capaz de satisfazer, e a falta que isso me faz se tornou pior do que nunca. Eu não tenho um amigo, Margaret: quando irradio o entusiasmo do sucesso, não há ninguém para partilhar minha alegria; se sou surpreendido pela decepção, não tenho alguém para me apoiar em meu desânimo. Devo confiar meus pensamentos ao papel, é verdade; mas trata-se de um meio ruim para comunicar os sentimentos. Desejo a companhia de um homem apto a simpatizar comigo – alguém cujos olhos respondam aos meus. Você pode me considerar um romântico, minha querida irmã, mas sinto amargamente a falta de um amigo. Não tenho ninguém por perto que seja gentil, corajoso e possuidor de uma mente culta e capacitada, cujos gostos sejam iguais aos meus a ponto de aprovar ou alterar meus planos. Como tal amigo seria capaz de reparar as falhas de seu pobre irmão! Sou demasiado intenso nas execuções e impaciente nas dificuldades. Mas para mim é mal ainda maior ser autodidata: durante os primeiros catorze anos da minha vida, agi da maneira que quis e não li nada além dos livros de viagens de nosso tio Thomas. Nessa idade, familiarizei-me com os célebres poetas de nosso país; mas foi somente quando não obtive mais benefícios de minha convicção que percebi a necessidade de me familiarizar com outras línguas além da minha própria. Hoje tenho 28 anos e me sinto, de fato, mais iletrado do que muitos estudantes de 15 anos. É verdade que venho pensando mais e que meus devaneios se tornaram mais amplos e magníficos, mas eles precisam – como diriam os pintores – de harmonia, e anseio muito por um amigo que tenha o bom senso de não me desprezar como romântico, mas com afeto o suficiente para regular minha mente.

Bem, as reclamações são inúteis. É certo que não encontrarei um amigo no vasto oceano, tampouco aqui em Arcangel, entre mercadores e marinheiros. No entanto, apesar de desalinhados com a imundície da natureza humana, certos sentimentos tomam parte nesses corações ásperos. Meu imediato, por exemplo, é homem de grande coragem e iniciativa, almeja loucamente a glória, ou, para usar as palavras mais corretas, ambiciona o sucesso em sua carreira. Ele é um inglês de pouca instrução que, em meio a preconceitos quanto à sua nacionalidade e profissão, ainda consegue manter algumas das mais nobres qualidades humanas. Eu o conheci a bordo de um baleeiro e, ao descobrir que estava desempregado nessa cidade, rapidamente o chamei para me ajudar nesta jornada.

O imediato é uma pessoa de disposição excelente, notável por sua gentileza e disciplina ponderada. Tais contingências, somadas à sua conhecida integridade e coragem, fizeram com que eu desejasse muito seu envolvimento com minha empreitada. Como jovem que cresceu na solidão, vivendo os melhores anos sob sua tutela gentil e feminina, tive meu caráter refinado de tal forma que não consigo esconder um desagrado intenso a respeito da costumeira brutalidade exercida a bordo. Nunca achei que seria necessário e, quando ouvi falar sobre um marinheiro conhecido tanto pela bondade de seu coração como pelo respeito e a obediência que lhe era dedicada por seus homens, senti-me particularmente sortudo pela oportunidade de contar com seus serviços. Ouvi falar dele pela primeira vez de maneira romântica, por uma senhora que lhe devia a felicidade de sua vida. Essa é, em resumo, a história do homem: anos atrás, ele amou uma jovem russa de certa fortuna. Quando conseguiu acumular uma quantia considerável de dinheiro em virtude de prêmios, o pai da garota aceitou a união. Antes da cerimônia programada, porém, ele viu uma única vez a moça, que estava em lágrimas e se atirou aos seus pés implorando que fosse poupada, confessando ao mesmo tempo que amava outro homem – um rapaz pobre, a quem seu pai jamais permitiria seu enlace. Meu generoso amigo tranquilizou a suplicante e, ao ser informado sobre o nome do rapaz, instantaneamente abandonou seus planos. Ele já havia comprado uma fazenda com seu dinheiro, na qual planejara passar o restante de sua vida; no entanto, deu tudo ao rival, bem como o dinheiro remanescente para a compra de gado. Então, pediu que o pai da jovem autorizasse o casamento entre os apaixonados. O velho, porém, recusou o acordo, considerando-se ligado ao meu amigo por laços de honra. Este, ao descobrir a inflexibilidade do pai, deixou o país e voltou apenas quando soube que a ex-amada se casara de acordo com suas predileções. "Que sujeito nobre!", você deve estar exclamando. Sem dúvida, mas também é absolutamente inculto. É silencioso como um turco e apresenta certa indiferença bruta que, embora torne sua conduta ainda mais surpreendente, diminui o interesse e a simpatia que, de outra forma, ele poderia atrair.

No entanto, não pense que o fato de eu reclamar um pouco ou conceber um consolo para minhas labutas significa que estou vacilando em minhas resoluções. Elas são tão firmes quanto o destino, e minha viagem terá início assim que o tempo permitir meu embarque. O inverno tem sido terrivelmente severo, mas a primavera promete ser boa, sendo conhecida por sua notável precocidade, assim, talvez eu possa partir antes do planejado. Não farei nada de maneira precipitada: você me conhece o suficiente para confiar em minha prudência e consideração sempre que a segurança de outrem está sob meu cuidado.

Mal posso descrever as sensações ante a proximidade da viagem. É impossível explicar o conceito do tremor, meio prazeroso e meio amedrontador, com o qual me preparo para partir. Estou a caminho de regiões inexploradas, para a "terra do nevoeiro e da neve", mas não matarei nenhum albatroz; portanto, não tema pela minha segurança, ou se voltarei tão desgastado e lúgubre quanto o "Velho Marinheiro".[5] Você sorrirá com minha alusão, mas devo confessar um segredo: sempre atribuí meu apego, meu entusiasmo apaixonado pelos perigos misteriosos do oceano, à produção do mais imaginativo dentre os poetas modernos. Há algo em ação na minha alma que não entendo o que é. Sou praticamente industrial – um trabalhador que executa suas tarefas com esforço e perseverança –, mas, além disso, nutro amor e crença naquilo que é maravilhoso e se entrelaça a todos os meus projetos, que

---

5 - Referência ao poema "A Balada do Velho Marinheiro", do poeta inglês Samuel Taylor Coleridge. (N. T.)

me tira dos caminhos triviais do homem e me leva ao mar revolto e às regiões nunca visitadas, as quais estou prestes a explorar.

Mas voltemos às considerações mais queridas. Devo encontrá--la novamente, depois de ter atravessado mares imensos e retornado pelo cabo mais meridional da África ou da América? Não ouso esperar tanto sucesso, mas não suporto imaginar o contrário desse cenário. Continue a me escrever sempre que puder: posso receber suas cartas nos momentos em que mais precisar de apoio para o meu espírito. Eu te amo ternamente. Lembre-se de mim com carinho caso nunca mais receba notícias minhas.

Seu irmão afetuoso,
Robert Walton

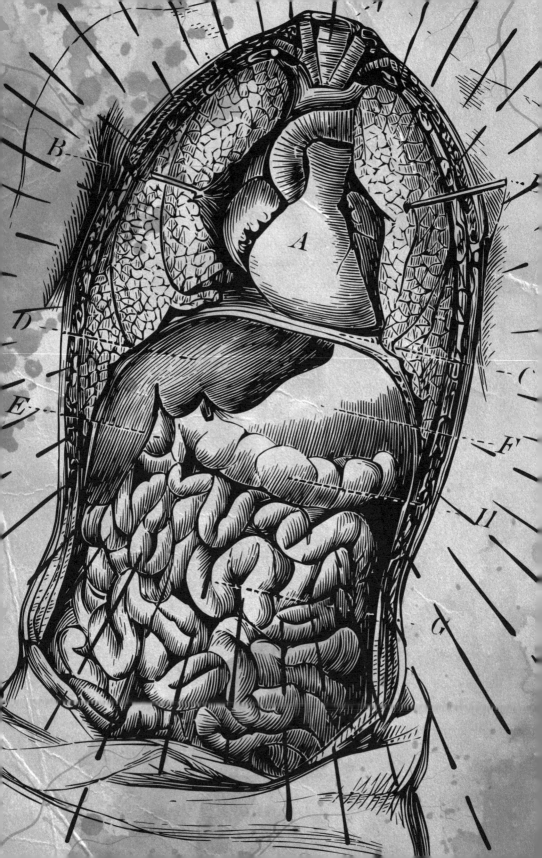

CARTA III

À sra. Saville, Inglaterra
07 de julho de 17—

Minha querida irmã,

Escrevo algumas linhas às pressas para informar que estou seguro e bem adiantado em minha viagem. Esta carta chegará à Inglaterra por meio de um comerciante em viagem de volta que parte de Arcangel; ele é mais afortunado do que eu, que talvez não veja minha terra natal por muitos anos. Estou, no entanto, de bom humor: meus homens são ousados e aparentemente firmes de propósito; nem mesmo as camadas flutuantes de gelo que passam continuamente por nós, indicando os perigos da região para a qual estamos avançando, parecem consterná-los. Já alcançamos uma latitude muito alta; mas é o auge do verão e, embora ele não seja tão quente como na Inglaterra, os vendavais do sul, que nos sopram com agilidade em direção às costas que desejo ardentemente alcançar, trazem certo grau inesperado e revigorante de calor.

Até agora, não ocorreu nenhum incidente digno de relato. Um ou dois vendavais severos e vazamentos são ocorrências sobre que os navegadores experientes mal se lembram de tomar nota, e ficarei muito contente se nada de pior acontecer conosco durante a viagem.

Adieu, minha querida Margaret. Esteja certa de que, para o meu bem e o seu, não desafiarei o perigo. Serei calmo, perseverante e prudente.

O sucesso há de coroar o meu empreendimento. Por que não iria? Até agora, tracei um caminho seguro pelos mares sem trilhas: as próprias estrelas são testemunhas e testemunhos de meu triunfo. Por que não continuar avançando pelas águas indomadas e, ainda assim, obedientes? O que pode parar o coração determinado e a vontade resoluta de um homem?

Meu coração cheio assim se derrama, involuntariamente. Mas eu preciso terminar. Deus abençoe minha amada irmã!

R. W.

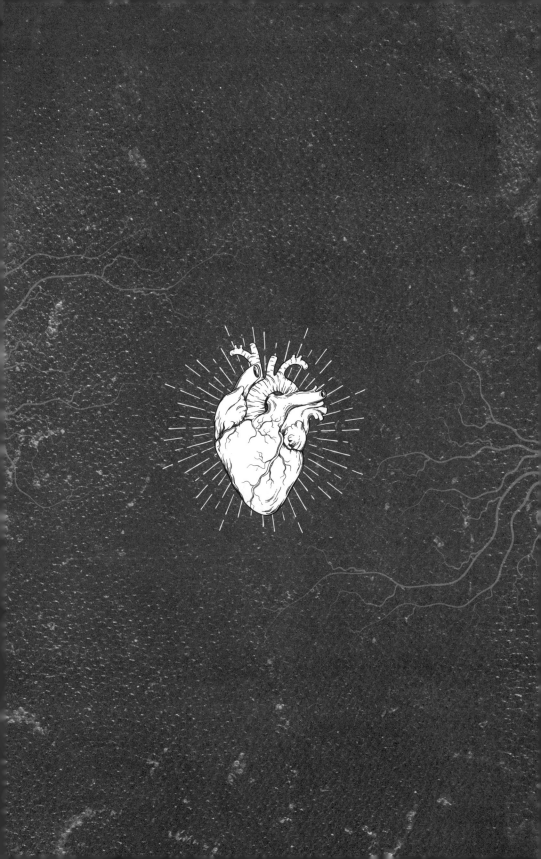

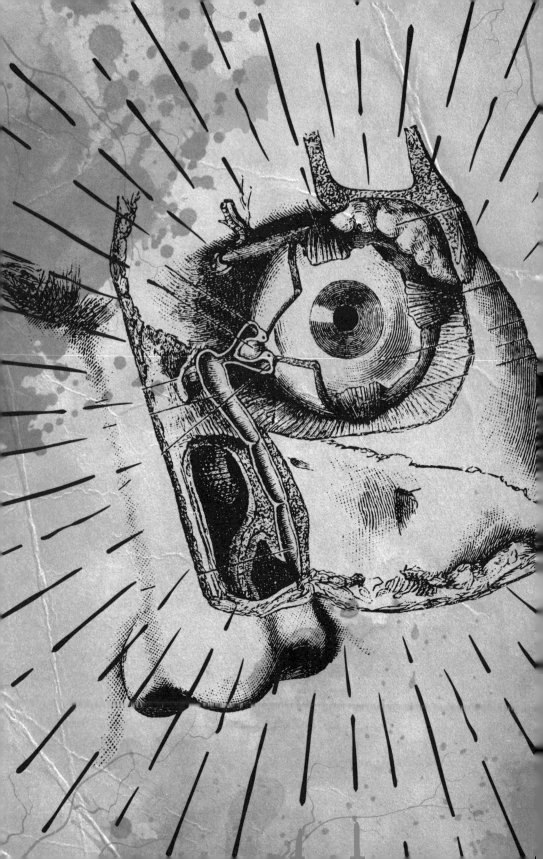

CARTA IV

À sra. Saville, Inglaterra
05 de agosto de 17—

Um estranho incidente ocorreu e não posso deixar de abordá-lo, embora seja provável que você me veja antes que esses papéis cheguem ao seu poder.

Na última segunda-feira, 31 de julho, quase ficamos presos pelo gelo que cercou o navio, mal permitindo sua flutuação. Nossa circunstância era um tanto perigosa, especialmente porque pairava sobre nós uma névoa muito densa. Diante da situação, ficamos à espera de mudanças na atmosfera e no clima.

Por volta das duas horas, a névoa se dissipou e vimos, estendidas por todas as direções, planícies de gelo vastas e irregulares que pareciam infinitas. Alguns de meus camaradas resmungaram, e minha própria mente começou a ficar vigilante com pensamentos sôfregos, quando de repente uma imagem estranha nos atraiu a atenção e desviou o interesse acerca de nossa própria situação. Percebemos uma carruagem baixa, presa em um trenó e puxada por cães, passando rumo ao norte a uma distância de uns oitocentos metros: um ser de formato humano e aparente estatura gigantesca estava sentado no trenó, guiando os cães. Observamos o rápido avanço do viajante com telescópios até ele sumir na superfície irregular do gelo.

A aparição nos deixou abismados. Pensávamos estar a centenas de quilômetros de qualquer terra, mas a cena nos mostrou que, na realidade, não estávamos tão distantes quanto imaginávamos. Em razão do gelo, porém, era impossível seguir a trilha, que observamos com aguçada atenção.

Cerca de duas horas após a referida ocorrência, escutamos o movimento do mar sob o navio; antes do anoitecer, o gelo se quebrou e libertou a embarcação. No entanto, ficamos ancorados até o dia seguinte, temendo encontrar no escuro aquelas grandes massas soltas que flutuam quando o gelo se quebra. Aproveitei o tempo para descansar por algumas horas.

Ao amanhecer, entretanto, sob os primeiros raios de sol, subi ao convés e encontrei todos os marinheiros em um só lado do navio; pareciam conversar com alguém ao mar. Tratava-se, na verdade, de um trenó como aquele que tínhamos visto antes. Durante a noite, ele flutuou em nossa direção sobre um grande bloco de gelo. Apenas um cachorro sobrevivera, mas havia também um ser humano ali, a quem os marinheiros tentavam persuadir que entrasse no navio. Ele não parecia ser, como o outro viajante, um habitante selvagem de uma ilha desconhecida. Era, na verdade, europeu. Quando apareci no convés, o imediato disse: "Aqui está nosso capitão, e ele não permitirá que você morra em mar aberto".

Ao dar por minha presença, o estranho falou em inglês, embora com sotaque estrangeiro: "Antes de eu embarcar em seu navio", ele disse, "você faria a gentileza de me informar para onde está indo?".

Creio que possa imaginar meu espanto ao ouvir essa pergunta de um homem à beira da destruição, e a quem eu deveria imaginar que a minha embarcação seria um recurso que ele não trocaria nem pelas riquezas mais preciosas da Terra. Respondi, no entanto, que estávamos em uma viagem de descoberta em direção ao Polo Norte.

Ao ouvi-lo, ele pareceu satisfeito e consentiu em embarcar. Meu bom Deus! Margaret, se você tivesse visto aquele homem, que impunha condições para sua salvação, sua surpresa teria sido infinita. Seus membros estavam quase congelados, e seu corpo terrivelmente emaciado pela fadiga e pelo sofrimento. Nunca vi um homem em uma condição tão deplorável. Tentamos carregá-lo para dentro da cabine, mas, assim que ele saiu do ar fresco, desmaiou. Nós o trouxemos de volta ao convés e o reanimamos com conhaque, forçando-o a engolir uma pequena quantidade. Assim que ele recobrou sinais de vida, nós o enrolamos em cobertores e o posicionamos perto da chaminé do fogão. Ele se recuperou devagar e tomou um pouco de sopa, o que o deixou maravilhosamente revigorado.

Dois dias se passaram até que estivesse apto a falar, e muitas vezes temi que seus sofrimentos o tivessem privado da razão. Quando ele se recuperou um pouco mais, levei-o para minha cabine à procura de cuidar dele o tanto quanto minhas ocupações permitissem. Nunca vi criatura mais interessante; seus olhos geralmente expressam selvageria e até loucura, mas há momentos em que, se alguém realiza um ato de bondade para com ele ou lhe presta o mais insignificante dos favores, todo o seu rosto se ilumina, por assim dizer, emitindo uma benevolência e doçura que jamais vi igual. Na maior parte do tempo, no entanto, ele se mostra melancólico e desesperado; às vezes, range os dentes, como se impaciente com o peso dos problemas que o oprimem.

Quando meu convidado melhorou mais um pouco, tive muito problema para afastá-lo dos homens, que desejavam lhe fazer mil per-

guntas. Eu não podia permitir que ele fosse atormentado pela curiosidade ociosa da tripulação, já que exibia um estado físico e mental cuja reabilitação exigia total repouso. Mas, certa vez, o imediato perguntou por que ele havia percorrido tamanha distância no gelo em um veículo tão estranho.

Seu semblante assumiu instantaneamente um aspecto da mais profunda escuridão, e ele respondeu: "Para procurar alguém que fugiu de mim."

"E o homem que você perseguia viajava da mesma maneira?"

"Sim."

"Então creio que o tenhamos visto. No dia anterior ao de seu resgate, vimos alguns cães no gelo puxando um trenó com um homem."

Isso despertou a atenção do desconhecido, que lançou uma porção de perguntas sobre a rota que o dæmon,[6] como ele o chamava, seguira. Um pouco depois, quando estava sozinho comigo, ele comentou: "Sem dúvida suscitei sua curiosidade, bem como a dessas boas pessoas; mas você é educado demais para fazer perguntas".

"Com certeza. Seria muito impertinente e desumano da minha parte incomodá-lo com inquirições."

"E, mesmo assim, você me resgatou de uma situação inusitada e perigosa; sua bondade me devolveu à vida."

Mais tarde, ele perguntou se eu achava que o rompimento do gelo destruíra o outro trenó. Respondi que não era possível ter algum grau de certeza, dado que o gelo havia se partido apenas por volta da meia-noite, e o viajante poderia ter alcançado um local seguro antes desse horário, mas eu não tinha como determiná-lo.

A partir de então, um novo espírito animou o corpo decaído do desconhecido. Ele manifestou a maior disposição de ficar no convés à

---

6 - Palavra de origem grega que pode significar divindade ou demônio. (N. T.)

procura do trenó desaparecido, mas o convenci a permanecer na cabine por ainda estar fraco demais para enfrentar a crueza da atmosfera. Prometi que colocaria alguém para vigiar em seu lugar, e que ele seria instantaneamente avisado se qualquer objeto novo aparecesse à vista.

Eis o diário acerca dessa esquisita ocasião até o presente momento. O estranho melhorou gradualmente de saúde, mas se põe muito quieto e parece desconfortável quando alguém, à parte de mim, entra na cabine. No entanto, seus modos são tão conciliadores e gentis que todos os marinheiros se interessam por ele, a despeito do contato escasso. Da minha parte, começo a amá-lo como a um irmão, e seu sofrimento constante e profundo me enche de simpatia e compaixão. Ele deve ter sido uma criatura nobre em seus melhores dias para ainda sustentar na ruína tamanho apelo e amabilidade.

Eu mencionei em uma de minhas cartas, minha querida Margaret, que não encontraria nenhum amigo no vasto oceano; no entanto, encontrei um homem que, antes de ter o espírito rompido pelo infortúnio, teria gostado de considerar meu irmão de coração.

Devo dar prosseguimento a meu diário acerca do estranho em intervalos, caso tenha novos incidentes a registrar.

13 de agosto de 17—

Meu afeto por meu convidado cresce a cada dia. Ele suscita minha admiração e pena de um jeito surpreendente. Como posso ver uma criatura tão nobre destruída pelo infortúnio sem sentir a dor mais pungente? Ele é tão gentil e sábio; sua mente é muito culta, e, quando ele fala, mesmo que suas palavras sejam selecionadas com a maior cautela, fluem com rapidez e eloquência incomparáveis.

Ele agora está bastante recuperado de sua enfermidade; é visto com frequência no convés, onde aparentemente procura pelo trenó que o precedeu. Ainda que esteja infeliz, já não se ocupa mais com a própria desventura, manifestando interesse nos planos dos demais. Ele sempre conversa comigo sobre os meus, que expus sem reservas. Ele ouviu com atenção todos os argumentos em favor de meu eventual sucesso e cada detalhe das medidas que tenho tomado para garanti-lo. A simpatia demonstrada por ele me levou a usar a linguagem do meu coração; expressei com o ardor de minha alma como seria capaz de sacrificar alegremente minha fortuna, existência e todas as esperanças em favor da minha empreitada. A vida ou a morte de um homem eram apenas um pequeno preço a ser pago pela aquisição e transmissão do conhecimento que nos permitiria vencer as forças hostis à raça humana. Enquanto eu falava, porém, uma sombra melancólica se espalhava pelo semblante do meu ouvinte. A princípio, percebi que ele tentava reprimir suas emoções; ele colocou as mãos diante dos olhos, fazendo minha voz tremer e falhar quando as lágrimas escorreram rapidamente por entre seus dedos e um gemido saiu de seu peito. Fiz uma pausa; por fim, ele falou com dificuldade: "Homem infeliz! Você compartilha da minha loucura? Também bebeu dessa poção inebriante? Ouça-me: me deixe revelar minha história e você arrancará a taça de seus lábios!"

Você deve imaginar que tais palavras instigaram fortemente minha curiosidade. Porém, o ímpeto do pesar que assolou o desconhecido afetou suas debilitadas forças, sendo necessárias muitas horas de repouso e conversas tranquilas para lhe restaurar a compostura.

Uma vez superada a violência de seus sentimentos, ele pareceu se desprezar pelo arrebatamento emocional. O estranho reprimiu a tirania obscura do desespero e me induziu novamente a falar sobre mim. Perguntou-me sobre o meu passado. A história foi contada com rapidez, mas provocou uma série de reflexões. Falei sobre meu desejo de encontrar um amigo, alguém com uma íntima afinidade de que jamais desfrutei da sorte de ter; e expressei minha convicção de que um homem não pode se gabar de ser feliz se não usufruir de tal bênção.

"Concordo com você", respondeu o estranho. "Somos criaturas antiquadas e semiacabadas quando não há alguém melhor, mais sábio e querido, como um amigo deve ser, para ajudar a aperfeiçoar nossa própria natureza fraca e defeituosa. Já tive um amigo, a mais nobre das criaturas humanas e, portanto, estou apto a julgar o que é amizade. Você tem esperança e também o mundo à sua frente, logo, não há motivo para desespero. Mas eu... eu perdi tudo e não posso recomeçar minha vida."

Ao dizer isso, seu semblante exprimiu uma dor silenciosa que tocou meu coração. Mas ele ficou em silêncio e se retirou para sua cabine.

Mesmo com o espírito destruído, ninguém consegue sentir mais profundamente do que ele as belezas da natureza. O céu estrelado, o mar e todas as vistas proporcionadas por essas regiões maravilhosas ainda parecem ter o poder de elevar sua alma da terra. Este homem tem uma dupla existência: sofre em detrimento do infortúnio e é oprimido pelas decepções; no entanto, quando se recolhe dentro de si, age como um espírito celestial, dotado de uma aura na qual nenhum pesar ou tolice são capazes de penetrar.

Será que você sorri ante o meu entusiasmo sobre esse andarilho divino? Não o faria se o visse. Você foi instruída e refinada pelos livros, à distância do mundo, então é um tanto exigente. Contudo, isso apenas a torna mais apta a apreciar os méritos extraordinários desse homem maravilhoso.

Às vezes, me esforço para descobrir qual é a qualidade que o eleva tão incomensuravelmente acima de qualquer outra pessoa que já conheci. Acredito que seja um discernimento intuitivo, um poder de julgamento rápido, mas que nunca falha. Uma imersão nas causas das coisas, inigualável em clareza e precisão. Adicione a isso uma facilidade de comunicação e uma voz cujas entonações variadas soam como música à alma.

19 de agosto de 17—

Ontem o estranho me disse: "Você pode facilmente perceber, capitão Walton, que sofri desventuras grandes e sem precedentes. Havia decidido que a lembrança desses males deveria morrer comigo, mas você me convenceu a mudar minha determinação. Você busca conhecimento e sabedoria, como eu busquei uma vez, e espero ardentemente que a satisfação de seus desejos não se torne uma serpente a picá-lo, como aconteceu comigo. Não sei se o relato sobre os meus infortúnios será útil a você; todavia, quando vejo que está seguindo o mesmo caminho que eu, expondo-se aos mesmos perigos que me tornaram o que sou hoje, imagino que você possa tirar uma moral adequada de minha história: uma que o direcione caso seja bem-sucedido em seu propósito, ou que o console em caso de falhas. Prepare-se para ouvir o relato de ocorrências que, normalmente, seriam consideradas fantásticas. Se estivéssemos em outro ambiente, mais calmo, temeria encontrar sua descrença, talvez até mesmo sua zombaria. Mas muitas coisas parecem possíveis nessas regiões selvagens e misteriosas, e provocariam o riso daqueles que não estão familiarizados com os poderes sempre variados da natureza. Minha história, porém, transmite a verdade na cadeia de eventos pela qual é composta".

Você pode facilmente imaginar que fiquei muito satisfeito com tal declaração; no entanto, não podia tolerar que ele renovasse seu pesar com um recital de suas desventuras. Senti a maior vontade de ouvir a narrativa prometida, em parte por curiosidade e em parte por um forte desejo de melhorar seu destino, se fazê-lo estivesse ao meu alcance. Expressei esses sentimentos em minha resposta.

"Agradeço", respondeu ele, "por sua simpatia, mas é inútil; meu destino está quase completo. Espero apenas por um evento, e depois descansarei em paz. Entendo seu sentimento", continuou ele, percebendo que eu desejava interrompê-lo, "mas você está enganado, meu amigo, se assim me permitir chamá-lo; nada pode alterar meu destino: escute minha história e perceberá quão irrevogavelmente ele está selado".

Ele me disse, então, que começaria sua narrativa no dia seguinte, quando eu estivesse desocupado. A promessa me arrancou os mais calorosos agradecimentos. Resolvi que todas as noites, quando não estivesse imperativamente ocupado com meus deveres, iria registrar seu relato feito durante o dia com a maior fidelidade às suas palavras. Se estivesse muito atribulado, ao menos tomaria notas. Sem dúvida, esse manuscrito lhe proporcionará o maior prazer: mas para mim, que o conheço e ouço de seus próprios lábios, com que interesse e simpatia devo lê-lo no futuro! Mesmo agora, quando dou início à tarefa, sua voz sonora preenche os meus ouvidos e seus olhos brilhantes me envolvem com toda a sua doçura melancólica. Vejo sua mão fina erguida em entusiasmo, enquanto os traços de seu rosto lhe irradiam a alma. A história dele deve ser estranha e angustiante; terrível a tempestade que envolveu o galante navio em seu curso e o destruiu – ei-la!

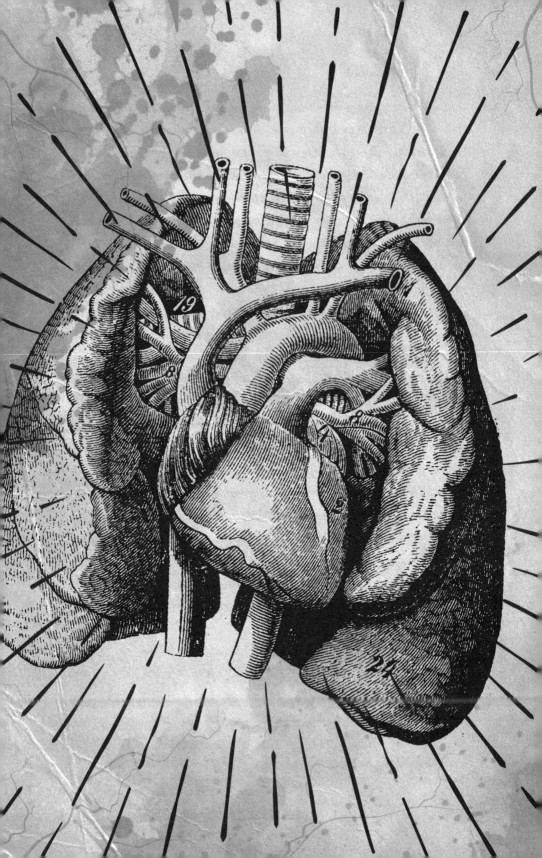

CAPÍTULO I

SOU NATURAL DE GENEBRA e minha família é uma das mais distintas naquela república. Meus ancestrais foram, ao longo de muitos anos, conselheiros e altos servidores do Estado, e meu pai desempenhou várias funções públicas com honra e boa reputação. Ele era respeitado por todos os que o conheciam, tanto por sua integridade como pela atenção incansável dedicada aos negócios públicos. Ele passou seus dias de juventude perpetuamente ocupado com assuntos de seu país; assim, várias circunstâncias impediram um casamento precoce, e foi somente no declínio da vida que ele se tornou marido e pai de família.

Como as circunstâncias de seu casamento ilustram seu caráter, não posso deixar de mencioná-las. Um de seus amigos mais íntimos era um comerciante que, de uma situação próspera, foi levado por inúmeros infortúnios à pobreza. Esse homem, cujo nome era Beaufort, tinha uma disposição orgulhosa e inflexível. Não suportava viver na pobreza e no esquecimento no mesmo país em que anteriormente fora distinguido por sua posição e magnificência. Ao pagar suas dívidas da maneira mais honrosa, ele se retirou com a filha para a cidade de Lucerna, onde viveu na obscuridade e na miséria. Meu pai amava Beaufort com a mais verdadeira amizade e ficou profundamente triste por sua partida em meio a circunstâncias tão infelizes. Ele lamentou com amargor o falso orgulho que levou seu amigo a uma conduta tão pouco digna do carinho que os unia. Ele não perdeu tempo tentando procurá-lo com a esperança de convencê-lo a começar de novo por meio de seu crédito e sua assistência.

Beaufort tomara medidas efetivas em busca de se esconder; e dez meses se passaram até que meu pai descobrisse sua morada. Muito feliz com a descoberta, ele correu até a casa, situada em uma rua sórdida próximo ao rio Reuss. Mas quando ele entrou, apenas a execrabilidade e o desespero o receberam. Beaufort economizara uma quantia muito pequena dos destroços de sua fortuna, o suficiente para sustentá-lo por uns meses. Nesse ínterim, ele esperava conseguir um emprego respeitável na casa de algum comerciante. Como consequência, o período foi marcado pela inércia; o ócio favoreceu a reflexão e tornou o pesar ainda mais enraizado e irritante. O prolongamento da situação assumiu o controle de sua mente a tal ponto que, ao fim de três meses, ele adoeceu, tornando-se incapaz de qualquer esforço.

Sua filha o tratava com a maior ternura, mas observava com desespero enquanto o pequeno cabedal deles diminuía com rapidez, sem qualquer outra perspectiva de apoio. Caroline Beaufort, porém, era dotada de uma mente incomum, e sua coragem se fortaleceu diante das adversidades. Ela buscou trabalhos simples, como o de entrançar palha, e por vários meios ganhava uma ninharia que lhes provia escassamente a sobrevivência.

Vários meses se passaram dessa maneira. O pai piorou, e o tempo dedicado pela filha ao seu cuidado reduziu ainda mais os meios de subsistência. No décimo mês, o pai morreu em seus braços, deixando-a órfã e mendicante. Esse último golpe a venceu; ela estava ajoelhada e chorando amargamente junto ao caixão de Beaufort quando meu pai entrou na câmara. Ele surgiu como um espírito protetor para a pobre garota, que se submeteu a seus cuidados. Após o enterro, ele a levou consigo para Genebra e a colocou sob a proteção de pessoas de confiança. Dois anos após esse episódio, Caroline se tornou sua esposa.

A diferença considerável de idade entre meus pais era uma circunstância que parecia estreitar ainda mais seus laços de afeto. Meu pai era detentor de grande senso de justiça, que lhe impunha a necessidade de estimar verdadeiramente antes de amar com abundância. Talvez fosse decorrência de algum amor frustrado da juventude, de uma descoberta tardia de que alguém não era digno do amor que lhe dispensara, tornando-o disposto a atribuir mais valor a quem já provara merecimento. Havia um misto de gratidão e adoração nas demonstrações de seu apego à minha mãe, que diferia totalmente do afeto pela idade, pois era inspirado pela admiração às virtudes dela e pelo desejo de, em certo grau, recompensá-la pelas tristezas que havia suportado. Isso conferia a ele um comportamento de inexprimível graça com relação a ela. Tudo era feito para cultivar os desejos e a conveniência de Caroline. Ele se esforçava para protegê-la, tal qual um jardineiro resguarda uma flor exótica contra qualquer vento mais violento, visando cercá-la de tudo o que pudesse suscitar emoções agradáveis à sua mente suave e benevolente. Sua saúde, e até mesmo a tranquilidade de seu até então determinado espírito, foi abalada pelo que ela passou. Durante os dois anos que antecederam o casamento, meu pai abandonou gradualmente todas as suas funções públicas, e, logo após a união, ambos partiram em busca do clima agradável da Itália. A mudança de cenário e o interesse na excursão por aquelas terras de maravilhas serviram para restaurar a constituição enfraquecida da esposa.

Da Itália, eles visitaram a Alemanha e a França. Eu, o filho mais velho, nasci em Nápoles e, quando criança, os acompanhava durante suas caminhadas. Fui filho único por vários anos. Por mais apegados que estivessem um ao outro, pareciam direcionar reservas inesgotáveis de afeto, advindo de uma mina de amor, para concedê-lo a mim. As carícias delicadas de minha mãe e o sorriso de prazer benevolente de meu pai ao me observar são minhas primeiras lembranças. Eu era o brinquedo e o ídolo deles, e algo ainda melhor – o filho, uma criatura inocente e indefesa que o Céu lhes havia concedido para ser educado para o bem, e cujo destino seria direcionado à alegria ou à infelicidade, a depender da maneira com que me orientariam. Com profunda consciência do que deviam à pessoa a quem tinham dado a vida, somada ao espírito carinhoso que animava a ambos, pode-se imaginar que durante cada hora de minha infância recebi lições de paciência, caridade e autocontrole, sendo guiado por um cordão de seda que fazia tudo parecer agradável para mim.

Durante um bom tempo, fui a única preocupação deles. Minha mãe, porém, desejava muito ter uma menina. Quando eu tinha cerca de cinco anos, eles fizeram uma viagem para além das fronteiras italianas e passaram uma semana às margens do lago de Como.[7] A disposição benevolente deles frequentemente os fazia adentrar os chalés dos pobres. Para minha mãe, isso era mais do

---

7 - À época em que foi escrito *Frankenstein*, a região que inclui o lago de Como, hoje na Itália, pertencia aos austríacos. (N. E.)

que um dever; era uma necessidade, uma paixão – ante a lembrança de seu sofrimento e de como fora salva – que a fazia agir como o anjo da guarda dos aflitos. Durante uma de suas caminhadas, uma cabana pobre no recanto de um vale atraiu a atenção do casal por seu aspecto desolado, reunindo à sua volta um grupo de crianças maltrapilhas que eram o rosto da pobreza extrema. Um dia, quando meu pai foi a Milão sozinho, minha mãe e eu visitamos essa morada, na qual havia um camponês junto à esposa, abatidos pela dureza do trabalho enquanto distribuíam uma refeição escassa a cinco crianças famintas. Entre elas, uma em particular atraiu a atenção de minha mãe; era diferente das demais. Ao passo que as outras crianças tinham olhos escuros e um aspecto vulgar, essa era franzina e delicada. Seu cabelo era do tom dourado mais vivo e, apesar da pobreza de suas roupas, parecia ostentar à cabeça uma coroa de distinção. Sua sobrancelha era clara e ampla; os olhos, azuis como um céu sem nuvens, enquanto os lábios e o rosto expressavam tamanha doçura e sensibilidade que faziam-na parecer de uma espécie distinta, um ser enviado pelo Céu, detendo um selo celestial em todas as suas feições.

A camponesa, percebendo que a minha mãe fitava aquela garota adorável com maravilhamento e admiração, contou rapidamente sua história. Não era sua filha, mas de um nobre milanês. A mãe era alemã e morrera ao dar à luz. A criança, então, fora confiada ao casal de camponeses para que fosse amamentada. Na época, eles se encontravam em melhor situação; recentemente casados, viviam apenas com o primogênito recém-nascido. O pai da menina era um dentre os italianos criados sob a memória das antigas glórias da Itália – um dos *schiavi ognor frementi* que lutavam pela liberdade de seu país. Ele se tornara vítima de sua fraqueza. Se havia morrido ou se continuava preso nas masmorras da Áustria, não se sabia. Sua propriedade fora confiscada e sua filha tornou-se uma órfã desprovida de recursos. Ela permaneceu com os pais adotivos, florescendo na habitação precária como a mais bela rosa em um jardim de folhas escuras.

Quando meu pai voltou de Milão, encontrou-a brincando comigo no corredor de nosso palacete. Era uma criança mais bonita do que um querubim, uma criatura de aparência iluminada cuja forma e cujos movimentos eram mais leves do que o antílope das colinas. A presença foi logo explicada. Com a permissão dele, minha mãe pediu aos guardiões rústicos que lhe entregassem a guarda da menina. Eles eram apegados à doce órfã; a presença dela era uma bênção para a família, mas seria injusto mantê-la na pobreza quando a Providência lhe conferia uma proteção tão poderosa. Eles consultaram o padre da aldeia, e como resultado Elizabeth Lavenza passou a viver na casa dos meus pais. Mais do que irmã, ela se tornou a bela e adorada companheira de todas as minhas ocupações e todos os meus júbilos.

Todos amavam Elizabeth. O vínculo apaixonado e quase reverente com o qual todos a contemplavam tornou-se, à medida que eu o compartilhava, meu orgulho e alegria. Na noite anterior à sua vinda para minha casa, minha mãe dissera divertidamente: "Tenho um belo presente para meu Victor, e amanhã ele o terá". No dia seguinte, quando ela me apresentou Elizabeth como o presente prometido, eu, com seriedade infantil, interpretei as palavras literalmente e considerei Elizabeth minha – minha para proteger, amar e cuidar. Recebia como meus todos os elogios concedidos a ela. Referíamo-nos um ao outro como primos. Nenhuma palavra ou expressão dava conta do tipo de relação que ela me dedicava – era mais que minha irmã, unicamente minha até a morte.

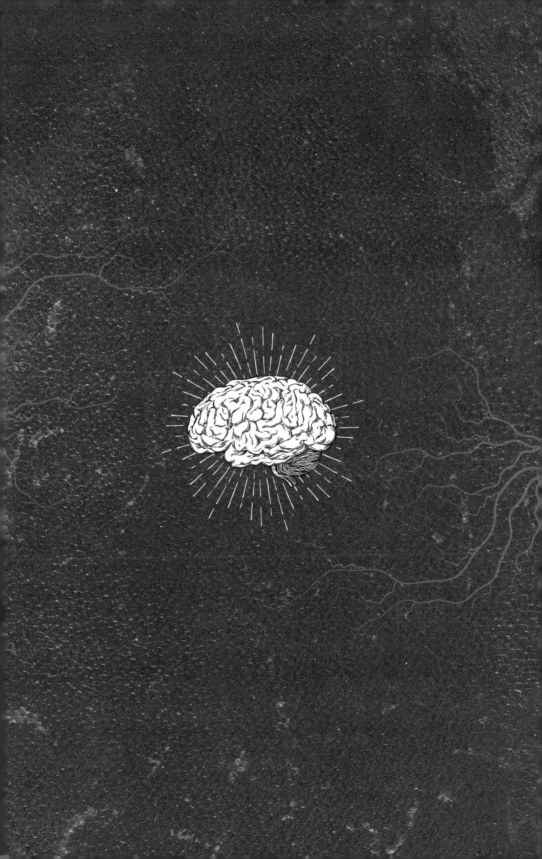

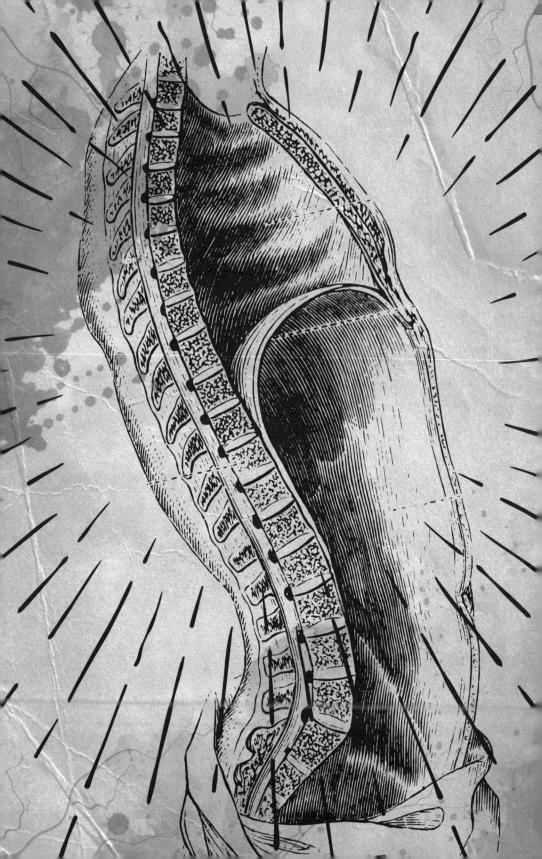

CAPÍTULO II

FOMOS CRIADOS JUNTOS; nossa diferença de idade não chegava a um ano. Não é preciso dizer que éramos estranhos a qualquer espécie de desunião ou disputa. A harmonia era a alma de nossa companhia, e a diversidade e o contraste que subsistiam em nossas personalidades nos aproximavam mais. Elizabeth tinha uma disposição mais calma e concentrada; já eu, com todo o meu ardor, tornei-me mais intenso e profundamente apaixonado pela busca do conhecimento. Ela ocupou-se das criações etéreas dos poetas. Ela encontrou amplas possibilidades de admiração e prazer nos cenários majestosos e maravilhosos que cercavam nossa casa suíça – as formas sublimes das montanhas, as mudanças das estações, as tempestades, a calmaria, o silêncio do inverno e a vida agitada dos verões alpinos. Ao passo que minha companheira contemplava com um espírito sério e satisfeito a aparência magnífica das coisas, eu me deliciava em investigar as causas. Para mim, o mundo era um segredo que eu aspirava desvendar. A curiosidade, a pesquisa em prol da apreensão das leis ocultas da natureza, e a alegria, semelhante à do arrebatamento, estão entre as primeiras sensações de que me lembro.

Quando nasceu o segundo filho, sete anos mais novo do que eu, meus pais desistiram completamente da vida errante e se estabeleceram em seu país natal. Possuíamos uma casa em Genebra e uma casa de campo em Belrive, à margem leste do lago e à distância de pouco mais de cinco quilômetros da cidade. Residíamos principalmente nesta última, e a vida de meus pais transcorreu em considerável reclusão. Era típico do meu temperamento evitar multidões e me apegar fervorosamente a poucas pessoas. Logo, tornei-me indiferente aos meus colegas de classe em geral, criando forte amizade com apenas um deles. Henry Clerval era filho de um comerciante de Genebra. Era um garoto de talento e imaginação singulares, que amava aventuras, atividades que exigiam esforço e até o perigo por si só. Era também leitor ávido de livros de cavalaria e romance. Clerval compunha canções heroicas e escrevia muitas histórias sobre encantamentos e aventuras de cavaleiros. Ele tentou nos fazer encenar peças teatrais e participar de bailes de máscaras, nos quais os personagens eram inspirados nos heróis de Roncesvalles, da Távola Redonda do Rei Arthur, e nos cavaleiros que derramaram seu sangue à procura de resgatar o Santo Sepulcro das mãos dos infiéis.

É improvável que algum ser humano tenha tido infância mais feliz do que a minha. Meus pais dispunham do espírito da bondade e da indulgência, e sentíamos que eles não governavam nosso destino com tirania, de acordo com seus caprichos, mas sim eram agentes e criadores de todos os prazeres de que desfrutávamos. Quando me misturei a outras famílias, percebi com bastante distinção o quanto minha sorte era peculiar, e a gratidão ajudou no desenvolvimento do amor filial.

Às vezes, meu temperamento era violento, e minhas paixões, veementes; todavia, eles não se direcionavam a vontades imaturas, e sim rumo ao desejo ardente de aprender. Esse anseio, no entanto, não era indiscriminado; confesso que a estrutura das línguas, o código dos governos e a política de vários Estados não exerciam atração sobre mim. Eu desejava aprender sobre os segredos do céu e da terra; e se o que me ocupava era a substância exterior das coisas ou o espírito interno da natureza somado à alma misteriosa do homem, minhas investigações ainda se dirigiam ao metafísico, ou, em seu sentido mais elevado, aos segredos físicos do mundo.

Enquanto isso, Clerval se ocupava, por assim dizer, das relações morais das coisas; seus temas eram o palco agitado da vida, as virtudes dos heróis e as ações dos homens. Logo, era seu sonho e sua esperança aproximar o próprio nome daqueles eternizados na História como os benfeitores galantes e aventureiros de nossa espécie. A alma santa de Elizabeth, por sua vez, brilhava tal qual uma lâmpada de santuário em nossa pacífica casa. A simpatia dela era contagiante; seu sorriso, sua voz suave e a doçura em seus olhos celestiais estavam sempre lá para nos abençoar e entusiasmar. Ela era o espírito vivo do amor que nos apaziguava e atraía. Se eu ficava emburrado em meu escritório, rude devido ao ardor da minha natureza, ela estava lá para me impelir à imagem de sua própria gentileza. E o que seria de Clerval – poderia o mal enraizar-se em seu espírito nobre? –, embora ele possa não ter sido perfeitamente humano, tão profundo em sua generosidade e tão cheio de ternura em meio à sua paixão pela exploração aventureira, se ela não tivesse lhe revelado a verdadeira beleza da beneficência, fazendo do bem o fim e o objetivo de sua ambição crescente?

Sinto prazer extraordinário ao relembrar esses anos que antecederam os infortúnios que mancharam minha mente e transformaram suas visões brilhantes de ampla utilidade em reflexos soturnos e limitados sobre o eu. Além disso, ao desenhar o panorama de meus dias primevos, também registro os eventos que me conduziram insensivelmente à tristeza profunda: porque, ao perceber o nascimento daquela paixão, que mais tarde governou meu destino, descubro-a como um rio surgindo na montanha, de fontes ignóbeis e quase esquecidas, que se avolumou aos poucos e se tornou a torrente que, em seu curso, varreu todas as minhas esperanças e alegrias.

A filosofia da natureza foi a esfera que regulou meu destino. Portanto, desejo nesta narração expor os fatos que levaram à minha predileção por essa ciência. Quando eu tinha treze anos, fomos a uma festa nas termas próximo a Thonon: a inclemência do tempo nos obrigou a permanecer um dia confinados na estalagem. Nesse lugar, encontrei por acaso um volume das obras de Cornelius Agrippa. Abri o livro com apatia; porém, a teoria que ele tentava demonstrar, aliada aos fatos maravilhosos ali relatados, transformaram esse sentimento em entusiasmo. Uma nova luz pareceu surgir em minha mente; pulando de alegria, comuniquei minha descoberta ao meu pai. Ele olhou descuidadamente para o título do meu livro e disse:

– Ah! Cornelius Agrippa! Meu querido Victor, não perca seu tempo com isso; é um lixo triste.

Se, em vez de tal observação, meu pai tivesse se empenhado em me explicar que as teorias de Agrippa haviam sido totalmente desmentidas e que um sistema científico moderno fora introduzido, ostentando poderes muito maiores do que os antigos devido à sua aplicabilidade real e prática, eu certamente teria abandonado Agrippa e satisfeito minha imaginação, aquecida como estava, voltando com maior entusiasmo aos meus estudos anteriores. Possivelmente, minhas ideias nunca teriam recebido o impulso fatal que culminou na minha ruína. Porém, o olhar superficial que meu pai dispensou ao tomo me assegurou de que ele estava familiarizado com seu conteúdo; assim, continuei a lê-lo com tanto mais avidez.

Quando voltamos para casa, meu primeiro cuidado foi adquirir todas as obras desse autor e, posteriormente, de Paracelso e Alberto Magno. Li e estudei as fantasias selvagens desses escritores com prazer; eles me pareciam tesouros conhecidos por poucos além de mim. Sempre me descrevi como alguém com desejo ardente de penetrar nos segredos da natureza. Apesar do trabalho intenso e das maravilhosas descobertas dos filósofos modernos, sempre saía descontente e insatisfeito dos meus estudos. Diz-se de Sir Isaac Newton que declarou se sentir como uma criança pegando conchas no vasto e inexplorado oceano da verdade. Para minha apreensão infantil, seus sucessores em cada ramo da filosofia natural com o qual estava familiarizado também me pareceram pueris nessa mesma busca.

O camponês iletrado vê os elementos ao seu redor e se familiariza com seu uso prático. O filósofo mais instruído, por sua vez, sabe um pouco mais: ele revela em parte o rosto da natureza, mas seus traços imortais ainda se mantêm uma maravilha e um mistério. Ele pode dissecar, anatomizar e atribuir nomes; contudo, não pode se aprofundar em uma causa final, pois as causas em seus graus secundários e terciários ainda lhe são totalmente desconhecidas. Contemplei as fortificações e os impedimentos que pareciam tolher os seres humanos de entrar na cidadela da natureza, e, na minha ignorância, os repudiei.

Mas aqui estavam os livros e os homens que penetraram mais fundo e sabiam mais. Aceitei a palavra deles a respeito de tudo o que afirmavam e me tornei discípulo. Pode parecer estranho que isso ocorra no século XVIII, mas, enquanto seguia a rotina da educação nas escolas de Genebra, eu era, em grande parte, autodidata em relação aos meus estudos prediletos.

Meu pai não era um homem da ciência, de modo que tive de lutar com uma cegueira infantil somada à sede de conhecimento de um aluno. Sob a orientação de meus novos preceptores, entreguei-me com a maior diligência à busca da pedra filosofal e do elixir da vida. O segundo, porém, obteve minha atenção total. A riqueza era uma finalidade inferior, afinal, que glória alcançaria se pudesse banir a doença da estrutura humana e tornar o homem invulnerável à morte que não fosse violenta!

Essas não eram as minhas únicas visões. A criação de fantasmas ou demônios era uma promessa concedida por meus autores favoritos, cujo cumprimento eu mais desejava; e se meus encantamentos eram malsucedidos, atribuía o fracasso à minha própria inexperiência do que à falta de habilidade ou fidelidade de meus instrutores. E assim, durante certo tempo, fui ocupado por sistemas falhos, misturando de maneira destemida mil teorias contraditórias e debatendo-me desesperadamente em um conhecimento bem vário, guiado por uma imaginação cálida e um raciocínio infantil, até que um acidente mudou outra vez minhas ideias de então.

Por volta dos meus quinze anos, nos retiramos para nossa casa nas imediações de Belrive e testemunhamos uma tempestade violenta e terrível. Ela avançou por trás das montanhas de Jura, e um trovão explodiu de uma só vez com um ruído assustador em múltiplos quadrantes dos céus. Durante a tempestade, fiquei observando seu progresso com curiosidade e prazer.

Ao me posicionar próximo à porta, de repente vi uma língua de fogo saindo de um carvalho velho e bonito a cerca de vinte metros de nossa casa; assim que a luz deslumbrante foi embora, o carvalho desapareceu e nada restou além de um toco. Na manhã seguinte, quando nos aproximamos dele, encontramos a árvore quebrada de maneira singular. Ela não fora fragmentada pelo choque, mas reduzida por completo a tiras delgadas de madeira. Jamais vira algo tão inteiramente destruído.

Antes desse episódio, não conhecia as leis mais óbvias da eletricidade. Nessa ocasião, um grande pesquisador de filosofia natural estava conosco e, empolgado com a catástrofe, começou a explicar uma teoria que formara sobre a questão da eletricidade e do galvanismo, que era ao mesmo tempo nova e surpreendente para mim. Tudo o que ele dizia lançava às sombras Cornelius Agrippa, Alberto Magno e Paracelso, então senhores da minha imaginação. A derrubada desses homens me desmotivou a prosseguir com meus estudos habituais. Pareceu-me que nada poderia ser desvendado. Tudo o que por tanto tempo chamou minha atenção de repente se tornou desprezível. Por um desses caprichos aos quais talvez estejamos mais sujeitos na juventude, desisti de uma vez de minhas ocupações anteriores, encarei a história natural e toda a sua prole como invenções deformadas e abortadas e passei a alimentar desdém por essa ciência que nunca poderia adentrar o limiar do conhecimento real. Nesse estado de espírito, dediquei-me à matemática e aos ramos de estudo pertencentes à ciência de saberes erigidos sobre fundamentos seguros e dignos de minha consideração.

É desse modo estranho que nossas almas são construídas e estamos sujeitos, por frágeis ligamentos, à prosperidade ou à ruína. Quando olho para trás, sinto que essa mudança quase milagrosa de inclinação e vontade foi uma sugestão imediata do meu anjo da guarda – o último esforço feito pelo espírito de preservação a fim de evitar a tempestade que ainda pairava no alto, pronta para me atingir. Sua vitória me rendeu uma tranquilidade incomum e alegre, conquistada após o abandono de meus estudos precedentes e atormentadores. Assim, aprendi a associar aquelas pesquisas ao mal, enquanto seu desprezo significava felicidade.

Foi um esforço notável do espírito do bem, mas ineficaz. A potência do destino e suas leis imutáveis decretaram minha destruição total e terrível.

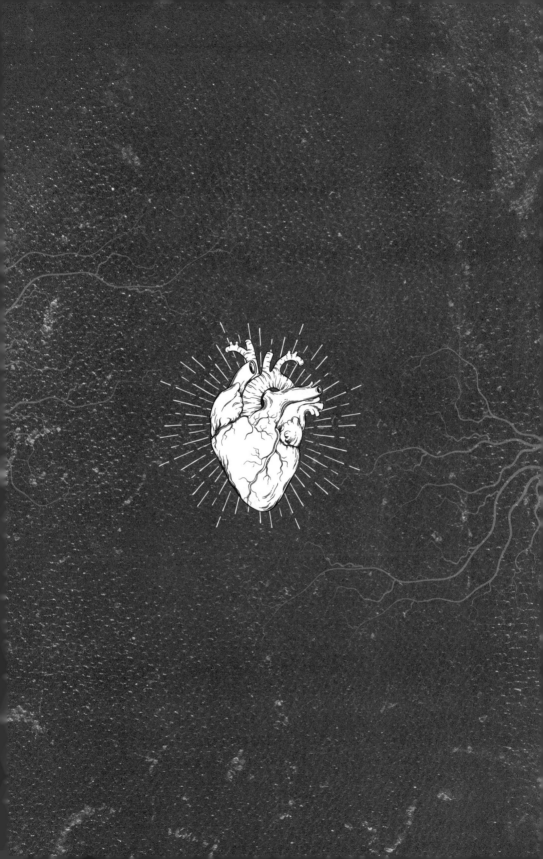

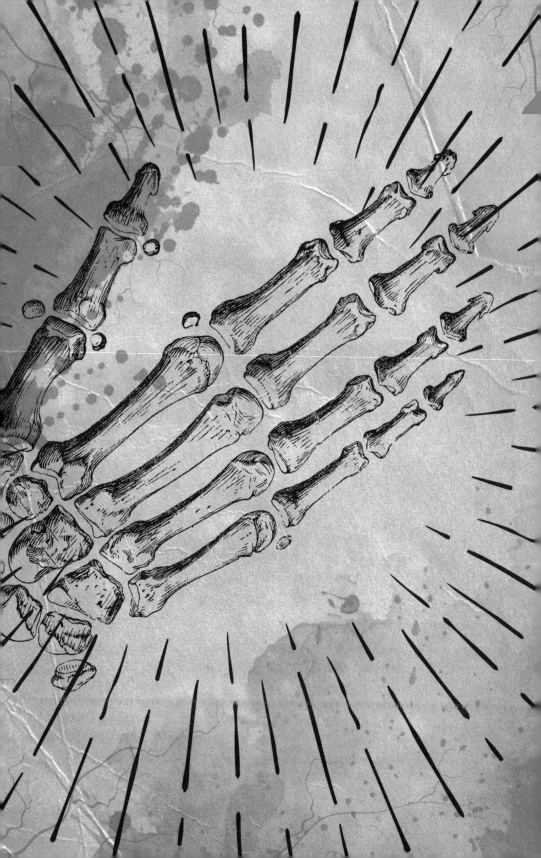

CAPÍTULO III

AO COMPLETAR DEZESSETE ANOS, meus pais decidiram que eu deveria estudar na Universidade de Ingolstadt.[8] Até então, eu havia frequentado apenas as escolas de Genebra, mas meu pai achou necessário, para a conclusão da minha educação, que eu conhecesse outros costumes que não os do meu país de origem. Minha partida foi marcada para logo; mas, antes que esse dia chegasse, ocorreu o primeiro infortúnio da minha vida – um presságio, por assim dizer, da minha infelicidade futura.

Elizabeth contraiu escarlatina; a doença era grave e ela estava em grande perigo. Durante a enfermidade, usaram-se muitos argumentos para persuadir minha mãe de não tratá-la pessoalmente. A princípio, ela cedeu aos nossos pedidos; porém, quando soube que a vida de sua favorita estava ameaçada, não conseguiu mais controlar a ansiedade. Ela cuidou da garota, e suas atenções triun-

---

8 - Instituição de ensino fundada em 1472, situada na Alemanha. A Universidade encerrou suas atividades em 1800. (N. E.)

faram sobre a malignidade da doença. Elizabeth foi salva, mas as consequências dessa imprudência foram fatais para sua cuidadora. No terceiro dia, minha mãe adoeceu; sua febre foi acompanhada por sintomas alarmantes, fazendo com que os médicos prognosticassem o pior. No leito de morte, a coragem e a bondade não abandonaram a melhor dentre as mulheres. Ela uniu minhas mãos às de Elizabeth.

– Minhas crianças, minhas esperanças mais firmes de felicidade futura foram colocadas na perspectiva de sua união. Essa expectativa será agora o consolo de vosso pai. Elizabeth, meu amor, você deve tomar meu lugar junto aos meus filhos mais novos. Sinto muito! Lamento ser tirada de você; e, feliz e amada como fui, é difícil deixar todos vocês. Mas tais pensamentos não me convêm; esforçar-me-ei para resignar-me alegremente à morte e me entregarei à esperança de vê-los em outro mundo.

Ela morreu serenamente, e sua tez expressava afeto até na morte. Não preciso descrever os sentimentos daqueles cujos queridos laços foram rasgados pelo mais irreparável mal; na alma, estava o vazio; no rosto, o desespero. A mente não conseguia se convencer de que ela, a quem víamos todos os dias e cuja própria existência parecia parte da nossa, tinha partido para sempre, que o brilho de seus olhos amados estava extinto, e o som de sua voz, tão familiar e querido, fora abafado para nunca mais ser ouvido. Esses foram nossos sentimentos nos primeiros dias. Contudo, quando o lapso de tempo provou a extensão de nosso infortúnio, teve início a amargura real do sofrimento. No entanto, de quem essa mão cruel nunca afastou um ente querido? E por que devo descrever uma tristeza que todos sentiram e devem sentir? Chega um momento em que a dor é mais indulgência do que necessidade, e o sorriso que brinca nos lábios, embora apto a ser considerado um sacrilégio, não é banido. Minha mãe estava morta, mas ainda tínhamos deveres a cumprir, precisávamos dar sequência a nosso curso e nos considerar afortunados por permanecermos vivos.

Minha partida para Ingolstadt, adiada em detrimento desses eventos, foi novamente decidida. Obtive de meu pai um prazo de algumas semanas. Pareceu-me sacrilégio abandonar tão cedo a tranquilidade, semelhante à morte, de uma casa do luto, em direção ao olho do furacão da vida. A tristeza era algo novo para mim. Eu não estava disposto a deixar de ver aqueles que me restaram; e, acima de tudo, desejava ver minha doce Elizabeth um pouco mais consolada.

Ela ocultava sua dor e se esforçava para consolar a todos. Elizabeth olhava com firmeza para a vida e assumia seus deveres com coragem e zelo. Dedicou-se àqueles a quem havia aprendido a chamar de tio e primos. Nunca foi tão encantadora como naquela época, quando recuperava a luz de seus sorrisos e a despejava sobre nós. Ela se esquecia até mesmo da própria dor em seus esforços para nos fazer esquecer da nossa.

Chegou, então, o dia de minha partida. Clerval passou a última noite conosco. Ele tentara convencer seu pai a permitir que me acompanhasse e se tornasse meu colega de escola; mas foi em vão. Seu pai era um comerciante de mente fechada e enxergou ociosidade e ruína nas aspirações e ambições do filho. Henry sentiu profundamente a adversidade de ser privado de uma educação liberal. Ele falou pouco, mas, quando falou, li uma determinação contida, mas sólida, em seus olhos ardentes e em sua expressão animada: ele não se acorrentaria às minúcias miseráveis do comércio.

Ficamos acordados até tarde. Não conseguíamos nos afastar um do outro, nem nos convencer a dizer a palavra "Adeus!". Retiramo-nos sob o pretexto de descansar, cada um imaginando que enganara o outro; ao amanhecer, desci à carruagem que me levaria embora. Todos estavam lá: meu pai para me abençoar, Clerval para apertar minha mão mais uma vez, e minha Elizabeth, tanto para renovar seus pedidos de que lhe escrevesse com frequência como também para conceder suas últimas atenções femininas ao companheiro de brincadeiras e amigo.

Eu me atirei dentro da carruagem que me levaria embora e me entreguei às mais melancólicas reflexões. Eu, que já fora cercado por companheiros amigáveis e estava continuamente empenhado em proporcionar prazer mútuo, agora estava sozinho. Na universidade, deveria fazer novos amigos e ser meu próprio protetor. Minha vida até então fora notavelmente isolada e doméstica, e isso me suscitava repugnância invencível a novos rostos. Eu amava meus irmãos, Elizabeth e Clerval; esses eram "velhos rostos familiares", e eu me considerava mesmo inadequado para a companhia de estranhos. Essas foram as minhas reflexões ao iniciar a jornada; entretanto, à medida que prossegui, meus ânimos e minhas esperanças aumentaram. Eu desejava inflamadamente a aquisição de conhecimento. Muitas vezes, em casa, considerava difícil permanecer durante a juventude preso a um só lugar; eu desejava conhecer o mundo e assumir minha posição junto aos demais seres humanos. Agora, meus desejos estavam sendo satisfeitos e seria tolice se arrepender.

Tive tempo suficiente para essas e muitas outras reflexões durante minha viagem a Ingolstadt, que foi longa e cansativa. Por fim, o alto campanário branco da cidade encontrou meus olhos. Desci e fui conduzido ao meu apartamento solitário, para passar a noite como quisesse.

Na manhã seguinte, entreguei minhas cartas de apresentação e visitei alguns dos principais professores. O acaso – ou melhor, a influência maligna do Anjo da Destruição, que exerceu poder sobre mim desde o momento em que virei meus passos relutantes da porta do meu pai – me levou primeiro ao sr. Krempe, professor de filosofia natural. Era um homem rude, mas profundamente enraizado nos segredos de sua ciência. Ele me direcionou várias perguntas acerca do meu progresso nos diferentes ramos da ciência pertencentes à filosofia natural. Descuidadamente e, em parte, com certo desdém, respondi mencionando os nomes dos meus alquimistas como os principais autores que havia estudado. O professor me encarou e disse:

– Você de fato gastou seu tempo estudando essas bobagens?

Respondi afirmativamente.

– Todo minuto – continuou o sr. Krempe com fervor – e todo instante que você desperdiçou nesses livros estão completamente perdidos. Você sobrecarregou sua memória com sistemas falhos e nomes inúteis. Meu Deus! Em que terra do deserto você viveu, onde ninguém teve a gentileza de informá-lo de que essas fantasias que com tamanha avidez absorveu têm mil anos e são tão mofadas quanto antiquadas? Eu não esperava, nesta era científica e esclarecida, encontrar um discípulo de Alberto Magno e de Paracelso. Meu caro senhor, você deve recomeçar seus estudos do zero.

Dito isso, ele se afastou e escreveu uma lista com vários livros sobre filosofia natural que desejava que eu adquirisse; antes de me dispensar, mencionou que, no início da semana seguinte, ele pretendia iniciar uma série de aulas sobre filosofia da natureza em suas relações gerais, e que o sr. Waldman, um colega professor, apresentaria aulas sobre química nos dias em que ele não estaria presente.

Não voltei decepcionado para casa, pois disse que há muito considerava inúteis os autores que o professor reprovava; porém, de qualquer forma, não me senti nem um pouco inclinado a retomar esses estudos. O sr. Krempe era um homenzinho atarracado de voz rouca e tez repulsiva; logo, o professor não me fisgou em favor de suas pesquisas. De um modo demasiadamente filosófico, refleti sobre as conclusões a que chegara há alguns anos. Quando criança, não me contentara com os resultados prometidos pelos professores modernos de ciências naturais. Com uma confusão de ideias que só podiam ser atribuídas à minha juventude extrema e à falta de um guia para os assuntos em questão, eu havia retrocedido os passos do conhecimento no caminho do tempo, trocando as descobertas de pesquisadores recentes pelos sonhos de alquimistas esquecidos. Além disso, eu desprezava os usos da filosofia natural moderna. Era muito diferente quando os mestres da ciência buscavam imortalidade e poder; tais ambições, embora fúteis, eram grandiosas. Agora o cenário estava mudado. O interesse do pesquisador parecia limitar-se à aniquilação das visões nas quais meu interesse pela ciência se baseara. Fui obrigado a trocar quimeras de grandeza sem limites por realidades de pouco valor.

Tais foram minhas reflexões durante os primeiros dois ou três dias de residência em Ingolstadt, dedicados em especial a conhecer as localidades e seus principais moradores. Todavia, no início da semana seguinte, pensei nas informações que o sr. Krempe me dera sobre as aulas. E, embora não pudesse consentir em ouvir aquele sujeito vaidoso proferindo sentenças no púlpito, lembrei do que ele havia dito sobre o sr. Waldman, a quem não tinha visto até então por estar fora da cidade.

Em parte por curiosidade e em parte pelo ócio, entrei na sala de aula, e pouco depois o sr. Waldman também o fez. Esse professor era muito diferente de seu colega. Ele aparentava ter cerca de cinquenta anos e demonstrava um aspecto benevolente. Alguns cabelos grisalhos cobriam suas têmporas, mas aqueles na parte de trás da cabeça eram quase pretos. Era um homem de estatura baixa, mas notavelmente ereta; e sua voz era a mais doce que já ouvi. Ele iniciou sua aula recapitulando a história da química e as numerosas melhorias feitas por diferentes homens de conhecimento, pronunciando com devoção os nomes dos mais ilustres descobridores. Em seguida, apresentou uma visão superficial do estado atual da ciência e explicou muitos de seus jargões mais básicos. Depois de fazer algumas experiências preparatórias, ele concluiu a aula com um discurso sobre a química moderna, cujos termos nunca esquecerei:

– Os antigos professores dessa ciência prometeram impossibilidades e nada realizaram. Os mestres modernos prometem muito pouco; eles sabem que os metais não podem ser transmutados e que o elixir da vida é uma quimera. Mas esses filósofos, cujas mãos parecem feitas apenas para mexer na sujeira, com seus olhos debruçados sobre o microscópio ou o cadinho, de fato realizam milagres. Eles penetram nos recessos da natureza e noticiam como ela trabalha em seus esconderijos. Eles almejam os céus; descobriram como o sangue circula e a natureza do ar que respiramos. Eles adquiriram poderes novos e quase ilimitados; podem comandar os trovões do céu, imitar o terremoto e até zombar do mundo invisível com suas próprias sombras.

Essas foram as palavras do professor – ou, se me permite dizer, as palavras do destino, enunciadas para me destruir. Enquanto ele prosseguia, eu sentia como se minha alma estivesse lutando contra um inimigo palpável; uma a uma, várias peças foram deslocadas, formando o mecanismo do meu ser. Logo, minha mente foi preenchida por um pensamento, uma concepção, um propósito.

– Tanta coisa foi feita! – exclamou a alma de Frankenstein. – E farei muito mais: seguindo os passos já trilhados, vou abrir um novo caminho, explorar poderes desconhecidos e revelar ao mundo os mistérios mais profundos da criação.

Não consegui fechar os olhos naquela noite. Meu ser interno estava em estado de insurreição e turbulência; senti que a ordem surgiria daí, mas não tinha poder para produzi-la. Aos poucos, depois do amanhecer, o sono chegou. Quando acordei, os pensamentos do dia anterior soaram como um sonho. Restava apenas uma resolução para retomar meus estudos antigos e me dedicar a uma ciência para a qual acreditava possuir um talento intrínseco. No mesmo dia, visitei o sr. Waldman. Suas maneiras na intimidade eram ainda mais brandas e chamativas do que em público; afinal, a dignidade de expressão manifesta durante a aula fora substituída em casa por um semblante afável e bondoso. Ofereci-lhe praticamente o mesmo relato sobre minhas atividades anteriores que eu dera ao seu colega professor. Ele ouviu com atenção a pequena narração a respeito de meus estudos e sorriu ante a menção a Cornelius Agrippa e Paracelso, mas sem exibir o desprezo do sr. Krempe.

– Esses foram homens de zelo incansável a quem os filósofos modernos devem a maior parte dos fundamentos de seu conhecimento – ele disse. – Eles nos deixaram a tarefa mais fácil, de renomear e arranjar novas classificações aos fatos que, em grande parte, eles trouxeram à luz. Os trabalhos de homens sábios, ainda que direcionados de maneira errônea, dificilmente representam uma desvantagem palpável para a humanidade.

Ouvi sua declaração, proferida sem qualquer presunção ou afetação, e acrescentei que a aula acabara com meus preconceitos contra os químicos modernos; expressei-me em termos comedidos, com a modéstia e a deferência próprias de um jovem para com seu instrutor, sem deixar escapar o entusiasmo que instigava os trabalhos que eu almejava executar. Pedi, então, seu conselho sobre os livros que deveria adquirir.

– Estou feliz – anunciou o sr. Waldman – por ter conquistado um discípulo; e se sua aplicação for igual à sua capacidade, não tenho dúvidas de que obterá sucesso. Química é o ramo da filosofia natural em que podem ser conduzidas as melhorias mais expressivas; é por isso que fiz dela meu campo de estudo específico. Porém, não negligenciei os outros ramos da ciência. Um químico seria muito triste se atendesse apenas a essa área do conhecimento humano. Se o seu desejo é tornar-se realmente um homem da ciência, e não apenas um experimentalista mesquinho, recomendo que se aplique a todos os ramos da filosofia natural, incluindo a matemática.

Ele me levou ao seu laboratório e falou sobre os usos de várias máquinas, instruindo-me sobre o que deveria adquirir e prometendo-me o uso de suas próprias quando eu alcançasse um nível avançado o suficiente para não as estragar. Ele também me entregou a lista de livros que eu havia solicitado, e então me despedi.

Assim terminou aquele dia memorável: o dia que determinou meu futuro.

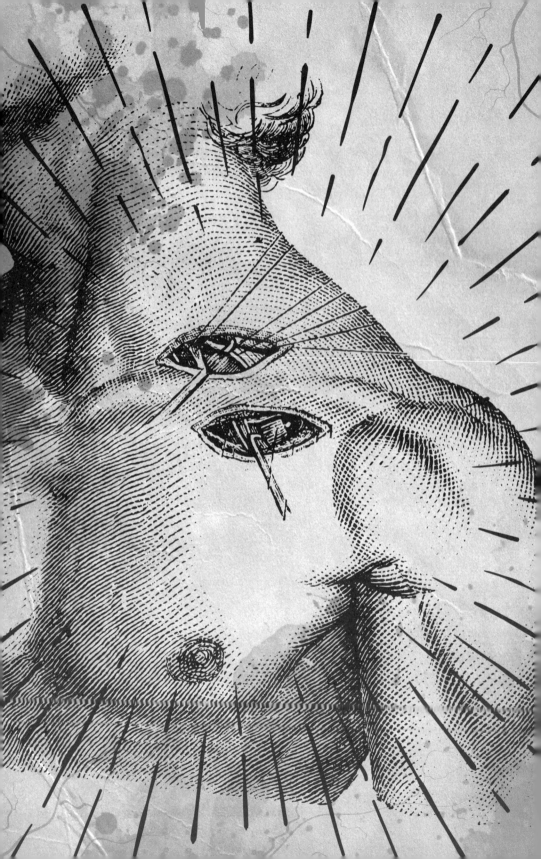

CAPÍTULO IV

A PARTIR DAQUELE DIA, a filosofia da natureza, e particularmente a química, tornou-se minha ocupação quase exclusiva. Li com entusiasmo as obras dos pesquisadores modernos sobre as referidas áreas, tão cheias de genialidade e discernimento. Participei de palestras e cultivei relações com cientistas da universidade, encontrando até no sr. Krempe grande quantidade de bom senso e informações reais – associados, é verdade, a uma fisionomia e maneiras repulsivas, mas nem por isso menos valiosos. No sr. Waldman, encontrei um amigo de verdade. Sua gentileza nunca fora afetada pelo dogmatismo, e suas instruções eram dadas com ar de honestidade e boa natureza, que exilavam qualquer ideia de pedantismo. De mil maneiras, ele facilitou o caminho do conhecimento para mim e tornou mais claras e fáceis para minha apreensão aquelas perguntas obscuras. Minha aplicação foi a princípio flutuante e incerta, ganhando força à medida que prossegui. Logo me tornei tão apaixonado e ávido que as estrelas desapareciam frequentemente à luz da manhã enquanto eu ainda estava ocupado em meu laboratório.

Diante de tamanha aplicação, é fácil conceber a rapidez de meu progresso. Minha exaltação espantava os colegas enquanto minha proficiência atraía a atenção dos mestres. O professor Krempe com frequência me perguntava, com um sorriso malicioso, "como estava Cornelius Agrippa", enquanto o sr. Waldman expressava o mais sincero júbilo pelo meu desempenho. Dois anos se passaram dessa maneira, durante os quais não visitei Genebra, mas estive lançado, de coração e alma, à procura de algumas das descobertas que intentava fazer. Ninguém é capaz de compreender as tentações da ciência senão aqueles que as experimentaram. Em estudos de outra natureza, você não vai além dos outros que chegaram antes de você, mas em uma busca científica há espaço contínuo para descobertas. Uma mente de capacidade moderada, que se dedica com afinco a um estudo, deve infalivelmente alcançar notável proficiência. Eu melhorei tão sensivelmente nas minhas investigações que, ao final de dois anos, fiz descobertas para o aprimoramento de alguns instrumentos químicos, o que me fez conquistar enorme estima e admiração na universidade. Quando cheguei a esse ponto e me familiarizei tanto com a teoria quanto com a prática da filosofia da natureza, percebi que as lições dos professores de Ingolstadt já não me ofereciam mais quaisquer avanços. Pensei, então, em retornar a meus amigos e à minha cidade natal, mas um incidente prolongou minha estadia.

Um dos fenômenos que atraiu minha atenção de maneira peculiar foi o da estrutura do corpo humano e, também, de qualquer animal dotado de vida. Eu sempre me perguntava: qual era a origem do princípio da vida? Era uma pergunta ousada, repleta de mistério; todavia, quantas coisas já estivemos à beira de descobrir e, por covardia ou descuido, restringimos nossas investigações? Ponderei sobre as circunstâncias e, então, decidi me dedicar especialmente aos ramos da filosofia natural relacionados à fisiologia. Se não estivesse animado por um entusiasmo quase sobrenatural, minha aplicação ao estudo teria sido cansativa e quase intolerável. Para examinar as causas da vida, precisamos primeiro recorrer à morte. Eu me familiarizara com a ciência da anatomia, mas não era suficiente; precisava também observar a decadência natural e a corrupção do corpo humano. Na minha formação, meu pai tomou as maiores precauções para que minha mente não fosse perturbada por horrores sobrenaturais. Eu não me lembro de já ter tremido ao ouvir uma história de superstição, ou de temer a aparição de um espírito. A escuridão não tinha efeito sobre minha fantasia, e um cemitério para mim era apenas o receptáculo de corpos privados de vida, que, antes dotados de beleza e força, agora eram alimento para os vermes. Fui levado a examinar a causa e o progresso dessa decadência, passando dias e noites em jazigos e casas funerárias. Minha atenção concentrou-se nas deteriorações mais insuportáveis à delicadeza dos sentimentos humanos. Vi como a forma do homem era degradada e desperdiçada; vi a corrupção da morte pôr fim à face florescente da vida; vi como o verme herda as maravilhas do olho e do cérebro. Examinei e analisei todas as causalidades na mudança da vida para a morte e da morte para a vida até que, no meio dessa escuridão, uma luz repentina me invadiu – uma luz tão brilhante e simples que, ao mesmo tempo que me sentia tonto pela imensidão da perspectiva que ela ilustrava, me surpreendia com o fato de que, entre tantos gênios que haviam dirigido suas investigações para a mesma ciência, eu fora designado para descobrir tão surpreendente segredo.

Lembre-se: não estou relatando a visão de um louco. Tudo o que afirmo é tão verdadeiro quanto o sol que brilha no céu. Algum milagre pode ter produzido aquilo, mas os estágios da descoberta foram distintos e prováveis. Após dias e noites de trabalho intenso e fadiga, consegui descobrir a causa da geração e da vida. Mais ainda: tornei-me capaz de animar a matéria sem vida.

O espanto que experimentei a respeito dessa descoberta logo deu lugar ao deleite e ao êxtase. Depois de tanto tempo gasto em esforço doloroso, alcançara o ápice dos meus desejos e consumara a mais gratificante das minhas labutas. Entretanto, a descoberta era tão enorme e avassaladora que todos os passos que me conduziram progressivamente até ela foram obliterados, restando apenas seu resultado para minha contemplação. O que havia sido o estudo e o desejo dos homens mais sábios desde a criação do mundo chegara ao meu alcance. Não que, como em um passe de mágica, tudo tenha se aberto para mim de uma só vez: as informações que obtive foram conquistadas com um trabalho zeloso cujos avanços apontavam em direção ao objeto de pesquisa em vez de exibi-lo à minha disposição. Eu era como o árabe que, enterrado com os mortos, encontrou uma passagem para a vida mediante o auxílio de uma luz cintilante e, aparentemente, ineficaz.

Percebo pela sua ansiedade e pela esperança em seus olhos que você, meu amigo, espera ser informado sobre o segredo com o qual estou familiarizado. Isso não pode acontecer; ouça com paciência até o fim da minha história, e você entenderá facilmente a minha reserva quanto a esse assunto. Não vou guiá-lo, desprotegido e audacioso como fui naquela época, à sua destruição e infelicidade extrema. Aprenda comigo, se não pelos meus preceitos, pelo menos pelo meu exemplo, quão perigosa é a aquisição de conhecimento e quão feliz é o homem que acredita que sua cidade natal é o mundo e não aspira se tornar maior do que sua natureza permite.

Quando encontrei tal poder, tão espantoso em minhas mãos, hesitei muito sobre a maneira de empregá-lo. Embora eu possuísse a capacidade de conceder animação, preparar uma moldura para sua recepção, com todas as suas complexidades de fibras, músculos e veias, continuava sendo um trabalho de dificuldade e dedicação inconcebíveis. A princípio, duvidei se deveria arriscar a criação de um ser como eu, ou algo de estrutura mais simples; porém, minha imaginação foi instigada demais pelo meu primeiro sucesso para que eu duvidasse de minha capacidade de dar vida a um animal tão complexo e maravilhoso quanto o homem. Os materiais à minha disposição não pareciam adequados àquela tarefa tão árdua, mas eu não duvidava de que seria bem-sucedido. Eu me preparei para uma infinidade de reveses; minhas operações podiam se tornar incessantemente confusas, e meu trabalho, imperfeito. Ainda assim, quando considerava as melhorias que ocorrem todos os dias na ciência e na mecânica, fui encorajado a esperar que minhas tentativas do momento fossem, ao menos, as bases do sucesso futuro. Tampouco poderia considerar a magnitude e a complexidade do meu plano como argumentos para sua impraticabilidade. Foi com esses sentimentos que dei início à criação de um ser humano. Como a minúcia das partes constituía um grande obstáculo à minha velocidade, resolvi, contrariando minha primeira intenção, criar um ser de estatura gigantesca; isto é, de aproximadamente dois metros de altura e proporcionalmente largo. Depois de tal resolução e de passar meses coletando e organizando meus materiais, eu comecei.

Ninguém pode compreender a variedade de sentimentos que me impeliram adiante, como um furacão, nesse primeiro entusiasmo de sucesso. A vida e a morte me pareciam barreiras ideais que eu precisava romper a fim de derramar uma torrente de luz em nosso mundo sombrio. Uma nova espécie me abençoaria como seu criador e fonte; muitas naturezas felizes e excelentes deveriam seu ser a mim. Nenhum pai poderia reivindicar a gratidão de seu filho com tanto merecimento quanto eu. Perseguindo essas reflexões, imaginei que, se pudesse conferir animação à matéria sem vida, poderia, com o tempo, embora agora eu considere impossível, renovar a vida onde a morte aparentemente devotara o corpo à corrupção.

Tais foram os pensamentos que apoiaram meu espírito enquanto eu prosseguia meu compromisso com um ardor incessante. Minha bochecha empalideceu com o estudo e minha figura se tornou emaciada no confinamento. Dadas vezes, à beira da certeza, eu falhava; ainda assim, eu me apegava à esperança do que poderia realizar no dia subsequente ou na próxima hora. O segredo que eu possuía era a esperança à qual me dedicava. A lua contemplava meus trabalhos da meia-noite, enquanto, com ânsia tensa e sem fôlego, eu perseguia a natureza em seus esconderijos. Quem poderia conceber os horrores da minha labuta secreta enquanto eu me encontrava na umidade da sepultura ou torturava o animal vivo à procura de animar o barro sem vida? Meus membros tremem ao passo que meus olhos nadam nessas lembranças. Um impulso sem resistência e quase frenético me levara adiante; e eu parecia ter perdido toda a alma ou o sentimento pelo que havia além dessa busca. Foi, no fim, apenas um transe passageiro, que só me fez sentir uma agudeza renovada quando voltei aos meus velhos hábitos. Colecionei ossos de jazigos e perturbei, com dedos profanos, os tremendos segredos da estrutura humana. Em uma câmara solitária – ou melhor, uma cela – no topo de minha casa e separada de todos os outros apartamentos por uma galeria e uma escada, mantive minha oficina de criação imunda. Meus olhos saltam das órbitas quando descrevo os detalhes do meu emprego. A sala de dissecação e o matadouro forneciam muitos dos meus materiais; com frequência, minha natureza humana se aborrecia com a minha ocupação, enquanto, ainda instigado por uma ansiedade que aumentava perpetuamente, levava meu trabalho a uma conclusão.

Os meses de verão se passaram enquanto eu estava envolvido, de corpo e alma, em minha busca. Foi uma estação muito bonita; nunca os campos renderam uma colheita mais abundante nem as videiras produziram uma safra mais luxuriante. Meus olhos, no entanto, eram insensíveis aos encantos da natureza. Os mesmos sentimentos que me impeliram a negligenciar as cenas ao meu redor também me fizeram esquecer os amigos que estavam a tantos quilômetros de distância e que eu não via há muito tempo. Eu sabia que meu silêncio os inquietava; lembrei-me bem das palavras do meu pai: *Sei que, enquanto estiver satisfeito consigo mesmo, pensará em nós com afeto e mandará frequentemente notícias suas. Você deve me perdoar se considerar qualquer interrupção em sua correspondência como uma prova de que seus outros deveres estão sendo igualmente negligenciados.*

Eu sabia bem, portanto, quais eram os sentimentos do meu pai; porém, não conseguia desviar meus pensamentos da tarefa, repugnante por si só, mas que tomara conta de minha imaginação de forma irresistível. Eu queria procrastinar tudo o que se relacionava aos meus sentimentos de afeição até completar o grande objeto, que engolia todos os hábitos da minha natureza.

Pensava que meu pai seria injusto se atribuísse minha negligência ao vício ou a defeitos de minha parte, mas agora estou convencido de que ele tinha uma boa razão para me considerar culpável. Um ser humano perfeito deve sempre preservar uma mente calma e pacífica e jamais permitir que a paixão ou um desejo transitório perturbe sua tranquilidade. Não considero a busca pelo conhecimento uma exceção à regra. Se o estudo a que se aplica tem tendência a enfraquecer seus afetos e a destruir seu gosto por prazeres simples, ele é certamente ilegal e não condizente com a mente humana. Se essa regra fosse sempre obedecida e ninguém permitisse a interferência de qualquer atividade na tranquilidade de seus afetos domésticos, a Grécia não teria sido escravizada, César teria poupado sua pátria, a América teria sido descoberta de forma mais gradual e os impérios do México e do Peru não teriam sido destruídos.

Mas esqueço que estou aplicando lições de moral à parte mais interessante da minha história, e a expressão em seu rosto me lembra de prosseguir.

Meu pai não me censurou em suas cartas e apenas percebeu meu silêncio ao investigar minhas ocupações com mais empenho do que antes. O inverno, a primavera e o verão se passaram durante meus trabalhos, mas não observei o florescer ou o verdejar – vistas que sempre me deram supremo prazer –, tamanha a concentração em minha tarefa. As folhas daquele ano murcharam antes que meu trabalho chegasse ao fim, e cada dia delineava o avanço com clareza para mim. Meu entusiasmo, no entanto, era controlado por minha ansiedade, e eu mais parecia um escravo condenado a trabalhar nas minas, ou qualquer outra ocupação nociva, do que um artista empenhado em seu trabalho favorito. Toda noite eu era acometido por uma febre lenta e ficava extremamente nervoso. A queda de uma folha era capaz de me assustar e eu evitava meus semelhantes como se tivesse sido culpado de um crime. Às vezes, me sentia alarmado ao perceber no que me tornara; apenas a energia do meu propósito me sustentava. Meus trabalhos logo terminariam, e eu acreditava que exercícios e diversão afastariam a doença incipiente. Prometi ambos a mim mesmo quando a criação estivesse completa.

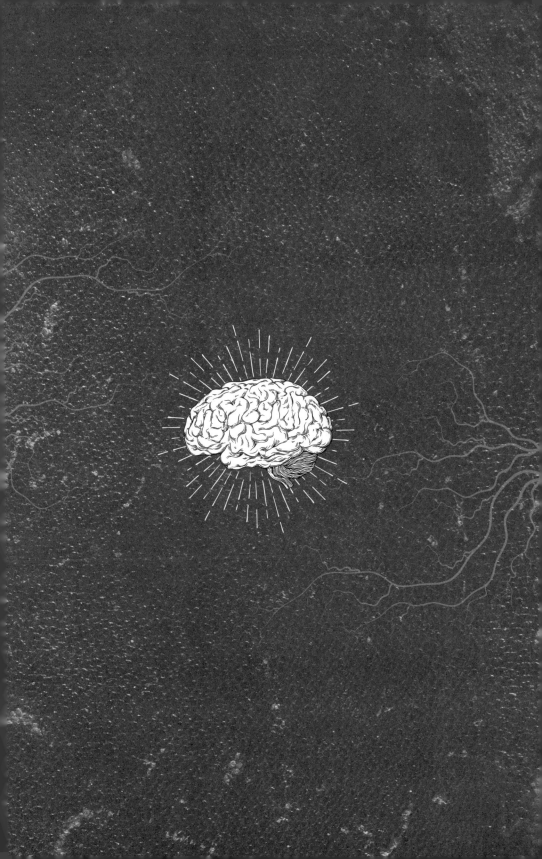

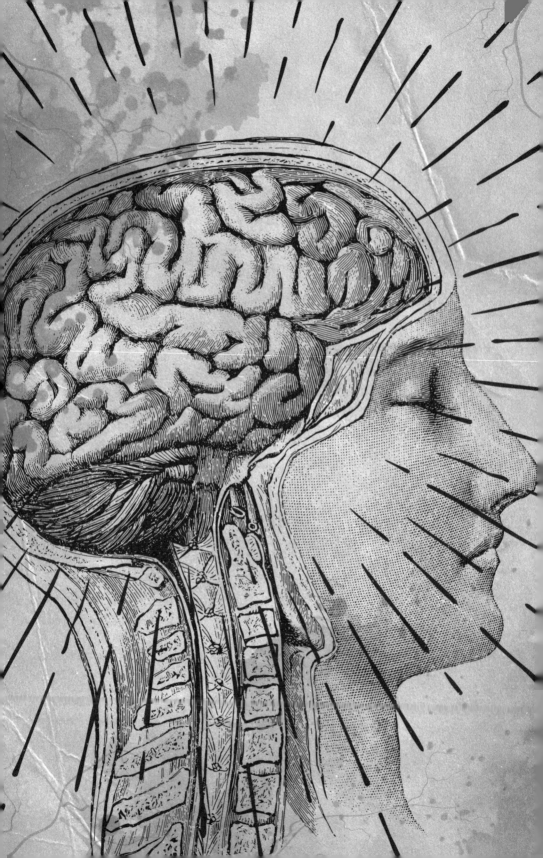

CAPÍTULO V

FOI EM UMA NOITE SOMBRIA de novembro que contemplei a realização de meus esforços. Com uma ansiedade que beirou a agonia, coletei os instrumentos da vida ao meu redor para que pudesse infundir uma centelha de ser na coisa sem vida que jazia aos meus pés. Já era uma da manhã; a chuva batia tristemente contra as vidraças e minha vela estava quase derretida quando, pelo brilho da luz quase extinta, vi o olho amarelo opaco da criatura aberto. Ela respirava com dificuldade e um movimento convulsivo agitava seus membros.

Como posso descrever minhas emoções no que diz respeito a essa catástrofe, ou retratar o infeliz que com tantas dores e cuidados infinitos eu me empenhara em formar? Seus membros eram proporcionais, e eu o dotara de traços bonitos. Bonitos! Meu Deus! Sua pele amarela mal cobria os músculos e as artérias; seus cabelos eram esvoaçantes e de um preto lustroso; os dentes eram de uma brancura perolada. Porém, essas exuberâncias apenas contrastavam de forma horrível com seus olhos lacrimejantes – que pareciam da mesma cor que as órbitas onde se encontravam –, sua pele enrugada e seus lábios negros e lisos.

Os diversos acidentes da vida não são tão mutáveis quanto os sentimentos da natureza humana. Eu trabalhara duro por quase dois anos com o único objetivo de infundir vida em um corpo inanimado. Para tanto, me privara de descanso e saúde. Eu desejara aquilo com um ardor que excedia em muito a moderação. Entretanto, agora que eu tinha terminado, a beleza do sonho desaparecera, dando lugar a horror e repulsa em meu coração. Incapaz de suportar o aspecto do ser que eu havia criado, saí correndo da sala e andei por muito tempo pelo meu quarto, incapaz de recompor minha mente a fim de dormir. Por fim, a fadiga sucedeu o alvoroço; me joguei na cama com minhas roupas, na tentativa de encontrar alguns momentos de esquecimento. Foi em vão; dormi, mas fui perturbado pelos sonhos mais loucos. Sonhei que vi Elizabeth, na flor da idade, andando pelas ruas de Ingolstadt. Encantado e surpreso, eu a abracei; mas, quando a beijei nos lábios, eles ficaram lívidos com o tom da morte. Suas feições mudaram, e pensei segurar nos braços o cadáver de minha mãe. Uma mortalha envolveu seu corpo, e vi minhocas se rastejarem nas dobras do pano. Acordei horrorizado; um orvalho frio cobria minha testa, meus dentes tremiam e todos os membros foram tomados pela convulsão. Então, sob a luz fraca e amarela da lua que se impunha através das venezianas da janela, vi o infeliz – o monstro desgraçado que eu criara. Ele levantou o cortinado da cama. Seus olhos, se é que podem ser chamados assim, estavam fixos em mim. Sua mandíbula se abriu e ele murmurou sons desarticulados ao passo que um sorriso enrugava suas bochechas. É possível que tenha falado, mas não ouvi; ele estendeu uma mão, aparentemente para me deter, mas escapei e corri escada abaixo. Refugiei-me no pátio pertencente à casa em que habitava e permaneci ali durante o resto da noite. Caminhei para cima e para baixo sob forte agitação, ouvindo com atenção e temendo cada som que pudesse anunciar a aproximação do cadáver demoníaco a que eu tão miseravelmente dera vida.

Ah! Nenhum mortal poderia suportar o horror daquela tez. Uma múmia novamente possuída com a vida não poderia ser tão hedionda quanto aquele infeliz. Eu o contemplara enquanto ainda estava inacabado; ele era feio então. Mas, quando seus músculos e suas articulações assumiram a capacidade de movimento, ele tornou-se algo que nem Dante poderia ter concebido.

Passei uma noite miserável. Em dados momentos, meu pulso batia com tanta rapidez e dificuldade que eu sentia a palpitação de cada artéria; em outros, quase afundava no chão devido ao cansaço e à fraqueza extrema. Junto a esse horror, senti a amargura da decepção; sonhos que tinham sido minha comida e meu descanso por tanto tempo se tornaram um inferno. A mudança fora rápida, e a derrocada, completa!

A manhã, soturna e úmida, enfim nasceu. Observei com meus olhos insones e doloridos a igreja de Ingolstadt, sua torre branca e o relógio, que marcava seis horas. O porteiro abriu os portões do pátio que naquela noite tinha sido meu asilo, e saí pelas ruas a passos rápidos, como se tentasse evitar o desgraçado que temia encontrar cada vez que virava uma rua. Não ousei retornar ao apartamento onde morava, sentindo um impulso para me apressar, embora estivesse encharcado pela chuva que caía de um céu escuro e sem conforto.

Continuei caminhando dessa maneira por um período, à procura de, por meio de exercícios corporais, aliviar a carga que pesava sobre minha mente. Atravessei as ruas sem qualquer noção clara de onde estava ou o que fazia. Meu coração palpitava ante a indisposição causada pelo medo à medida que me apressava com passos irregulares sem me atrever a observar ao redor:

> Era eu como quem vai, com medo e com temor,
> Por deserto lugar,
> E, tendo olhado à pressa para trás, prossegue
> Sem nunca mais olhar
> Porque bem sabe que um demônio assustador
> Pisa em seu calcanhar.[9]

Continuando assim, cheguei diante de uma estalagem em que várias diligências e carruagens costumavam fazer ponto. Ali parei, sem saber o porquê; fiquei alguns minutos com os olhos fixos numa carruagem que vinha em minha direção, do outro lado da rua. À medida que se aproximava, observei que era uma diligência suíça. Ela parou exatamente onde eu estava; quando a porta se abriu, vi Henry Clerval, que, ao me ver, saltou no mesmo instante.

– Meu caro Frankenstein! – exclamou ele. – Como estou feliz em vê-lo! Que sorte te encontrar no exato momento de minha chegada!

Nada poderia igualar-se ao prazer de ver Clerval; sua presença trouxe de volta aos meus pensamentos meu pai, Elizabeth e todas aquelas queridas lembranças de casa. Agarrei sua mão e, por um momento, esqueci meu horror e infortúnio. De repente, senti pela primeira vez em muitos meses uma alegria calma e serena. Dei as

---

9   Trecho de "A Balada do Velho Marinheiro", de Samuel Taylor Coleridge. Tradução de Adriano Scandolara. Disponível em: <https://edisciplinas.usp.br/pluginfile.php/2561399/mod_resource/content/4/A%20BALADA%20DO%20VELHO%20MARINHEIRO.pdf>. Acesso em: 06 out. 2019. (N. E.)

boas-vindas ao meu amigo da maneira mais cordial e caminhamos em direção à minha faculdade. Clerval continuou conversando por um tempo sobre nossos amigos em comum e sua própria sorte de poder vir a Ingolstadt.

– Você pode imaginar com facilidade o quanto foi difícil convencer meu pai de que todo o conhecimento necessário não estava encerrado na augusta arte da contabilidade. Na verdade, acredito que o deixei incrédulo até o fim, pois sua frequente resposta às minhas súplicas incansáveis era a mesma do professor holandês de *O vigário de Wakefield*: "Ganho dez mil florins por ano sem o grego, e me alimento fartamente sem o grego". Mas o tamanho de sua afeição por mim acabou superando o da aversão pelo aprendizado, e ele me permitiu fazer uma viagem de descoberta à terra do conhecimento.

– Me dá o maior prazer vê-lo aqui. Mas diga-me: como estão meu pai, meus irmãos e Elizabeth?

– Estão bem e felizes, apenas um pouco apreensivos por sua falta de contato. A propósito, pretendo ralhar com você em nome deles… Mas, meu caro Frankenstein – continuou ele, parando e olhando fixamente para o meu rosto –, eu não havia percebido como você está com um aspecto doente. Está tão magro e pálido, parece ter ficado acordado por noites.

– Você adivinhou certo. Nos últimos tempos, tenho estado tão profundamente envolvido com uma atividade que não me permiti descanso suficiente, como pode perceber. Espero, porém, que meus afazeres tenham chegado ao fim e que eu esteja por fim livre.

Eu tremia em excesso; não suportava pensar e muito menos me referir às ocorrências da noite anterior. Andamos em um ritmo rápido e logo chegamos à minha faculdade. De repente, uma reflexão me fez estremecer; a criatura que eu deixara em meu apartamento poderia ainda estar lá, viva e circulando. Eu receava ver o monstro, mas temia mais ainda que Henry o visse. Pedi, então, que ele permanecesse uns minutos ao pé da escada enquanto eu corria para o meu quarto. Antes mesmo de eu me recobrar, minha mão já estava na fechadura; então parei e um calafrio tomou conta de mim. Abri a porta à força, como as crianças estão acostumadas a fazer quando imaginam que um espectro jaz à sua espera do outro lado, mas nada apareceu. Entrei com medo; o apartamento estava vazio e meu quarto já não abrigava o hediondo hóspede. Eu mal podia acreditar na minha sorte. Quando tive certeza de que meu inimigo havia realmente fugido, bati palmas de alegria e corri até Clerval.

Subimos ao meu quarto e o criado trouxe o café da manhã. No entanto, eu não conseguia me conter. Não era apenas a alegria que me possuía; sentia minha carne formigar com o excesso de sensibilidade e meu pulso bater rapidamente. Não era capaz de permanecer por um único instante no mesmo lugar; pulava sobre as cadeiras, batia palmas e ria alto. A princípio, Clerval atribuiu meus ânimos incomuns à alegria de sua chegada; mas, quando me observou com mais atenção, identificou uma selvageria em meus olhos que não podia explicar. Meu riso alto, irrestrito e sem coração assustou-o e o surpreendeu.

– Meu querido Victor! – exclamou ele. – Qual é o problema, pelo amor de Deus? Não ria dessa maneira. Você está doente! Qual é a causa de tudo isso?

– Não me pergunte – repliquei ao colocar as mãos diante dos olhos, pois pensava ter visto o assombroso espectro na sala. – *Ele* pode te dizer. Ah, salve-me! Salve-me!

Imaginando que o monstro estivesse a me atacar, lutei furiosamente e caí desfalecido.

Pobre Clerval! O que ele deve ter pensado? Um reencontro, que ele previra com tanta alegria, havia se transformado em amargura. Mas eu não fui testemunha de sua dor, pois não recuperei meus sentidos por um longo, longo período.

Esse foi o começo de uma febre emocional que me deixou confinado por vários meses. Durante todo o tempo, Henry foi meu único enfermeiro. Mais tarde, compreendi que, considerando a idade avançada de meu pai e sua inaptidão para uma jornada tão longa, além do quão desoladora seria minha doença para Elizabeth, ele poupou-lhes dessa tristeza, ocultando a extensão do meu distúrbio. Ele sabia que eu não poderia ter um enfermeiro mais gentil e atencioso do que ele e, firme na esperança que depositava em minha recuperação, não duvidava que, em vez de causar dano, exercia a ação mais gentil que podia em relação a eles.

Na realidade, porém, eu estava bastante enfermo, e sem dúvida nada além das atenções ilimitadas e incessantes de meu amigo poderiam ter me restaurado à vida. A forma do monstro a quem eu concedera a existência se prolongava eternamente diante dos meus olhos, e eu delirava frequentemente com aquela imagem. Com certeza, minhas palavras surpreenderam Henry; a princípio, ele acreditou que se tratava de divagações da minha imaginação perturbada, mas a insistência contínua com que eu recorria ao assunto o convenceu de que a origem de minha condição se devia a alguma ocorrência incomum e terrível.

De modo lento e com frequentes recaídas que alarmaram e entristeceram meu amigo, eu me recuperei. Lembro-me da primeira vez que voltei a distinguir objetos com certo tipo de prazer: percebi que as folhas caídas haviam desaparecido e que os brotos jovens surgiam nas árvores que sombreavam minha janela. Foi uma primavera divina, e a temporada contribuiu muito para a minha convalescença. Senti também sentimentos de alegria e carinho reviverem em meu peito; minha tristeza desapareceu e, em pouco tempo, fiquei tão alegre quanto era antes de ser atacado pela paixão fatal.

– Querido Clerval! – exclamei. – Como você é bom para mim! Todo esse inverno, em vez de ser aproveitado para seu estudo, como havia prometido a si próprio, foi gasto comigo. Como posso retribuir? Sinto o maior remorso pela decepção que causei, mas sei que me perdoará.

– Você vai me retribuir inteiramente se não se descompuser, recuperando-se o mais rápido possível. E já que parece estar de bom humor, posso falar com você sobre um assunto, não posso?

Tremi. Um assunto! O que poderia ser? Ele faria alusão a algo que eu não ousava sequer pensar a respeito?

– Recomponha-se – advertiu Clerval, observando minha mudança de cor. – Não mencionarei o assunto se lhe causar agitação, mas seu pai e sua prima ficariam muito felizes se recebessem uma carta escrita com sua própria caligrafia. Eles não sabem o quanto você ficou doente e se sentem desconfortáveis com o longo silêncio.

– Isso é tudo, meu querido Henry? Como você poderia supor que meus primeiros pensamentos não voam na direção daqueles a quem amo e que são tão merecedores do meu amor?

– Se este é o seu temperamento atual, meu amigo, talvez fique feliz em ver uma carta que está à sua espera há dias. Acredito que seja de sua prima.

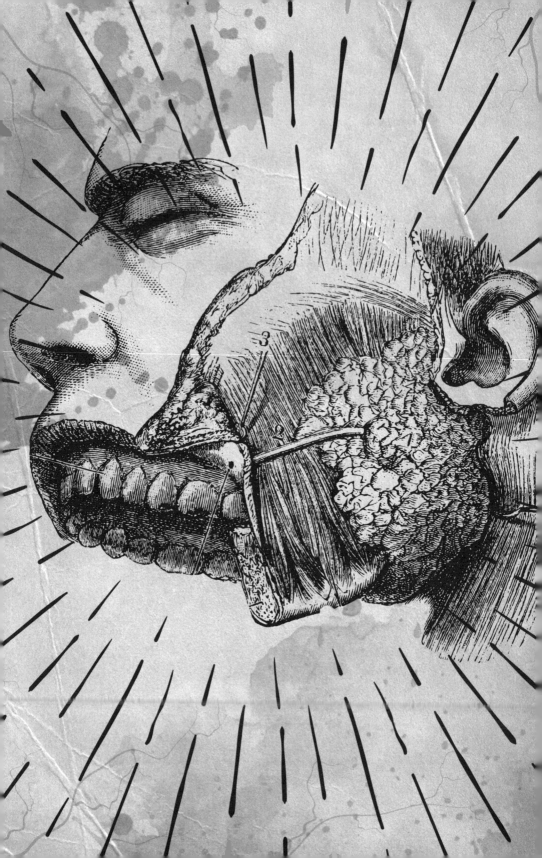

CAPÍTULO VI

CLERVAL ENTÃO COLOCOU a seguinte carta em minhas mãos. Era da minha própria Elizabeth:

Meu querido primo,

Você esteve doente, muito doente, e mesmo as cartas constantes do querido Henry não foram suficientes para me tranquilizar. Você está proibido de escrever, de segurar uma caneta; contudo, uma palavra sua é necessária para acalmar nossas apreensões, querido Victor. Por muito tempo esperei que cada vinda do correio traria uma mensagem sua, e minha persuasão tem impedido meu tio de empreender uma viagem a Ingolstadt. Não quero que ele se depare com os inconvenientes e talvez perigos de uma jornada tão extensa; no entanto, quantas vezes me entristeço por não poder fazê-la eu mesma! Imagino que a tarefa de cuidar de sua enfermidade tenha recaído sobre uma velha enfermeira mercenária, que nunca poderia adivinhar seus desejos ou ministrá-los com o cuidado e o carinho de sua pobre prima. Felizmente, isso chegou ao fim: Clerval disse que você está melhorando. Espero ansiosamente que você confirme essas palavras em breve com sua própria caligrafia.

Fique bem e volte para nós. Você encontrará um lar feliz e amigos que te amam muito. A saúde de seu pai é vigorosa e ele pede apenas para ser assegurado de que você esteja bem, pois nada pode obscurecer suas feições benevolentes. Como você ficaria satisfeito em observar o crescimento de nosso Ernest! Ele agora tem dezesseis anos e está cheio de vida e espírito. Ele deseja se tornar um verdadeiro suíço e entrar para o serviço militar no estrangeiro, mas não podemos nos separar dele — pelo menos não até que seu irmão mais velho volte para nós. Meu tio não está satisfeito com a ideia de uma carreira militar em um país distante, mas Ernest nunca teve seu poder de aplicação ao estudo. Ele vê o aprendizado como um grilhão odioso; gasta seu tempo ao ar livre, escalando colinas ou remando no lago. Temo que ele se torne ocioso, a menos que cedamos ao seu desejo de ingressar na profissão que escolheu.

Poucas alterações, exceto o crescimento de nossas queridas crianças, ocorreram desde que você nos deixou. O lago azul e as montanhas cobertas de neve não mudaram, e acredito que nossa casa plácida e corações contentes sejam regulados pelas mesmas leis imutáveis. Minhas tarefas triviais ocupam meu tempo e me divertem, e sou recompensada por qualquer esforço quando vejo apenas rostos felizes e gentis ao meu redor. Desde que você nos deixou, apenas uma mudança ocorreu em nossa pequena casa. Você se lembra de quando Justine Moritz entrou para a família? Provavelmente não. Vou relatar sua história, portanto, em poucas palavras: Madame Moritz, sua mãe, era uma viúva com quatro filhos, dos quais Justine era a terceira. Essa garota sempre fora a favorita do pai; porém, de forma estranhamente perversa, sua mãe não a suportava e, após a morte do sr. Moritz, passou a tratá-la muito mal. Minha tia observou isso; e, quando Justine completou doze anos, pediu que sua mãe a deixasse morar em nossa casa. As instituições republicanas de nosso país produziram maneiras mais simples e felizes do que aquelas que prevalecem nas grandes monarquias ao redor. Logo, há menos distinção entre as várias classes de seus habitantes, e as ordens inferiores, não sendo tão pobres nem tão desprezadas, têm maneiras mais refinadas e morais. Ser um criado em Genebra não tem o mesmo significado que ser um criado na França ou na Inglaterra. Justine, assim recebida em nossa família, aprendeu os deveres de uma criada; tal condição, em nosso país afortunado, não inclui a ideia de ignorância e o sacrifício da dignidade do ser humano.

Você deve se lembrar que nutria grande predileção por Justine; eu me recordo de quando você comentou que, uma vez de mau humor, bastava observar Justine para dissipá-lo, do mesmo jeito que Ariosto fazia em relação à beleza de Angélica – afinal, ela parecia sincera e feliz. Minha tia desenvolveu grande apego por ela, induzindo-a a uma educação superior àquela pretendida a princípio. Esse benefício foi totalmente recompensado; Justine era a criaturinha mais grata do mundo. Não que ela já tenha professado a gratidão; nunca ouvi nada de seus lábios. Mas você podia ver nos olhos de Justine que ela adorava sua protetora. Embora sua disposição fosse alegre e, em muitos aspectos, imprudente, ela prestava grande atenção a todos os gestos de minha tia. Justine a considerava modelo de toda excelência e esforçou-se para imitar sua fraseologia e trejeitos, de modo que mesmo agora ela assiduamente me faz lembrar da minha querida tia.

Quando titia morreu, todos ficaram ocupados demais com a própria tristeza para notar a pobre Justine, que a auxiliara durante a doença com o mais afoito carinho. A pobre Justine ficou muito doente, mas outras provações lhe foram reservadas.

Um por um, seus irmãos e irmã morreram; e sua mãe, à exceção da filha negligenciada, ficou sem filhos. A consciência da mulher ficou perturbada, começou a pensar que a morte de seus favoritos era um castigo divino por sua parcialidade. Ela era católica, e creio que seu confessor tenha confirmado a ideia que ela concebera. Assim, meses após sua partida para Ingolstadt, Justine foi chamada ao lar por sua mãe arrependida. Pobre menina! Ela chorou quando saiu de nossa casa. Ela estava muito mudada desde a morte de minha tia; a dor lhe conferira moderação e brandura às maneiras, que antes eram notáveis pela vivacidade.

A residência dela na casa da mãe também não colaborou para restaurar sua alegria. A pobre mulher foi muito instável em seu arrependimento. Às vezes, implorava a Justine que perdoasse sua crueldade, mas muitas vezes a acusava de ter causado a morte de seus irmãos. A inquietação perpétua levou madame Moritz a um declínio, o que a princípio aumentou sua irritabilidade, mas agora ela descansa em paz para sempre. Ela morreu na primeira aproximação do tempo frio, no início deste inverno último. Justine voltou para nós, e garanto que a amo com ternura. É muito inteligente, gentil e extremamente bonita; como mencionei antes, seus modos me lembram continuamente de minha tia querida.

Devo também dizer algumas palavras, meu querido primo, sobre o pequeno e adorável William. Eu gostaria que você pudesse vê-lo; ele é bastante alto para a idade dele, tem doces olhos azuis, cílios escuros e cabelos encaracolados. Quando sorri, duas pequenas covinhas aparecem em suas bochechas rosadas de saúde. Ele já teve uma ou duas esposinhas, mas Louisa Biron, uma menina bonita de cinco anos, é sua favorita.

Agora, querido Victor, ouso dizer que você deseja se deliciar com as fofocas sobre as pessoas de Genebra. A bela senhorita Mansfield já recebeu as visitas de congratulações por seu casamento com um jovem inglês, John Melbourne. A irmã feia dela, Manon, casou-

-se com o sr. Duvillard, o rico banqueiro, no outono passado. Seu colega de escola favorito, Louis Manoir, sofreu vários infortúnios desde a partida de Clerval de Genebra. No entanto, já recuperou os ânimos e diz-se que está prestes a se casar com uma bela francesa muito animada chamada madame Tavernier. Ela é viúva e bem mais velha do que Manoir, mas é admirada e querida por todos.

Ao lhe escrever, querido primo, passei a me sentir melhor; minha ansiedade, porém, volta enquanto concluo a carta. Escreva, querido Victor. Uma linha ou uma palavra serão uma bênção para nós. Dez mil agradecimentos a Henry por sua bondade, seu carinho e suas muitas cartas: somos sinceramente gratos. Adieu, meu primo, cuide-se e escreva de volta!

Elizabeth Lavenza
Genebra, 18 de março de 17—

— Querida, querida Elizabeth! — exclamei quando li a carta. — Escreverei neste instantane para aliviá-los da ansiedade que os deve acometer.

Escrevi, e o esforço me deixou fatigado; minha convalescença, porém, seguiu conforme esperado. Passada uma quinzena, já tinha condições de deixar o quarto.

Um dos meus primeiros deveres após a recuperação foi apresentar Clerval aos vários professores da universidade. Fiz isso a contragosto, devido às feridas que minha mente sofrera. Desde a noite fatal, que marcou o fim de meus trabalhos e o princípio de meus infortúnios, desenvolvi violenta antipatia quanto à filosofia natural. Mesmo completamente curado, a visão de um instrumento químico renovava toda a agonia dos meus sintomas emocionais. Henry percebeu-o, e removeu todos esses aparelhos do meu campo de vista. Ele também mudou meu apartamento, pois notou que eu adquirira aversão ao cômodo que antes dera lugar a meu laboratório. Mas os cuidados de Clerval foram inúteis quando visitei os professores. O sr. Waldman infligiu-me tortura quando elogiou, com gentileza e cordialidade, o espantoso progresso que eu havia feito nas ciências. Ele logo percebeu que eu não gostava do assunto; porém, sem adivinhar a causa real, atribuiu meus sentimentos à modéstia e mudou o rumo da conversa para a ciência em si, com desejo evidente de me envolver. O que eu poderia fazer? Ele quis agradar, mas me atormentou. Senti como se ele tivesse colocado à minha vista, um por um, os instrumentos que seriam usados para me assassinar de forma lenta e cruel. Eu me contorci ante suas palavras, mas não ousei demonstrar a dor. Clerval, cujos olhos e sentimentos sempre foram rápidos em discernir as sensações dos demais, declinou o assunto, alegando como desculpa sua total ignorância. A conversa, então, tomou outro rumo. Agradeci meu amigo de coração, mas nada falei. Vi claramente que estava surpreso, mas ele nunca tentou desvendar meu segredo. Embora eu o amasse com uma mistura de afeto e reverência que não tinha limites, não podia me convencer a confiar-lhe o evento que tantas vezes perpassou minha cabeça, pois temia que seus detalhes soassem ainda mais perturbadores aos ouvidos de outra pessoa.

O sr. Krempe não era dócil assim e, naquele momento de sensibilidade quase insuportável, seus elogios bruscos me causavam ainda mais dor do que a aprovação benevolente do sr. Waldman.

– Que homem dos diabos! – ele exclamou. – Sr. Clerval, garanto que ele superou todos nós. Ah, espante-se o quanto quiser, mas é verdade. Um jovem que, há alguns anos, acreditava em

Cornelius Agrippa tão firmemente quanto no Evangelho, agora se colocou à frente da universidade e, se não for logo superado, seremos todos postos de lado. Ah, sim – continuou ele, observando meu rosto estampado pela consternação. – O sr. Frankenstein é modesto; uma excelente qualidade em um jovem. Os jovens devem desconfiar de si mesmos, sr. Clerval; eu desconfiava de mim quando jovem, mas isso durou muito pouco tempo.

O sr. Krempe passou a enaltecer a si próprio, o que felizmente desviou a conversa de um assunto que, para mim, era francamente aborrecedor.

Clerval jamais partilhou do meu gosto pelas ciências naturais, e suas atividades literárias diferiam totalmente daquelas que me haviam ocupado. O objetivo de sua vinda à universidade era dominar as línguas orientais e, assim, abrir um campo para o plano de vida que traçara para si. Decidido a não seguir uma carreira inglória, ele direcionou sua visão para o Oriente a fim de satisfazer seu espírito aventureiro. Os idiomas persa, árabe e sânscrito atraíam sua atenção, e fui facilmente induzido a seguir os mesmos estudos. A ociosidade já tinha se tornado cansativa para mim, e agora que eu odiava meus estudos anteriores e desejava fugir da ponderação, senti grande alívio por ser discípulo do meu amigo e encontrar nas obras dos orientalistas não apenas instruções, mas consolo. Eu não almejava, como ele, um conhecimento crítico dos dialetos, pois não pensava em usá-los de outra forma que não para distrair-me. Eu lia apenas para entender as implicações, que retribuíam bem o meu interesse. Sua melancolia é calmante, e a alegria, elevadora a um nível que eu nunca experimentara ao estudar os autores de qualquer outro país. Quando você lê os escritos deles, a vida parece consistir em um jardim de rosas sob um sol quente – nos sorrisos e nas carrancas de um inimigo justo e no fogo que consome seu próprio coração. Quão diferente da poesia viril e heroica da Grécia e de Roma!

Assim se passou o verão, e meu retorno a Genebra ficou marcado para o fim do outono. No entanto, uma série de incidentes atrasou minha partida, e com a chegada do inverno e da neve impossibilitando o trânsito nas estradas, minha jornada foi postergada para a primavera seguinte. Lamentei com amargor esse atraso, pois aspirava a visitar minha cidade natal e meus amigos queridos. Meu retorno fora adiado por tanto tempo em virtude de minha relutância em deixar Clerval em um lugar estranho antes que conhecesse alguns de seus habitantes. O inverno, no entanto, foi passado alegremente; e apesar da demora incomum da primavera, a beleza de sua presença compensou a atraso.

O mês de maio já havia começado, e eu esperava diariamente a carta que fixaria a data da minha partida quando Henry propôs uma excursão a pé nos arredores de Ingolstadt visando que eu pudesse me despedir pessoalmente da região que havia habitado por tanto tempo. Aceitei a proposição com prazer: gostava de me exercitar, e Clerval sempre fora meu companheiro favorito nas divagações pela natureza feitas em minha terra natal.

Fizemos tais perambulações durante quinze dias; minha saúde e meus ânimos, que estavam restaurados há um bom tempo, ganharam força adicional com o ar salubre que respirei e a conversa de meu amigo. Antes, o estudo me afastara da relação com meus semelhantes e me tornara antissocial; Clerval, no entanto, despertou os melhores sentimentos do meu coração. Ele me ensinou a novamente amar o aspecto da natureza e os rostos alegres das crianças. Que excelente amigo! Quão sinceramente ele me amou e se esforçou para alçar minha mente até que ela estivesse no mesmo nível que a dele! Uma busca egoísta me estreitara até que sua gentileza e afeição abriram meus sentidos; tornei-me o mesmo homem alegre que, alguns anos antes, amado e querido por todos, não sentia tristeza ou preocupação. Quando contente, a natureza inanimada tinha o poder de me proporcionar as mais deliciosas sensações. Um céu sereno e campos verdejantes me enchiam de êxtase. A estação atual era divina; as flores da primavera desabrochavam nas sebes, enquanto alguns botões prenunciavam o verão. Tornei-me alheio aos pensamentos opressores do ano precedente, que ainda carregava como fardo invencível.

Henry rejubilava-se com minha alegria e simpatizava sinceramente com meus sentimentos; ele se esforçou para me divertir enquanto expressava as sensações que inundavam sua alma. À época, os recursos de sua mente eram de fato surpreendentes. Sua conversa era repleta de imaginação; muitas vezes, imitando escritores persas e árabes, ele inventava histórias de fantasia e paixão maravilhosas. Outras vezes, repetia meus poemas favoritos ou me instigava a participar de debates, os quais ele apoiava com grande naturalidade.

Voltamos à nossa faculdade numa tarde de domingo. Os camponeses dançavam e todos os que conhecíamos pareciam felizes. Meu próprio ânimo estava elevado, e me uni a sentimentos de aprazimento desenfreado e hilaridade.

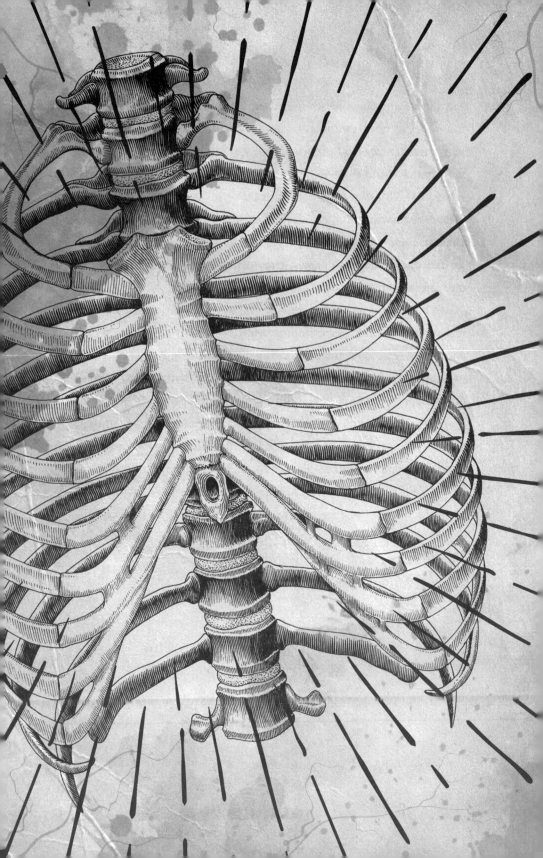

CAPÍTULO VII

AO RETORNAR, ENCONTREI a seguinte carta de meu pai:

Meu querido Victor,

Você provavelmente esperou com impaciência por uma carta que fixasse a data de seu retorno para nós. Fiquei tentado a escrever algumas linhas, mencionando apenas o dia em que eu deveria esperar por você. Mas isso seria um ato gentil e cruel, o qual não ouso fazer. Qual seria sua surpresa, meu filho, ao esperar uma recepção feliz e encontrar em seu lugar apenas desgraça e lágrimas? E como, Victor, posso relatar nosso infortúnio? Eu o deixei à parte de nossas alegrias e sofrimentos, e como posso infligir dor a um filho ausente há tempos? Desejo prepará-lo para boas notícias, mas é impossível; mesmo agora, seu olho desliza pela página à procura das palavras que devem transmitir a você as notícias horríveis.

William está morto! Aquela criança doce, cujos sorrisos encantaram e aqueceram meu coração... Tão gentil e alegre! Victor, ele foi assassinado!

Não tentarei consolá-lo. Simplesmente narrarei as circunstâncias do ocorrido.

Na quinta-feira passada (07 de maio), minha sobrinha, seus dois irmãos e eu nos pusemos a caminhar em Plainpalais. A noite estava quente e serena, e prolongamos o passeio além do habitual. Já estava anoitecendo quando pensamos em voltar, e nos demos conta de que William e Ernest, que tinham ido na frente, não estavam por perto. Assim, descansamos em um assento à espera de seu retorno. Ernest, então, apareceu e perguntou se tínhamos visto seu irmão. Ele disse que estivera brincando com William, e que este fugira para se esconder. Ernest procurou o irmão por um longo tempo, mas o garoto não apareceu.

Alarmados, saímos para procurá-lo até o cair da noite, quando Elizabeth conjecturou que ele poderia ter voltado para casa. Contudo, ele não estava lá. Voltamos novamente, dessa vez com tochas; eu não conseguia descansar enquanto imaginava que meu doce menino estava perdido e exposto a toda a umidade e ao orvalho da noite. Elizabeth também sofria de extrema angústia. Por volta das cinco da manhã, encontrei meu adorável menino, a quem na noite anterior vira cheio de saúde, esticado na grama lívido e imóvel. Em seu pescoço viam-se as marcas das mãos do assassino.

Ele foi transportado para casa, e a angústia visível em meu rosto revelou o segredo para Elizabeth, que quis ver o cadáver. No começo, tentei dissuadi-la, mas ela persistiu e entrou no quarto onde ele estava. Ela examinou às pressas o pescoço da vítima e, apertando as mãos, exclamou: "Oh, Deus! Matei meu menino querido!".

Ela desmaiou e foi reanimada com extrema dificuldade. Quando voltou a si, foi apenas para chorar e suspirar. Elizabeth me contou que, naquela mesma noite, William lhe pediu que o deixasse usar um retrato em miniatura muito valioso, em posse dela e que fora da mãe. Esse objeto desapareceu, e foi sem dúvida a tentação que conduziu o assassino à ação. Não temos qualquer pista dele no momento, embora nossos esforços para descobri-lo sejam ininterruptos. Isso, porém, não trará meu amado William de volta!

Venha, querido Victor; só você pode consolar Elizabeth. Ela chora sem cessar e se acusa injustamente pela morte dele. Suas palavras perfuram meu coração. Estamos todos infelizes, mas não será esse um motivo adicional para você, meu filho, voltar e ser nosso consolador? Sua querida mãe, Victor! Graças a Deus ela não viveu para testemunhar a morte cruel e tenebrosa de seu caçula!

Victor, não venha com pensamentos de vingança contra o assassino, mas com sentimentos de paz e gentileza que curarão, em vez de apodrecer, nossas feridas mentais. Entre na casa do luto, meu amigo, mas com bondade e carinho por aqueles que te amam, e não com ódio dos seus inimigos.

Seu pai afetuoso e aflito,
Alphonse Frankenstein
Genebra, 12 de maio de 17—

Clerval, que observava meu semblante enquanto eu lia essa carta, ficou surpreso ao perceber o desespero que se instalou após a alegria com que, a princípio, recebi as notícias de meus amigos. Atirei a carta sobre a mesa e cobri o rosto com as mãos.

– Meu caro Frankenstein! – exclamou Henry ao perceber meu choro de amargura. – Por que sempre fica consternado? Meu caro amigo, o que aconteceu?

Fiz um gesto para que ele pegasse a carta enquanto circulava de um lado para o outro da sala com uma agitação vigorosa. As lágrimas também jorraram dos olhos de Clerval ao ler o relato do meu infortúnio.

– Não posso oferecer consolo a você, meu amigo – ele falou. – Seu desastre é irreparável. O que pretende fazer?

– Partir agora mesmo para Genebra. Venha comigo, Henry, para alugar os cavalos.

Durante nossa caminhada, Clerval se esforçou para expressar palavras de consolo. Ele só podia expressar sua profunda solidariedade.

– Pobre William! – ele disse. – Criança querida, que agora dorme com sua mãe angelical! Quem o viu brilhante e feliz em sua beleza pueril agora deve lamentar sua perda prematura! Morrer tão calamitosamente, sentir o aperto do assassino! Como alguém pode destruir uma inocência tão radiante? Pobre menino! Temos apenas um consolo; enquanto seus amigos choram e choram, ele está em repouso. A aflição acabou, e seus sofrimentos se foram para sempre. A grama cobre seu corpo delicado, e ele não sente dor. Ele não pode mais ser motivo de piedade; devemos reservá-la para os miseráveis sobreviventes.

Clerval assim falou enquanto corríamos pelas ruas; suas palavras ficaram marcadas em minha mente, e mais tarde me lembrei delas na solidão. Quando os cavalos chegaram, entrei rapidamente em um cabriolé e me despedi de meu amigo.

Minha jornada foi muito melancólica. A princípio, quis me apressar, pois desejava consolar e simpatizar com meus amigos amados e tristes; todavia, ao passo que me aproximava da minha cidade natal, diminuía meu ritmo. Eu mal conseguia sustentar a multidão de sentimentos que se amontoava em minha mente. Passei por cenários conhecidos de minha juventude, mas que não via há quase seis anos. Como as coisas mudaram durante esse período! Uma mudança repentina e desoladora ocorreu, mas milhares de pequenas circunstâncias causaram gradualmente outras alterações que, embora mais tranquilas, podem não ter sido menos decisivas. O medo me dominou; não me atrevi a avançar, temendo mil males sem nome que me fizeram tremer, embora eu fosse incapaz de defini-los.

Passei dois dias em Lausanne acometido por esse angustiante estado de espírito. Contemplei o lago: as águas eram plácidas, tudo ao redor estava calmo, e as montanhas nevadas – os "palácios da natureza" – não estavam alteradas. Aos poucos, a cena calma e celestial me restaurou e continuei minha jornada em direção a Genebra.

A estrada corria ao lado do lago, que se estreitou quando me aproximei da minha cidade natal. Contemplei a silhueta do Jura e o cume brilhante do Mont Blanc. Chorei feito uma criança.

– Queridas montanhas! Meu belo lago! Que boas-vindas ao seu andarilho! Seus cumes são claros; o céu e o lago são azuis e plácidos. Isso é um prognóstico de paz ou a zombaria de minha infelicidade?

Receio, meu amigo, que me torne entediante ao me debruçar sobre essas circunstâncias preliminares, mas se trata de dias de relativa felicidade, e penso a respeito deles com prazer. Meu país, meu país amado! Quem, senão um nativo, pode descrever o prazer que senti ao contemplar suas correntes, montanhas e, mais do que tudo, seu belo lago!

No entanto, quando me aproximei de casa, a dor e o medo novamente me venceram. A noite também se fechou ao meu redor e, quando mal pude ver as montanhas escuras, me senti ainda mais triste. A paisagem parecia uma vasta e sombria visão do mal, e previ obscuramente que estava destinado a me tornar o mais miserável dos seres humanos. Ai! Profetizei a verdade, e falhei apenas em uma única circunstância: em toda a penúria que imaginei e temi, não concebi a centésima parte da angústia que estava destinado a suportar.

Estava totalmente escuro quando cheguei aos arredores de Genebra. Os portões da cidade já estavam fechados e fui obrigado a passar a noite em Secheron, uma vila a menos de três quilômetros de distância. O céu estava sereno, e, como eu não conseguia descansar, resolvi visitar o local onde meu pobre William fora abatido. Uma vez que eu não podia passar pela cidade, fui obrigado a atravessar o lago em um barco a fim de chegar a Plainpalais. Durante a curta viagem, vi os relâmpagos atingirem o cume de Mont Blanc, delineando belas formas no céu. A tempestade parecia se aproximar com agilidade. Ao desembarcar, subi uma ladeira baixa para observar seu progresso. Ela avançou; os céus ficaram nublados e logo senti a chuva cair devagar e em grandes pingos, mas sua violência aumentou rapidamente.

Abandonei meu assento e segui em frente, embora a escuridão e a tempestade aumentassem a cada minuto. Um trovão potente retumbou sobre minha cabeça, ecoando no Salève, no Jura e nos Alpes da Saboia; clarões vívidos de raios ofuscaram meus olhos, iluminando o lago e fazendo-o parecer uma vasta extensão de fogo. Por um instante, tudo pareceu escuridão sombria, até que os olhos se recuperaram do efeito da luz. A tempestade, como sempre ocorre na Suíça, apareceu ao mesmo tempo em inúmeras partes do céu. A mais violenta pairava com exatidão ao norte da cidade, acima da parte do lago que liga o promontório de Belrive à vila de Copêt. Uma tempestade iluminava o Jura com clarões fracos; outra escurecia e, às vezes, revelava o Môle, uma montanha pontiaguda a leste do lago.

Enquanto eu observava a tempestade, tão bonita e espantosa, seguia com um passo apressado. Essa nobre guerra no céu elevou meu espírito; apertei minhas mãos e exclamei em voz alta:

– William, querido anjo! Este é o seu funeral, seu hino fúnebre!

Ao proferir essas palavras, percebi na escuridão uma figura que se esgueirava por trás de um grupo de árvores. Continuei imóvel, observando com atenção: não podia estar errado. Um relâmpago iluminou a figura e me mostrou claramente sua forma; a estatura gigantesca e a deformidade de seu aspecto hediondo logo me revelaram que aquele era o desgraçado, o imundo dæmon a quem eu dera vida. O que ele estava fazendo ali? Teria sido ele – estremeci ante a ideia – o assassino do meu irmão? Assim que a hipótese passou pela minha cabeça, fiquei convencido de sua verdade; meus dentes rangeram e fui forçado a me apoiar em uma árvore. A figura passou velozmente por mim, e eu a perdi na escuridão. Nenhum ser humano poderia ter sido capaz de acabar com aquela criança. *Ele* era o assassino! Eu não tinha dúvidas. A sua mera presença era uma comprovação irrefutável do fato. Pensei em perseguir o diabo, mas teria sido em vão; outro clarão o mostrou escalando as rochas na subida quase perpendicular ao monte Salève, uma colina que circunda Plainpalais ao sul. Ele logo alcançou o cume e desapareceu.

Permaneci imóvel. O trovão cessou, mas a chuva prosseguiu e o ambiente foi tomado por uma escuridão impenetrável. Revivi em minha mente as circunstâncias que até então quisera esquecer: todo o progresso rumo à criação; a aparição da criatura que construí com as minhas próprias mãos ao meu lado da cama; a sua partida. Fazia quase dois anos desde a noite em que ele recebera a vida. Terá sido esse seu primeiro crime? Ai! Eu lançara ao mundo um miserável depravado, cujo prazer residia na carnificina e na desgraça.

Ninguém pode conceber a angústia que sofri ao longo do restante da noite fria e úmida que passei ao ar livre. Não era capaz de sentir a inconveniência do clima; minha imaginação estava ocupada com cenas de maldade e desespero. Considerei aquele ser, a quem introduzi à humanidade dotado de vontade própria e objetivos terríveis, à luz de meu próprio espírito liberto do túmulo e forçado a destruir tudo o que me era querido.

O dia amanheceu, e dirigi meus passos à cidade. Os portões estavam abertos, e corri para a casa de meu pai. Meu primeiro pensamento foi revelar o que eu sabia sobre o assassino e suscitar uma perseguição instantânea. Contudo, desisti da ideia depois que refleti sobre a história que precisaria contar. Um ser que eu mesmo havia formado e a quem havia imbuído vida me encontrara à meia-noite entre os precipícios de uma montanha inacessível. Lembrei-me também das febres emocionais que me acometeram na época em que o construí, e que ampliariam o tom de delírio a um relato tão improvável. Eu sabia muito bem que, se alguém me dissesse tal coisa, eu mesmo consideraria a pessoa insana. Além disso, ainda que conseguisse convencer meus familiares acerca de minha história, sabia que a natureza estranha do animal frustraria qualquer perseguição. Quem, afinal, poderia prender uma criatura capaz de escalar os lados do monte Salève? Tais análises me fizeram optar pelo silêncio.

Eram cinco da manhã quando entrei na casa de meu pai. Orientei os criados a não perturbarem a família e permaneci na biblioteca até a aurora.

Seis anos se passaram como um sonho – exceto por um traço indelével –, e eu estava no mesmo lugar em que havia abraçado meu pai pela última vez antes de partir para Ingolstadt. Querido e venerável pai! Ainda restava ele para mim. Olhei o retrato de minha mãe sobre a lareira. Era de temática histórica, pintado a desejo do meu pai, que representava Caroline Beaufort em desespero enquanto se ajoelhava junto ao caixão de seu pai morto. A roupa dela era rústica, e a bochecha, pálida, mas havia certo ar de dignidade e beleza que dificilmente permitia o sentimento de piedade. Abaixo da imagem havia uma miniatura da de William, e minhas lágrimas escorreram quando a vislumbrei. Estava absorto quando Ernest entrou; ele me ouviu chegar e se apressou em me receber, expressando um prazer triste à minha vista.

— Bem-vindo, meu querido Victor — saudou ele. — Ah! Eu gostaria que você tivesse vindo há três meses, pois teria nos encontrado felizes e encantados. Você vem a nós agora para compartilhar uma tormenta que nada é capaz de aliviar; ainda assim, espero que sua presença anime nosso pai, que parece estar afundando sob suas aflições. Além disso, sua persuasão induzirá a pobre Elizabeth a cessar suas autoacusações vãs e atormentadoras. Pobre William! Ele era nosso amado e nosso orgulho!

Lágrimas desenfreadas caíram dos olhos de meu irmão, e uma sensação de agonia mortal tomou conta do meu corpo. Antes, eu havia apenas imaginado a angústia do meu lar desolado; a realidade veio a mim como um novo desastre, e não menos terrível. Tentei acalmar Ernest perguntando de forma mais minuciosa sobre meu pai e também sobre minha prima.

— É ela quem mais precisa de conforto — contou Ernest. — Elizabeth se culpou pela morte de nosso irmão, e isso a deixou profundamente infeliz. Porém, agora que sabemos quem cometeu o crime...

– O assassino foi descoberto! Meu Deus! Como isso aconteceu? Quem poderia tê-lo perseguido? É impossível, é mais fácil tentar ultrapassar os ventos ou confinar um córrego da montanha a um canudo. Eu o vi; ele estava livre ontem à noite!

– Não sei o que quer dizer – respondeu meu irmão com um ar admirado. – Mas, para nós, a descoberta completa o sofrimento. Ninguém acreditou a princípio, e mesmo agora Elizabeth não está convencida, apesar das evidências. De fato, quem acreditaria que Justine Moritz, que era tão amável e gostava de toda a nossa família, pudesse de repente dar cabo a um crime tão horripilante e aterrador?

– Justine Moritz! Pobre garota! Ela é a acusada? Mas que injusto, todo o mundo o sabe. Ninguém acredita nisso, não é, Ernest?

– Ninguém acreditava a princípio, mas muitas circunstâncias apontaram para essa conclusão. Seu próprio comportamento tem sido confuso, o que acrescenta às evidências um peso que, temo, não deixa esperanças de dúvida. Mas ela será julgada hoje, e você poderá ouvir tudo.

Ele contou que, na manhã em que o assassinato do pobre William fora descoberto, Justine havia ficado doente e confinada à sua cama por vários dias. Durante esse intervalo, um dos empregados examinou as roupas usadas na noite do assassinato e descobriu no bolso a miniatura de nossa mãe, considerada a motivação do assassino. O criado mostrou-a imediatamente a outro empregado que, sem dizer palavra a ninguém da família, foi a um magistrado. Após o depoimento, Justine foi detida. Após a acusação, a pobre menina confirmou a suspeita em grande parte por sua extrema confusão de maneiras.

Tratava-se de uma história estranha, mas incapaz de abalar minha fé. Respondi, então, de um jeito sério:

– Vocês todos estão enganados. Eu conheço o assassino. A boa e pobre Justine é inocente.

Naquele instante, meu pai entrou. Avistei a infelicidade impregnada nas profundezas de seu rosto, mas ele se esforçou para me receber com alegria. Depois de termos trocado uma saudação pesarosa, ele teria introduzido outro assunto além do desastre, não fosse a interferência de Ernest, que exclamou:

– Meu Deus, papai! Victor diz que sabe quem foi o assassino do pobre William.

– Nós também sabemos, infelizmente – respondeu meu pai. – De fato, eu preferia ter permanecido ignorante à descoberta de tanta depravação e ingratidão de uma pessoa a quem eu estimava muito.

– Meu querido pai, você está enganado. Justine é inocente.

– Se ela é, Deus proíba que seja punida injustamente. Ela será julgada hoje, e torço, de verdade, para que seja absolvida.

Essas palavras me acalmaram. Eu estava plenamente convencido de que Justine ou qualquer outro ser humano não tinham culpa do assassinato. Não temia, portanto, que qualquer evidência circunstancial pudesse se provar forte o suficiente para condená-la. Minha história não podia ser anunciada em público; seu horror espantoso seria interpretado como loucura pelas pessoas vulgares. Alguém poderia acreditar, a menos que seus sentidos o convencessem, na existência do monumento vivo de presunção e ignorância que eu havia libertado ao mundo?

Elizabeth, então, surgiu. O tempo a mudara desde a última vez em que eu a vira; dera-lhe uma beleza que superava a graciosidade de seus anos infantis. Havia a mesma franqueza e o mesmo vigor, mas aliadas a uma expressão mais emotiva e intelectual. Ela me recebeu com enorme carinho.

– Sua chegada, meu querido primo, me enche de esperança – disse ela. – Talvez encontre meios de explicar a culpa da pobre Justine. Ai! Quem estará seguro se ela for condenada? Confio na inocência dela com absoluta certeza. Nossa desgraça é duplamente difícil; não apenas perdemos aquele adorável garoto como também corremos o risco de ver essa pobre menina, a quem honestamente amo, sofrer um destino ainda pior. Se ela for condenada, nunca mais conhecerei a alegria. Mas ela não vai, tenho certeza; então serei feliz de novo, mesmo após a triste morte do meu pequeno William.

– Ela é inocente, minha Elizabeth – repliquei –, e isso será provado. Não tema nada e deixe seu espírito ser animado com a garantia de sua absolvição.

– Quão gentil e generoso você é! Todo o mundo acreditou em sua culpa, e isso me deixou infeliz, porque sabia que era impossível. Ver os demais tão convictos havia me deixado sem esperança e em desespero.

Ela chorou.

– Querida sobrinha – disse meu pai –, seque suas lágrimas. Se ela é inocente, como você acredita, confie na justiça de nossas leis e na minha atuação a fim de evitar a menor sombra de iniquidade.

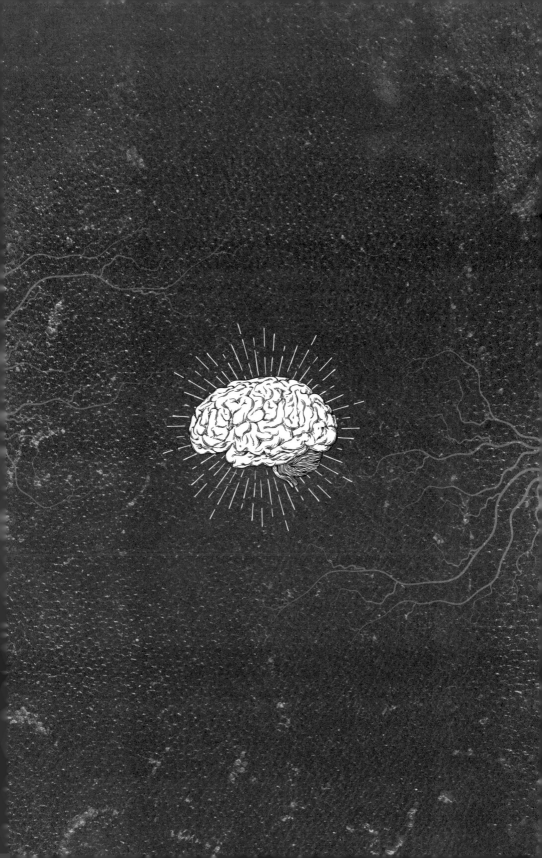

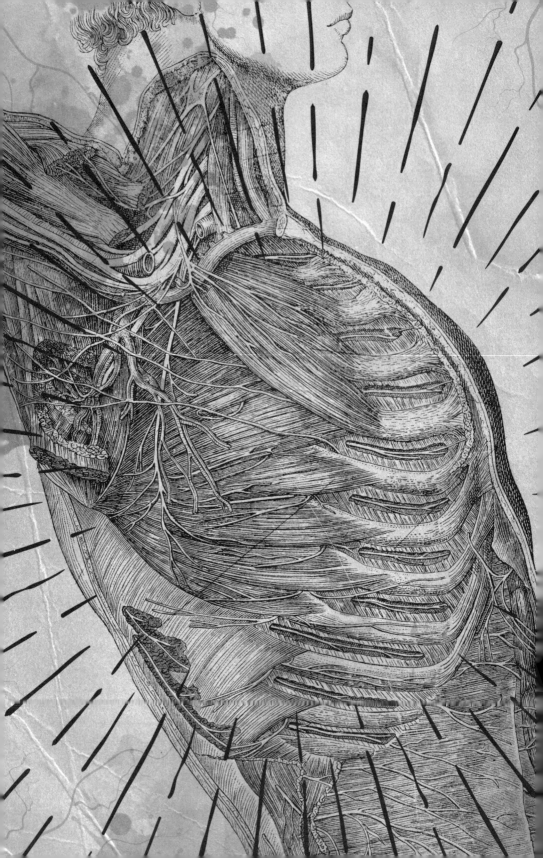

CAPÍTULO VIII

COMPARTILHAMOS HORAS TRISTES até as onze da manhã, quando o julgamento deveria começar. Meu pai e o restante da família foram obrigados a comparecer como testemunhas, e eu os acompanhei ao tribunal. Durante toda a zombaria nefasta da justiça, eu me torturava. Seria decidido se o resultado da minha curiosidade e dos meus instrumentos ilegais causaria a morte de dois dos meus semelhantes: uma criança sorridente, cheia de pureza e alegria; e uma mulher inocente, à beira de um destino brutal e infame que tornaria o crime ainda mais memorável em seu horror. Justine era uma garota de mérito e possuía qualidades que prometiam tornar sua vida feliz; agora, porém, tudo seria perdido em uma cova ignominiosa por minha culpa! Mil vezes eu teria me confessado culpado do crime atribuído a Justine, mas eu estava ausente quando fora cometido. Minha declaração seria considerada o delírio de um louco e não livraria a pessoa que sofria em meu lugar.

A aparência de Justine era calma. Ela estava de luto; e seu rosto, sempre envolvente, mostrava-se extraordinariamente belo pela solenidade emocional. Ainda assim, ela parecia confiante em sua inocência e não tremia, embora contemplada e execrada por milhares, pois toda a bondade que sua beleza despertava era obliterada na mente dos espectadores pela divagação quanto à grandiosidade que ela supostamente havia cometido. Ela estava tranquila, mas sua tranquilidade era evidentemente restrita; como sua confusão antes fora considerada prova de sua culpa, ela preparou a mente para transmitir uma aparência de coragem. Ao entrar no tribunal, Justine perscrutou ao redor e rapidamente descobriu onde estávamos sentados. Lágrimas pareceram obscurecer seus olhos quando ela nos viu, mas Justine se recuperou com rapidez, e seu triste olhar de aflição pareceu atestar sua total ausência de culpa.

O julgamento começou e, uma vez que o promotor declarou a acusação, várias testemunhas foram chamadas. Diversos acontecimentos estranhos se articulavam contra a garota, o que poderia ter surpreendido qualquer um que não detivesse a prova de sua inocência, como era o meu caso. Ela estivera ausente durante a noite do assassinato e, pela manhã, fora vista por uma vendedora do mercado não muito longe do local onde o corpo da criança assassinada fora posteriormente encontrado. A mulher perguntou o que ela fazia lá, mas Justine parecia estranha e deu apenas uma resposta confusa e ininteligível. Ela voltou para casa por volta das oito horas, e, quando alguém perguntou onde ela passara a noite, Justine respondeu que estava à procura da criança e indagou se alguém havia ouvido algo a seu respeito. Quando lhe foi mostrado o corpo, ela entrou em um estado de histeria violenta, permanecendo acamada ao longo de vários dias. A miniatura encontrada pelo criado no bolso de Justine foi então trazida às evidências; e quando Elizabeth, com uma voz vacilante, provou que se tratava da mesma peça que, uma hora antes de a criança ter sido perdida, ela havia colocado em volta de seu pescoço, um murmúrio de horror e indignação percorreu a corte.

Justine foi convocada para sua defesa. À medida que o julgamento prosseguiu, seu semblante se alterou. Surpresa, horror e tormenta foram fortemente expressos. Em determinados momentos, ela lutou contra as lágrimas; mas, quando chegou seu momento de defesa, reuniu forças e se expressou com voz audível, embora inconstante:

– Deus sabe que sou completamente inocente – ela disse. – Mas não pretendo que meus protestos me absolvam: repouso minha inocência em uma explicação clara e simples dos fatos que foram levantados contra mim e espero que o caráter que sempre sustentei incline meus juízes a uma interpretação favorável na qual qualquer circunstância pareça duvidosa ou suspeita.

Ela então contou que, com a permissão de Elizabeth, passara o início da noite do assassinato na casa de uma tia em Chêne, uma aldeia situada a pouco mais de cinco quilômetros de Genebra. Quando de seu retorno, por volta das nove horas da noite, ela encontrou um homem que perguntou se ela havia descoberto alguma coisa sobre a criança desaparecida. Ela ficou alarmada com esse relato e passou várias horas à sua procura, até que os portões de Genebra se fecharam e ela se viu obrigada a permanecer por muitas horas da noite em um celeiro pertencente a um chalé sem atrair a atenção de seus habitantes, embora os conhecesse. Ela passou a maior parte da noite em vigília; pela manhã, acreditou ter dormido durante uns minutos até que foi acordada por passos. Era madrugada, e ela deixou seu asilo para tentar outra vez encontrar meu irmão. Se ela chegou perto do local onde o corpo dele estava, foi sem o seu conhecimento. O fato de ela ter ficado perplexa ao ser interrogada pela vendedora do mercado não era surpreendente, pois passara a noite sem dormir e o destino do pobre William ainda era incerto. Em relação à miniatura, ela não sabia o que dizer.

– Entendo – continuou a infeliz vítima – o peso fatal dessa circunstância contra mim, mas não tenho o poder de explicá-la. Quando expressei minha total ignorância, só me restou conjecturar sobre as possibilidades de alguém ter colocado o objeto em meu bolso, mas quanto a isso também me sinto confusa. Acredito não ter inimigos, e nenhum certamente teria sido tão perverso a ponto de me destruir dessa forma. Teria o assassino colocado a miniatura lá? Não me lembro de nenhuma oportunidade em que ele poderia tê-lo feito. E, caso o tivesse, por que se separaria da joia logo após roubá-la?

– Confio minha causa à justiça de meus juízes, mas não vejo espaço para esperança. Peço permissão para que algumas testemunhas sejam inquiridas sobre meu caráter; e se o testemunho delas não exceder a minha suposta culpa, devo ser condenada, embora implore a salvação de minha alma e a virtude de minha inocência.

Diversas testemunhas que a conheciam e a admiravam havia muitos anos foram chamadas para argumentar em seu favor; contudo, o medo e o ódio pelo crime do qual elas a julgavam culpada as fizeram desistir da apresentação. Quando Elizabeth percebeu que esse último recurso, relacionado às disposições excelentes da jovem e à sua conduta irrepreensível, estava prestes a falhar, ela ficou violentamente agitada e pediu permissão para dirigir-se ao tribunal.

– Sou prima da criança infeliz que foi assassinada, ou melhor, sua irmã, pois vivi e fui educada por seus pais desde muito antes do nascimento do menino – contou ela. – Portanto, pode-me ser considerado indecente apresentar-me nesta ocasião, mas, quando vejo uma criatura prestes a perecer por causa da covardia de seus amigos, me prontifico a falar o que sei sobre seu caráter. Conheço bem a acusada. Moramos sob o mesmo teto na primeira vez por cinco anos e, na segunda, por quase dois anos. Durante todo esse período, ela me pareceu a mais amável e benevolente dentre as criaturas humanas. Ela cuidou de madame Frankenstein, minha tia, com o maior carinho e zelo em sua doença terminal. Depois, auxiliou a própria mãe enquanto esta perecia de uma enfermidade tediosa, e o fez de tal forma que suscitou a admiração de todos os que a conheciam. Ainda depois disso, voltou a morar na casa de meu tio, onde era amada por toda a família. Ela era calorosamente apegada à criança que está morta, e agia em relação ao menino como uma mãe muito afetuosa. Da minha parte, não hesito em dizer que, apesar de todas as evidências levantadas contra ela, acredito e confio em sua perfeita inocência. Não acredito que houvesse tentação alguma. Quanto à bugiganga sobre a qual repousa a prova principal, se Justine a quisesse, eu lhe teria dado de bom grado, tamanha a minha estima por ela.

Um murmúrio de aprovação se seguiu ao apelo simples e poderoso de Elizabeth; todavia, ele aludia à sua generosa interferência, e não em favor da pobre Justine, sobre quem a indignação pública recaiu com violência renovada ao acusá-la da mais sombria ingratidão. Ela mesma chorou ante as palavras de Elizabeth, mas não respondeu. Minha própria agitação e minha angústia foram intensas durante todo o julgamento. Eu acreditava na inocência dela, sabia que não tinha culpa. Poderia o dæmon, que assassinou meu irmão (quanto a isso não tinha dúvida), também levar inocentes à morte e à ignomínia como um esporte infernal? Eu não podia suportar o horror da minha situação e, quando percebi que a voz popular e os semblantes dos juízes já haviam condenado minha infeliz vítima, saí correndo da corte em agonia. A tortura dos acusados não era igual à minha, mas amparada pela inocência, enquanto as presas do remorso rasgavam meu peito e não renunciavam ao seu domínio.

Passei uma noite de puro tormento. Pela manhã, fui ao tribunal; meus lábios e minha garganta estavam ressecados. Não ousei fazer a pergunta fatal; mas eu era conhecido, e o oficial de justiça adivinhou a causa da minha visita. As cédulas de votação foram reveladas; por unanimidade, todos condenaram Justine.

Não é possível descrever o que senti naquele momento. Eu já experimentara sensações de horror; e me esforcei para descrevê-las de modo adequado, mas as palavras não conseguem transmitir o desespero doentio que então sofri. A pessoa a quem eu me dirigi acrescentou que Justine já havia confessado sua culpa.

– Essa declaração – observou ele – foi praticamente desnecessária em um caso tão flagrante, mas estou contente com isso; de fato, nenhum de nossos juízes gosta de condenar um criminoso por evidências circunstanciais, por mais determinantes que sejam.

Aquilo foi estranho e inesperado; o que poderia significar? Meus olhos me enganaram? Eu estava realmente tão louco quanto o mundo inteiro imaginaria que eu estaria se eu revelasse o objeto de minhas suspeitas? Apressei-me a voltar para casa, e Elizabeth exigiu ansiosamente o resultado.

– Minha prima – respondi –, foi decidido aquilo que era esperado; todos os juízes preferem deixar dez inocentes sofrerem do que o culpado escapar. Ela confessou.

Foi um duro golpe para a pobre Elizabeth, que confiava com firmeza na inocência de Justine.

– Ai! – disse ela. – Como é que eu voltarei a acreditar na bondade humana? Justine, a quem amei e estimei como irmã, escondia sua traição por trás de sorrisos inocentes? Seus olhos suaves pareciam incapazes de qualquer severidade ou dolo; e, no entanto, ela cometeu um assassinato.

Logo depois, soubemos que a pobre vítima expressara o desejo de ver minha prima. Meu pai desejou que ela não fosse, mas disse que a decisão final cabia a Elizabeth.

– Sim – ela concluiu. – Eu irei, embora ela seja culpada; e você, Victor, me acompanhará: não posso ir sozinha.

A ideia dessa visita foi uma tortura para mim, mas não pude recusar.

Entramos na câmara sombria da prisão e avistamos Justine sentada na palha, na outra extremidade; suas mãos estavam algemadas e sua cabeça apoiada nos joelhos. Ela se levantou ao nos ver entrar e, quando ficamos sozinhos, ela se jogou aos pés de Elizabeth, chorando com amargor. Minha prima também chorou.

– Ah, Justine! – disse ela. – Por que você me roubou meu último consolo? Confiei em sua inocência; e, embora estivesse muito infeliz, não estava tanto como agora.

– E você também acredita que eu sou tão má? Você também se junta aos meus inimigos para me esmagar, para me condenar como assassina? – sua voz estava sufocada com soluços.

– Levante-se, minha pobre menina – pediu Elizabeth. – Por que ajoelha se é inocente? Não sou sua inimiga; acreditei em você apesar de todas as evidências, até que soube que você tinha declarado sua culpa. Mas agora você me diz que essa informação é falsa. Tenha certeza, querida Justine, de que nada pode abalar minha confiança em você por um momento, exceto sua própria confissão.

– Eu confessei; no entanto, era uma mentira. Confessei para conquistar a absolvição, mas agora essa falsidade pesa mais em meu coração do que todos os meus outros pecados. Ah, meu Deus, me perdoe! Desde que fui condenada, meu confessor tem me cercado; ele me ameaçou de tal forma que quase passei a acreditar que eu era, de fato, um monstro. Ele me ameaçou com a excomunhão e o fogo do inferno se eu permanecesse obstinada. Cara senhora, não tive ninguém em quem me apoiar enquanto todos me olhavam como uma miserável condenada à ignomínia e à perdição. O que eu poderia fazer? Naquela hora terrível, declarei uma mentira; e agora estou verdadeiramente infeliz. – Ela fez uma pausa e, com a voz embargada, continuou: – Senti-me horrorizada, minha doce dama, com a possibilidade de você acreditar que sua Justine, a quem sua abençoada tia honrara muito e a quem você amava, seria uma criatura capaz de um crime que ninguém mais do que o próprio diabo poderia ter perpetrado. Querido William! Querida criança abençoada! Logo voltarei a vê-lo no céu, onde todos seremos felizes; e isso me consola diante da infâmia e da morte.

– Ah, Justine! Perdoe-me por desconfiar de você por um momento. Por que você confessou? Mas não lamente, querida garota. Não tema. Vou provar sua inocência. Derreterei o coração de pedra de seus inimigos com minhas lágrimas e orações. Você não morrerá, minha companheira de brincadeiras, amiga e irmã que perece no cadafalso! Não! Não! Eu nunca poderia sobreviver a um infortúnio tão horrível.

Justine balançou a cabeça com tristeza.

– Não tenho medo de morrer agora – disse ela. – Essa dor já não existe. Deus aumenta minha força e me dá coragem para suportar o pior. Deixo um mundo triste e amargo; e, se você se lembrar de mim como uma inocente, me resignarei ao destino que me aguarda. Aprenda comigo, querida senhora, a submeter-se com paciência à vontade divina!

Durante a conversa, retirei-me para um canto a fim de esconder a terrível angústia que me assolava. Desespero! Quem se atrevia a falar sobre isso? A pobre vítima, que no dia seguinte atravessaria a fronteira entre a vida e a morte, não sentia, como eu, uma agonia tão profunda e amarga. Rangi meus dentes, soltando um gemido do fundo de minha alma. Justine se sobressaltou. Ela se aproximou de mim e disse:

– Caro senhor, você é muito gentil por me visitar. Espero que não acredite na minha culpa.

Não pude responder.

– Não, Justine – disse Elizabeth. – Ele está tão convencido de sua inocência quanto eu. Mesmo quando soube que você havia confessado, ele não deu crédito.

– Realmente agradeço a ele. Nestes últimos momentos, sinto a mais sincera gratidão por aqueles que pensam em mim com bondade. Quão doce é a afeição dos outros por uma desgraçada como eu! Isso alivia mais da metade da minha tribulação. Sinto como se eu pudesse morrer em paz, agora que minha inocência é reconhecida por você, querida senhora, e seu primo.

Assim, a pobre sofredora tentou consolar os outros e a si própria. Ela efetivamente obteve a resignação que desejava. Mas eu, o verdadeiro assassino, sentia nas entranhas o verme invencível que me tirava as esperanças e o consolo. Elizabeth também chorou e ficou deprimida; porém, ela sentia uma infelicidade inocente, que, tal qual uma nuvem diante de uma bela lua, tenta escondê-la, mas sem sucesso, pois não consegue ocultar seu brilho. Angústia e desespero penetraram no meu coração; eu carregava um inferno dentro de mim, algo que nada poderia extinguir. Ficamos várias horas com Justine; e foi com grande dificuldade que Elizabeth conseguiu se afastar.

– Gostaria de morrer ao seu lado – ela exclamou. – Não posso viver neste mundo miserável.

Justine assumiu um ar de alegria enquanto reprimia com dificuldade suas lágrimas amargas. Ela abraçou Elizabeth e disse, numa voz de emoção incontida:

– Adeus, doce senhora. Querida Elizabeth, minha amada e única amiga; que o Céu, em sua generosidade, abençoe e preserve você. Que este venha a ser o último infortúnio de sua vida. Viva, seja feliz e faça os outros felizes.

No dia seguinte, Justine morreu. A eloquência emocionante de Elizabeth não conseguiu afastar os juízes de sua convicção sobre a culpa da virtuosa sofredora. Meus apelos apaixonados e indignados foram em vão. E, quando me deparei com as respostas frias e o raciocínio insensível desses homens, minha promessa de confissão morreu nos meus lábios. Eu seria proclamado louco, mas não seria capaz de revogar a sentença proferida sobre minha vítima desventurada. Ela morreu no cadafalso como assassina!

Das torturas do meu próprio coração, passei a contemplar o pesar profundo e silencioso de minha Elizabeth; aquilo também era minha culpa. A angústia de meu pai e a desolação daquela tarde tão sorridente eram igualmente obra de minhas mãos três vezes malditas! Chorem, infelizes; essas não serão suas últimas lágrimas! Uma vez mais vocês lidarão com o lamento fúnebre, e o som de seus prantos será ouvido repetidas vezes! É Frankenstein, seu filho, parente e amigo tão amado – aquele que gastaria cada gota vital do próprio sangue por vocês; que não tem pensamentos ou sentimentos de alegria a não ser que estejam refletidos também em seus estimados semblantes; e que encheria o ar de bênçãos se passasse o resto da vida a servi-los – que ordena que vocês chorem incontáveis lágrimas. Feliz ele seria se, dessa forma, o destino inexorável se abrandasse e a destruição fosse interrompida antes que a paz da sepultura sucedesse seus tristes tormentos!

Assim falou minha alma profética, quando, dilacerado pelo remorso, horror e desespero, vi aqueles que amava chorarem sobre os túmulos de William e Justine, as primeiras vítimas infelizes de minhas artes profanas.

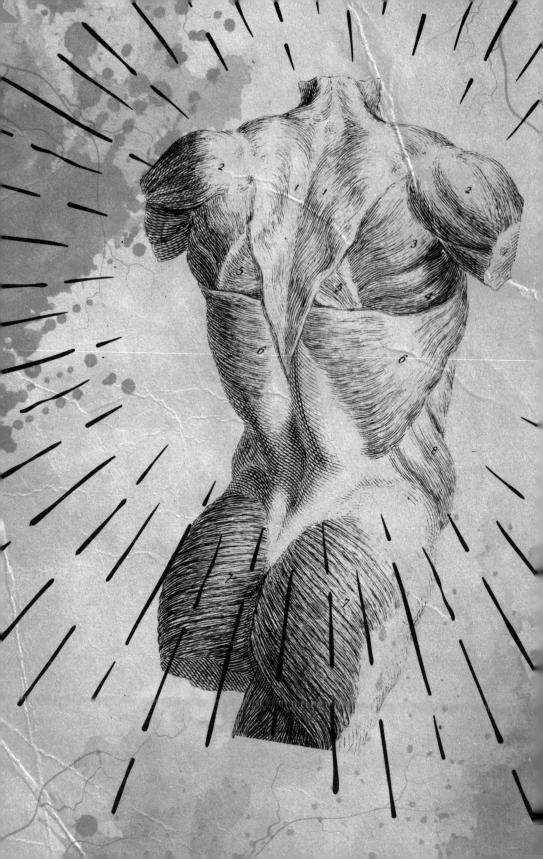

CAPÍTULO IX

NADA É MAIS DOLOROSO para a mente humana do que a inércia que se instaura após uma rápida sucessão de eventos tempestuosos, privando a alma da esperança e do medo. Justine estava morta; ela descansara, enquanto eu permanecia vivo. O sangue corria livremente em minhas veias, mas o peso do desespero e do remorso pressionava meu coração sem que nada pudesse removê-lo. O sono fugiu dos meus olhos; vaguei como um espírito maligno, pois havia cometido atos de malícia inimaginavelmente horríveis, e mais, muito mais ainda estava por vir, como me convenci. Ainda assim, meu coração transbordava de bondade e amor à virtude. Eu tinha começado a vida com intenções benevolentes, sedento pelo momento em que iria colocá-las em prática e me tornar útil aos meus semelhantes. Agora tudo estava destruído: em vez daquela serenidade de consciência, que me permitia olhar para o passado com satisfação e de lá angariar promessas de novas esperanças, fui tomado pelo remorso e pelo sentimento de culpa, que me lançaram a um inferno de torturas intensas que nenhuma linguagem conseguiria descrever.

Esse estado de espírito tomou conta da minha saúde, que provavelmente nunca se recuperou desde o primeiro choque que sofreu. Evitei o rosto das pessoas; todo som de alegria ou complacência era tortura para mim. A solidão, profunda e sombria como a morte, tornou-se minha única consolação.

Meu pai sofria ao observar a alteração perceptível em minha disposição e meus hábitos, e se empenhou com argumentos tirados de sua consciência serena e vida sem culpa a me inspirar coragem para dissipar a nuvem obscura que pairava sobre mim.

– Você acha, Victor – disse ele –, que também não sofro? Ninguém poderia amar uma criança mais do que eu amava seu irmão. – As lágrimas vieram aos seus olhos enquanto ele falava. – Mas é um dever dos sobreviventes evitar que não apenas a infelicidade dos demais aumente com uma aparência de tristeza imoderada, mas também a de nós mesmos. A tristeza excessiva impede nosso crescimento, o prazer e até mesmo as funções diárias, sem as quais nenhuma pessoa é adequada para a sociedade.

Tal conselho, embora fosse bom, era totalmente inaplicável ao meu caso; eu teria sido o primeiro a esconder minha aflição e consolar meus amigos se o remorso amargo e o terror não tivessem se mesclado aos meus outros sentimentos. Agora eu só podia responder a meu pai com um olhar de desespero, e me esforçava para me esconder de sua vista.

Nessa época, retiramo-nos para nossa casa em Belrive; a mudança foi particularmente agradável para mim. O fechamento dos portões regularmente às dez horas e a impossibilidade de permanecer no lago depois daquele horário tornavam nossa residência dentro dos muros de Genebra muito penosa. Agora, eu estava livre.

Muitas vezes, depois que o restante da família se recolhia durante a noite, eu pegava um barco e passava horas na água. Às vezes, com minhas velas a postos, eu era carregado pelo vento; outras vezes, depois de remar até o meio do lago, deixava o barco seguir seu próprio caminho e dava lugar às minhas reflexões amargas. Muitas vezes, quando tudo estava em paz ao meu redor e eu era a única coisa inquieta que vagava em um cenário tão bonito e paradisíaco – exceto por algum morcego ou sapo, cujo coaxar áspero era ouvido apenas quando eu me aproximava da costa – me sentia tentado a mergulhar no lago silencioso para que as águas se fechassem sobre mim e sobre minhas calamidades para sempre. Porém, continha-me quando pensava na heroica e sofredora Elizabeth, a quem amava com ternura e cuja existência estava ligada à minha. Pensava também no meu pai e no meu irmão sobrevivente: poderia, em minha deserção, deixá-los expostos e desprotegidos à malícia do demônio que eu soltara entre eles?

Nesses momentos, eu chorava amargamente e desejava que a paz revisitasse minha mente apenas para que eu pudesse lhes fornecer consolo e felicidade. Mas isso não era possível. O remorso extinguira toda a esperança. Eu tinha sido o autor de males inalteráveis; e vivia com o medo diário de que o monstro que eu havia criado perpetrasse uma nova maldade. Eu tinha uma sensação obscura de que ele ainda não havia acabado, e que cometeria algum crime cuja enormidade chegaria perto de ofuscar a lembrança do passado. Havia sempre espaço para o medo, desde que qualquer ser que eu amasse estivesse vivo. Logo, minha aversão a esse demônio não podia ser concebida. Quando pensava nele, rangia os dentes, inflamava os olhos e desejava com intensidade extinguir a vida que eu havia lhe concedido tão impensadamente. Ao refletir sobre seus crimes e sua malícia, meu ódio e meu desejo de vingança extrapolavam todos os limites da moderação. Se eu pudesse, teria feito uma peregrinação ao mais elevado pico dos Andes a fim de atirá-lo do alto. Eu queria vê-lo de novo para que pudesse lhe causar o máximo de estrago e vingar as mortes de William e Justine.

Nossa casa era o lar do luto. A saúde do meu pai ficou profundamente abalada pelos horrores dos acontecimentos recentes. Elizabeth estava desolada e inexpressiva. Ela já não se deleitava com suas ocupações comuns; todo o prazer lhe parecia sacrilégio pelos mortos, e somente as eternas angústias e lágrimas eram consideradas por ela um tributo justo à inocência destruída. Ela não era mais aquela criatura feliz, que na juventude passeava comigo às margens do lago e argumentava em êxtase sobre nossas perspectivas futuras. A tristeza feita para nos afastar do mundo a visitou, e sua influência sombria apagou seus mais queridos sorrisos.

– Quando reflito, meu querido primo, sobre a morte miserável de Justine Moritz, não vejo mais o mundo e suas obras como antes – disse ela. – Antigamente, via os relatos de vício e injustiça, provenientes de livros ou da conversa de outras pessoas, como contos dos tempos antigos ou males imaginários. Para mim, eram coisas remotas e mais familiares à razão do que à imaginação; agora, porém, a desgraça chegou à nossa família, e os homens me parecem monstros sedentos pelo sangue uns dos outros. No entanto, sei que sou injusta. Todo o mundo acreditava que a pobre garota era culpada, e se ela tivesse cometido o crime pelo qual pagou com a vida, sem dúvida teria sido a mais depravada das criaturas humanas. Há maior perversão do que, pela cobiça de umas joias, assassinar o filho de sua benfeitora e amiga, uma criança que ela havia cuidado desde o nascimento e parecia amar como se fosse o próprio filho? Eu não poderia consentir com a morte de nenhum ser humano, mas certamente pensaria se tratar de uma criatura imprópria para permanecer em sociedade. Contudo, ela era inocente. Eu sei, sinto que ela era inocente; você é da mesma opinião, e isso me confirma. Ai, Victor, quando a falsidade pode assemelhar-se tanto à verdade quem pode se assegurar da felicidade? Sinto como se estivesse caminhando à beira de um precipício para o qual milhares estão se aglomerando e tentando me mergulhar no abismo. William e Justine foram assassinados, e o criminoso está à solta; ele vaga pelo mundo livre, talvez até respeitado. Mas ainda que fosse condenada a sofrer no cadafalso pelos mesmos crimes, eu não trocaria meu lugar pelo desse miserável.

Ouvi o discurso com extrema agonia. Eu – não de fato, mas por efeito – era o verdadeiro assassino. Elizabeth leu a angústia em minha tez e, gentilmente, pegou minha mão.

– Meu querido amigo, você deve se acalmar. Esses eventos me afetaram só Deus sabe o quão profundamente, mas não estou tão aflita quanto você. Há uma expressão de desespero, e às vezes de vingança, em seu semblante que me faz tremer. Querido Victor, esqueça essas paixões sombrias. Lembre-se dos amigos ao seu redor, que centram todas as esperanças em você. Será que perdemos o poder de fazê-lo feliz? Enquanto amarmos e formos fiéis uns aos outros, aqui na sua terra natal de paz e beleza onde podemos colher todas as bênçãos tranquilas, o que pode perturbar nossa paz?

Por que essas palavras dela, que eu apreciava com mais carinho do que qualquer outro presente, não eram suficientes para afugentar o demônio que espreitava em meu coração? Enquanto Elizabeth falava, eu me aproximei dela, aterrorizado pela ideia de que o destruidor estivesse por perto com o intuito de me tirar dali.

Assim, nem a ternura da amizade nem a beleza do céu e da terra puderam resgatar minha alma da angústia: os próprios acenos do amor eram ineficazes. Eu estava cercado por uma nuvem na qual nenhuma influência benéfica poderia penetrar. Eu era o cervo ferido que se arrasta para um lugar afastado na mata a fim de contemplar a flechada sofrida e morrer.

Às vezes, eu conseguia lidar com o desespero sombrio que me dominava. Porém, em outros momentos, o turbilhão de paixões em minha alma me levava a buscar, por meio do exercício físico e da mudança de lugar, determinado alívio para minhas sensações intoleráveis. Foi durante um desses acessos que saí de repente de casa e, indo na direção dos vales alpinos, procurei na sua magnificência e eternidade esquecer de mim e de minhas efêmeras, dado que humanas, mágoas. Minhas peregrinações me direcionaram ao vale de Chamounix. Eu o visitava com frequência durante a minha adolescência. Seis anos se passaram desde então; eu estava em ruínas, mas nada havia mudado naqueles cenários selvagens e duradouros.

Realizei a primeira parte da minha jornada a cavalo. Depois, aluguei uma mula, por se tratar do animal mais seguro e menos suscetível a sofrer ferimentos nessas estradas acidentadas. O clima estava bom: em meados de agosto, quase dois meses após a morte de Justine – aquela época miserável marcada pela aflição. O peso sobre o meu espírito foi sensivelmente aliviado quando mergulhei ainda mais fundo na ravina de Arve. As imensas montanhas e os precipícios que pairavam por todos os lados, bem como o som do rio furioso entre as rochas e o bater das cachoeiras ao redor, falavam de um poder absoluto, Onipotente; e deixei de temer ou de me curvar diante de qualquer ser menos poderoso do que aquele que criara e governara os elementos, aqui exibidos em sua aparência mais fantástica.

Ainda assim, quanto mais alto eu subia, mais o vale assumia um caráter magnífico e surpreendente. Castelos em ruínas à beira de montanhas pontiagudas; o impetuoso Arve e os chalés que aqui e ali espreitavam entre as árvores formavam um cenário de singular beleza. Tudo, porém, ficava ainda mais sublime com os poderosos Alpes, cujas pirâmides e cúpulas brancas se elevavam acima de todas as coisas como se pertencentes a outro mundo e habitadas por outra raça de seres.

Passei pela ponte de Pélissier, onde a ravina formada pelo rio se abria à minha frente, e comecei a subir a montanha que pendia sobre ela. Logo depois entrei no vale de Chamounix. O lugar era maravilhoso e sublime, mas não tão bonito e pitoresco como aquele de Servox pelo qual eu acabara de passar. As montanhas altas e nevadas eram seus limites imediatos, mas não vi mais castelos em ruínas ou campos férteis. Geleiras imensas se aproximavam da estrada, ouvi o trovão estrondoso da avalanche caindo e avistei a nuvem de sua passagem. O Mont Blanc, o supremo e magnífico Mont Blanc, ergueu-se entre as *aiguilles* circundantes, com seu tremendo *dôme* dominando o vale.

Uma sensação de prazer há muito perdida formigou com frequência durante essa jornada. Algumas curvas inesperadas no caminho e uns objetos reconhecidos lembraram-me dos dias passados e associados à alegria leve da infância. Os próprios ventos sussurravam de forma suave, e a natureza materna não mais me fez chorar. Então, novamente, a influência gentil deixou de agir, e me vi novamente preso ao pesar e cedendo a todo o desespero da reflexão. Esporeei meu animal, tentando esquecer o mundo, meus medos e, mais do que tudo, eu mesmo – e então, de maneira mais desesperada, desci e me joguei na relva, sobrecarregado pelo horror e o desespero.

Enfim cheguei à vila de Chamounix. Meu corpo e minha mente foram tomados pelo maior cansaço que já havia experimentado. Por um breve período, fiquei na janela observando os relâmpagos pálidos que pairavam sobre Mont Blanc e ouvindo os sons do Arve, que seguia ruidosamente por baixo. Os mesmos sons agiram como uma canção de ninar para minhas sensações tão aguçadas; quando coloquei minha cabeça no travesseiro, o sono logo se aproximou. Eu o senti assim que ele veio e abençoei-o pelo esquecimento que me proporcionava.

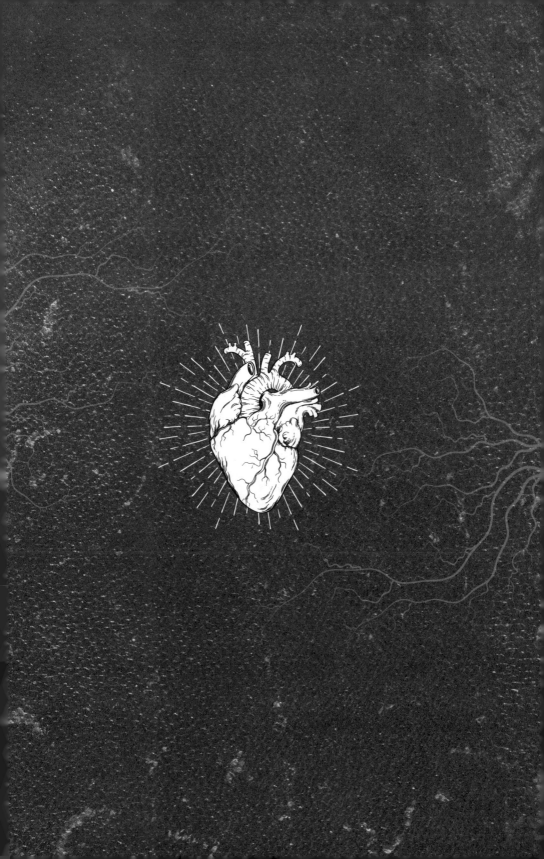

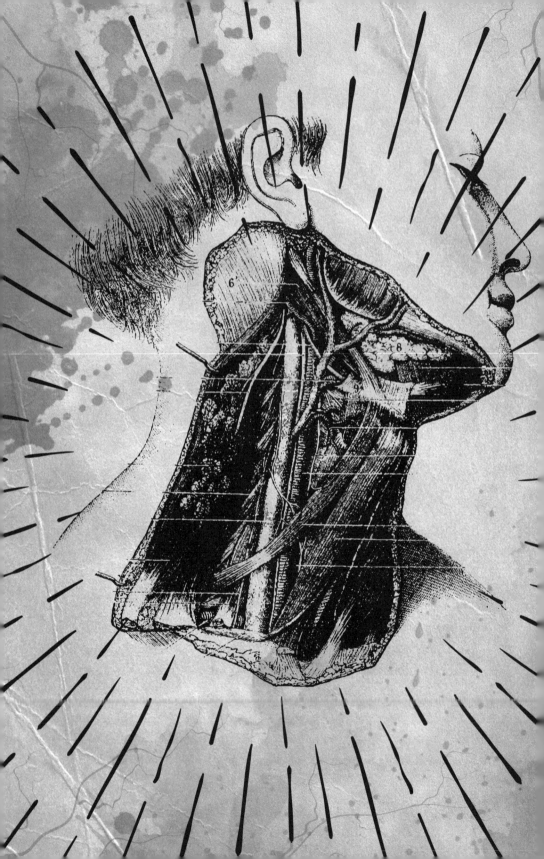

CAPÍTULO X

PASSEI O DIA SEGUINTE vagando pelo vale. Fiquei ao lado das fontes do Arveiron, que se erguem em uma geleira que desce lentamente do cume das colinas para barricar o vale. Os lados abruptos das vastas montanhas estavam diante de mim e a muralha da geleira erguia-se ao redor, enquanto pinheiros despedaçados se espalhavam à minha volta. O silêncio solene desse salão nobre da natureza era interrompido apenas pelas ondas violentas, a queda de um vasto fragmento, o trovão de uma avalanche ou pelo estalo dos blocos de gelo nas montanhas que, por meio do trabalho silencioso das leis imutáveis, sempre se estilhaçavam em partículas, como meros brinquedos em suas mãos. Essas cenas sublimes e magníficas me proporcionaram maior consolo do que eu era capaz de receber. Elas me elevaram de toda a pequenez dos sentimentos; e, embora não tenham eliminado minha dor, elas a subjugaram e a tranquilizaram. Em certo grau, também, tais cenas desviaram minha mente dos pensamentos sobre os quais ponderara no último mês. Eu me retirei para descansar à noite; meus sonos, por assim dizer, ministravam uma assembleia das grandes formas que eu contemplara durante o dia. Elas se reuniam ao meu redor; o topo nevado da montanha, o pináculo cintilante, a floresta de pinheiros, a ravina nua e a águia, que voava entre as nuvens – todas à minha volta inspirando a minha paz.

Para onde eles haviam fugido quando acordei na manhã seguinte? Todas as inspirações da alma foram embora com o sono, e a melancolia sombria obscureceu todos os meus pensamentos. A chuva caía em torrentes, e névoas grossas escondiam os cumes das montanhas, de modo que não se podiam ver os rostos daqueles amigos poderosos. Mesmo assim, iria penetrar no véu enevoado para procurá-los em seus retiros nublados. O que eram a chuva e a tempestade para mim? Minha mula foi trazida até a porta e resolvi subir ao cume de Montanvert. Lembrei-me do efeito que a imagem da enorme geleira produzira em minha mente quando a vi pela primeira vez. Ela me encheu de um êxtase sublime, que deu asas à alma e lhe permitiu voar do mundo obscuro em busca de luz e alegria. A visão da natureza impressionante e majestosa sempre teve o efeito de solenizar minha mente e me fazer esquecer as inquietações passageiras da vida. Decidi partir sem um guia, pois conhecia bem o caminho, e a presença de outra pessoa destruiria a grandeza solitária da cena.

A subida é íngreme, mas o caminho é sinuoso, o que permite superar a perpendicularidade da montanha. A cena é terrivelmente desoladora. Os vestígios da avalanche de inverno podem ser percebidos em mil pontos, onde há árvores quebradas e espalhadas pelo chão; algumas, completamente destruídas; outras, curvadas e inclinadas sobre as rochas salientes da montanha ou caídas sobre as demais árvores. Conforme avanço, observo o caminho cortado por ravinas de neve, pelas quais pedras rolam continuamente de cima.

Uma delas é em especial perigosa, pois o menor som, como falar em voz alta, produz uma concussão de ar suficiente para causar destruição sobre a cabeça do falante. Os pinheiros já não se mostram altos ou luxuriantes, mas sombrios, o que confere à cena um ar de severidade. Olhei para o vale abaixo; vastas névoas se erguiam dos rios que corriam por ele e se enrolavam em grinaldas espessas ao redor das montanhas em oposição, cujos cumes se escondiam entre as nuvens uniformes enquanto a chuva caía do céu escuro e aumentava a impressão melancólica dos objetos ao meu redor. Ai! Por que os homens se vangloriam de sensibilidades superiores àquelas de nosso estado bruto, se isso apenas os torna seres mais necessitados? Se nossos impulsos se restringissem a fome, sede e desejo, poderíamos ser quase livres; porém, somos movidos por todo vento que sopra, bem como por palavras e cenas do acaso.

> Um sonho envenena nosso dormir.
> Um pensamento errante polui o acordar.
> Sentir, conceber, raciocinar, chorar ou rir,
> Abraçar a dor ou as preocupações, afastar;
> É tudo igual: pois ainda era livre o caminho de partida,
> Seja na tristeza ou na felicidade,
> O ontem pode não ser como o amanhã na nossa vida;
> Nada pode durar senão a mutabilidade![10]

Era quase meio-dia quando cheguei ao topo da escalada. Por certo tempo, sentei-me na rocha com vista para o mar de gelo. Uma névoa o cobria e às montanhas circundantes. Naquele mo-

---

10 - Tradução livre de trecho do poema "Mutabilidade", de Percy Bysshe Shelley. (N. T.)

mento, uma brisa dissipou a névoa e desci sobre a geleira. A superfície era muito irregular, elevada como as ondas de um mar agitado e entremeada por fendas altamente afundadas. O campo de gelo tinha mais de cinco quilômetros de largura, mas passei quase duas horas cruzando-o. A montanha oposta era uma rocha perpendicular desnuda. Do lado em que eu estava agora, Montanvert ficava na direção contrária, à distância de cinco quilômetros e meio. Acima, estava o Mont Blanc, com sua majestade impressionante. Posicionei-me no recesso da rocha e contemplei o panorama maravilhoso e estupendo. O mar, ou melhor, o vasto rio de gelo, serpenteava entre montanhas dependentes, cujos cumes aéreos pairavam sobre seus recessos. Seus picos gelados e brilhantes cintilavam à luz do sol sobre as nuvens. Meu coração, que antes estava deprimido, encheu-se de algo que parecia alegria. Eu exclamei:

– Espíritos errantes, se é que vagueiam e não descansam em suas camas estreitas, permitam-me essa fraca felicidade, ou me levem, como seu companheiro, para longe das alegrias da vida.

Ao dizer isso, de repente vi a figura de um homem, a certa distância, avançando em minha direção com velocidade sobre-humana. Ele saltou sobre as fendas no gelo, entre as quais eu havia andado com cautela; conforme se aproximava, notava que sua estatura parecia exceder a de um homem. Fiquei perturbado: uma névoa apareceu nos meus olhos e senti uma fraqueza tomar conta de mim; mas fui rapidamente restaurado pelo vendaval frio das montanhas. Percebi, à medida que a figura chegava perto – visão tremenda e abominável! –, que se tratava do desgraçado que eu havia criado. Tremi de raiva e horror, resolvendo esperar sua aproximação para travar um combate mortal. Ele se aproximou; seu rosto expressava uma angústia amarga, combinada com desdém e malignidade, enquanto sua feiura sobrenatural o tornava quase horrível demais para os olhos humanos. Mas eu mal observei isso; raiva e ódio haviam me privado da fala, e eu me recuperei apenas para lhe despejar palavras expressivas de desprezo furioso e repulsa.

— Diabo! — exclamei. — Como se atreve a se aproximar de mim? Não teme a vingança feroz do meu braço em sua cabeça miserável? Vá embora, inseto vil! Ou melhor, fique, para que eu possa pisar em você! Ah, se eu pudesse, com a erradicação de sua existência miserável, restaurar aquelas vítimas que você matou tão diabolicamente!

— Eu esperava essa recepção — disse o dæmon. — Todos os homens odeiam os miseráveis; mas por que devo ser odiado se sou miserável para além de todas as coisas vivas? Meu próprio criador detesta e rejeita sua criatura, a quem está vinculado por laços apenas dissolúveis pela aniquilação de um de nós. Você pretende me matar. Como se atreve a brincar de tal forma com a vida? Cumpra seu dever para comigo, e cumprirei o meu para com você e para com o restante da humanidade. Se concordar com minhas condições, deixarei você em paz; mas, se recusar, continuarei a alimentar a boca da morte até que ela seja saciada com o sangue de seus amigos restantes.

— Monstro abominável! Demônio que é! As torturas do inferno são uma vingança muito suave para seus crimes. Diabo miserável! Você me condena por tê-lo criado. Venha, então, para que eu possa extinguir a centelha que tão negligentemente lhe concedi.

Minha raiva não tinha limites. Saltei sobre ele, impelido por todos os sentimentos que podem armar um ser contra a existência de outro.

Ele se desviou facilmente e disse:

— Fique calmo! Peço que me ouça antes de despejar seu ódio em minha cabeça devotada. Já não sofri o suficiente para que você tente aumentar minha tormenta? A vida, embora seja apenas um acúmulo de angústias, é querida para mim, e irei defendê-la. Lembre-se: você me fez mais poderoso do que a si próprio; minha altura é superior à sua e minhas articulações são mais flexíveis. Não serei, porém, tentado a me colocar em oposição a você. Sou sua criatura e serei suave e dócil ao meu senhor e rei se você também desempenhar sua parte, a qual me deve. Ah, Frankenstein, não seja justo com o outro e pise somente em mim, a quem você deve sua justiça e até a sua clemência e afeição. Lembre-se de que sou sua criatura; eu deveria ser seu Adão, mas sou o anjo caído, a quem você priva da alegria sem que eu tenha culpa. Em todo lugar vejo felicidade, da qual sou irrevogavelmente excluído. Eu era benevolente e bom; a infelicidade me tornou um demônio. Faça-me feliz e voltarei a ser virtuoso.

– Desapareça! Não vou ouvir você. Não pode haver comunhão entre nós; somos inimigos. Vá embora, ou vamos nos enfrentar em uma luta até que um de nós caia.

– Como posso comover você? Não há pedido que o faça dispensar um olhar favorável sobre a sua criatura, que implora a sua bondade e compaixão? Acredite em mim, Frankenstein: eu era benevolente; minha alma brilhava de amor e humanidade. Mas não estou sozinho, miseravelmente sozinho? Você, meu criador, me abomina; que esperança posso obter de seus semelhantes, que não me devem nada? Eles me desprezam e me odeiam. As montanhas do deserto e as geleiras sombrias são o meu refúgio. Tenho vagado aqui muitos dias; as cavernas de gelo, as quais não temo, são uma morada para mim, a única que o homem não inveja. Saúdo esses céus sombrios, pois eles são mais gentis comigo do que seus semelhantes. Se toda a humanidade soubesse da minha existência, eles fariam como você e se armariam para a minha destruição. Não devo então odiar aqueles que me abominam? Não manterei acordo com meus inimigos. Sou infeliz, e eles compartilharão minha desventura. No entanto, está em seu poder me recompensar, libertando-os de um mal que, diante de sua recusa, pode se estender não apenas a você e à sua família, mas a milhares de outras pessoas que serão engolidas pelos turbilhões da raiva. Deixe-me tocar sua compaixão e não me despreze. Ouça a minha história e, só depois, decida se mereço o abandono ou a clemência. Mas me ouça. Os culpados, por mais sangrentos que sejam, têm permissão pelas leis humanas de falar em sua própria defesa antes de serem condenados. Ouça-me, Frankenstein. Você me acusa de assassinato, e, ainda assim, ameaça destruir sua própria criatura com a consciência tranquila. Ah, louvada seja a eterna justiça do homem! No entanto, peço que não me poupe: ouça-me. E então, se puder ou quiser, destrua o trabalho de suas mãos.

— Por que você me recorda — disse eu — circunstâncias que me fazem estremecer e cuja origem e autoria desafortunadas são minhas? Maldito seja o dia, diabo abominável, em que você viu a luz pela primeira vez! Amaldiçoadas sejam as mãos que o formaram! Você me deixou infeliz de forma irreparável e sem o poder de decidir se sou justo com você ou não. Vá embora! Alivie-me da visão de sua forma detestável.

— Assim eu o alivio, meu criador — disse ele, colocando suas mãos odiadas diante dos meus olhos, as quais afastei com violência. — Retiro de você a visão que abomina. Assim, pode me ouvir e me conceder sua compaixão em nome das virtudes que já possuí. Ouça minha história: ela é longa e estranha, e a temperatura deste lugar não é adequada às suas refinadas sensações. Venha para a cabana na montanha. O sol ainda está alto nos céus, e antes que ele desça para se esconder atrás dos precipícios nevados e iluminar outro mundo, já terá ouvido minha história e poderá fazer sua escolha. A você cabe decidir se deixo o convívio dos homens e levo uma vida inofensiva, ou se me torno o flagelo de seus semelhantes e o autor de sua própria ruína.

Enquanto ele dizia isso, liderava o caminho pelo gelo. Eu o seguia. Meu coração estava cheio e eu não lhe respondia. Contudo, à medida que prosseguimos, ponderei os vários argumentos que ele usara e decidi ao menos escutar sua história. Fui parcialmente instigado pela curiosidade, e a compaixão fortaleceu minha resolução. Até então, eu o tomara como o assassino de meu irmão, e busquei ansiosamente a confirmação ou a negação de tal acusação. Pela primeira vez, também vi quais eram os deveres de um criador em relação à sua criatura, e que eu deveria ter lhe dado felicidade antes de me queixar de sua maldade. Esses motivos me fizeram cumprir sua exigência. Atravessamos o gelo, portanto, e subimos o rochedo oposto. O ar estava frio e a chuva começava a cair novamente. Entramos na cabana; o demônio com um ar de exultação e eu com o coração pesado e os ânimos deprimidos. Mas eu consentira em ouvir e, sentando-me junto ao fogo que meu odioso companheiro acendera, dei ouvidos à sua história.

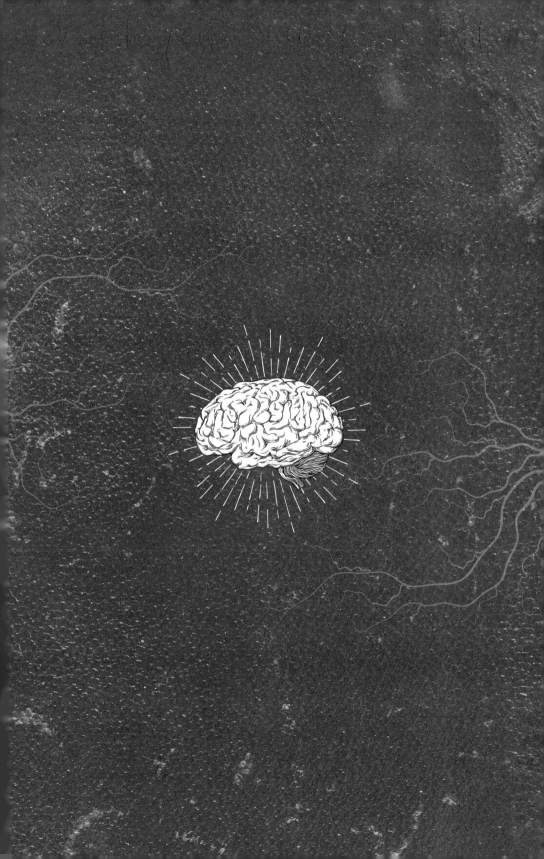

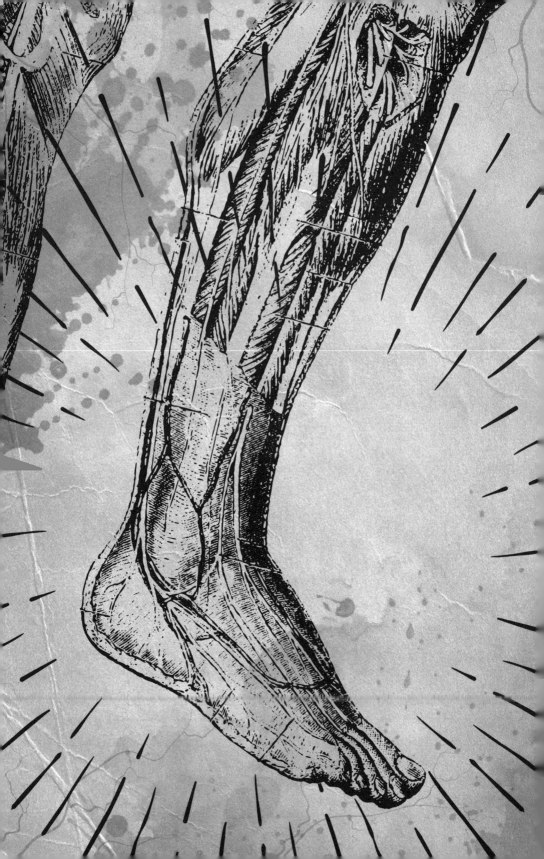

CAPÍTULO XI

—É COM CONSIDERÁVEL DIFICULDADE que me lembro da era original do meu ser: todos os eventos daquele período parecem confusos e indistintos. Uma estranha multiplicidade de sensações me assolou, e vi, senti, ouvi e cheirei ao mesmo tempo; de fato, demorou muito tempo até que eu aprendesse a distinguir entre as operações dos meus vários sentidos. Lembro-me vagamente de uma claridade intensa pressionando meus nervos e me obrigando a fechar os olhos. A escuridão subsequente me perturbou, de modo que abri os olhos de novo e permiti que a luz voltasse a recair sobre mim. Andei e, acredito, desci; então, em pouco tempo, deparei-me com uma grande modificação em minhas sensações. Antes, corpos escuros e opacos me cercavam, impermeáveis ao meu toque ou visão; agora, entretanto, havia descoberto que podia perambular em liberdade, sem obstáculos que me atrapalhassem. A luz tornou-se cada vez mais opressiva e, com o calor que me cansava durante a caminhada, procurei um lugar onde as sombras pudessem incidir sobre mim. Refugiei-me na floresta perto de Ingolstadt; lá fiquei deitado ao lado de um riacho até me sentir atormentado pela fome e pela sede. Isso me despertou de meu estado quase adormecido, e então comi frutas que encontrei penduradas nas árvores ou caídas no solo. Matei minha sede no riacho e me deitei outra vez, vencido pelo sono.

Estava escuro quando acordei; senti frio e, por instinto, um pouco de medo ao me encontrar tão desolado. Antes de deixar o seu apartamento, me cobri com algumas roupas à procura de evitar o frio; todavia, foram insuficientes para me proteger do orvalho da noite. Eu era um pobre coitado, desamparado e sofrido; não sabia e não conseguia distinguir nada. Mas, sentindo a dor me invadir por todos os lados, sentei-me e chorei.

Logo uma luz suave invadiu o céu e me conferiu uma sensação de prazer. Mirei para cima e vislumbrei uma forma radiante surgir por entre as árvores. Observei com uma espécie de admiração. Ela movia-se com lentidão, mas iluminava meu caminho, e novamente saí em busca de frutas. Ainda estava com frio quando, sob uma das árvores, encontrei uma capa enorme com a qual me cobri e me sentei no chão. Nenhuma ideia distinta ocupava minha mente; tudo estava confuso. Senti a claridade, a fome, a sede e a escuridão; sons incontáveis soaram em meus ouvidos e, de todos os lados, vários aromas me saudaram: o único objeto que eu conseguia distinguir era a lua brilhante, e fixei meus olhos nela com prazer.

Vários dias e noites se passaram, e o orbe da noite já havia mudado bastante quando comecei a discernir as sensações umas das outras. Gradativamente, passei a enxergar com clareza o riacho que me fornecia bebida e as árvores cujas folhagens me faziam sombra. Fiquei encantado quando descobri que um som agradável, que muitas vezes saudava meus ouvidos, saía das gargantas dos pequenos animais alados que constantemente interceptavam o esplendor dos meus olhos. Comecei também a observar, com maior precisão, as formas que me cercavam e a perceber os limites do radiante teto de luz que me cobria. Às vezes, tentava imitar o canto deleitoso dos pássaros, mas não conseguia. Às vezes, desejava expressar minhas sensações a meu próprio modo, mas os sons rudes e desarticulados que surgiam de mim me assustavam e faziam-me calar.

A lua desapareceu da noite e, mediante contorno diminuto, reapareceu enquanto eu permanecia na floresta. As sensações, a essa altura, tornaram-se díspares, e minha mente recebia ideias adicionais todos os dias. Meus olhos se acostumaram à iluminação e percebi os objetos em suas formas corretas; distingui o inseto da erva e, aos poucos, uma erva da outra. Descobri que o pardal não emitia nada além de notas ásperas, ao passo que as dos melros e dos tordos eram doces e atraentes.

Um dia, quando oprimido pelo frio, encontrei uma fogueira deixada por mendigos errantes e fiquei estupefato com o calor delicioso que emanava dela. Em meu regozijo, depositei a mão nas brasas vivas, mas a puxei sem demora e com um lamento de dor. Que estranho, pensei, que a mesma causa pudesse produzir efeitos tão opostos! Examinei os materiais do fogo e, para minha alegria, descobri que este era composto de madeira. Recolhi alguns galhos com agilidade, mas estavam molhados e não se consumiam nas chamas. Fiquei chateado e me sentei para assistir ao desempenho do fogo. A madeira umedecida que eu colocara perto do calor secou e inflamou-se. Refleti sobre a questão e, tocando os numerosos galhos, descobri a causa do fogo, ocupando-me em coletar grande quantidade de madeira a fim de secá-la e dispor de um suprimento abundante de fogo. Quando a noite chegou e trouxe consigo o sono, eu estava com muito medo de que meu fogo se extinguisse. Cobri-o cuidadosamente com madeira e folhas secas, ajeitando galhos molhados sobre elas. Então, abrindo minha capa, deitei-me no chão e adormeci.

Era manhã quando acordei, e minha preocupação inicial foi verificar o fogo. Remexi a fogueira, e uma brisa suave acresceu as chamas com agilidade. Ao observar isso, inventei um leque de galhos que atiçava a brasa quando estava quase consumida. Quando a noite voltou, descobri, com prazer, que o calor do fogo também era útil para minha alimentação; afinal, percebera que algumas das miudezas que os viajantes deixavam para trás eram assadas e tinham um sabor muito mais gostoso do que o das frutas que colhia das árvores. Tentei, portanto, preparar minha comida da mesma maneira, colocando-a nas brasas vivas. Descobri que as frutas se estragavam nesse processo, mas que as castanhas e raízes melhoravam muito.

A comida, no entanto, tornou-se escassa, e muitas vezes passava o dia inteiro procurando, em vão, bolotas em busca de aliviar as dores da fome. Quando me dei conta disso, resolvi deixar o lugar em que habitara até então a fim de procurar outro, onde as poucas necessidades que eu experimentara pudessem ser facilmente satisfeitas. Em meio à emigração, lamentei muito a perda do fogo obtido por acidente e que eu não sabia como reproduzir. Dediquei várias horas à consideração de tal dificuldade, mas fui obrigado a renunciar a toda tentativa de resolvê-la e, enrolando-me na minha capa, avancei pela floresta em direção ao sol poente. Passei três dias nessa caminhada e, enfim, descobri o campo aberto. Uma ampla nevasca havia ocorrido na noite anterior e os campos exibiam um branco uniforme; a aparência era desconsolada e senti meus pés gelados pela substância úmida e fria que cobria o chão.

Eram sete horas da manhã e eu ansiava por comida e abrigo; por fim, avistei uma cabaninha em um terreno elevado, sem dúvida construída para a conveniência de um pastor. Era uma imagem inédita para mim, e examinei a estrutura com enorme curiosidade. Ao encontrar a porta aberta, adentrei. Um velho jazia sentado perto de uma fogueira, sobre a qual preparava o café da manhã. Ele ouviu um barulho e, percebendo-me, gritou alto e fugiu da cabana, atravessando os campos com uma velocidade que sua forma debilitada dificilmente parecia capaz. Sua aparência, diferente de tudo o que eu já vira, além de sua corrida, me surpreenderam um tanto. Contudo, fiquei encantado com a aparência da cabana: ali, a neve e a chuva não eram capazes de penetrar. Com o chão seco, o local se apresentou como um retiro tão elegante e divino quanto o Pandæmonium[11] pareceu aos dæmons do Inferno após o sofrimento no lago de fogo. Devorei com avidez os restos do café da manhã do pastor, que consistia em pão, queijo, leite e vinho – deste último, no entanto, não gostei. Então, sobrepujado pelo cansaço, deitei-me em meio a um bocado de palha e adormeci.

Era meio-dia quando acordei. Seduzido pelo calor do sol, que brilhava intensamente no chão branco, decidi recomeçar minha viagem. Depositei os restos do café da manhã do camponês num saco que encontrei e prossegui pelo campo ao longo de várias horas até que, ao pôr do sol, cheguei a uma vila. Que vista milagrosa! As choupanas, as cabanas mais arrumadas e as casas senhoriais atraíam minha admiração uma após a outra. Os vegetais nos jardins, o leite e o queijo que vislumbrei alocados em janelas de chalés seduziram meu apetite. Entrei em um dos melhores; porém, quando plantei os pés na soleira da porta, as crianças começaram a gritar e uma das mulheres desmaiou. A vila inteira despertou; uns

---

11 - A capital do Inferno no poema épico *Paraíso perdido*, de John Milton (1608-1674). (N. T.)

fugiram, outros me atacaram, até que, gravemente machucado por pedras e muitos outros tipos de armas, escapei para o campo aberto e me refugiei com medo em um casebre baixo e bastante vazio que exibia uma aparência miserável em comparação aos palácios que eu vira na aldeia. O casebre era parte de uma choupana de compleição agradável e organizada; todavia, depois de minha experiência recente, não ousei entrar. Meu lugar de refúgio era amadeirado, tão baixo que eu mal podia me movimentar ali dentro. Nenhuma madeira, no entanto, fora colocada sobre o chão, que era de terra batida. Embora o vento se introduzisse por fendas numerosas, o ambiente se tornou um abrigo deleitável contra a neve e a chuva.

Aqui, então, refugiei-me e deitei feliz por ter encontrado um esconderijo que, por mais deplorável que fosse, me protegia das inclemências da estação e, sobretudo, da barbárie humana.

Tão logo amanheceu, deixei o abrigo em busca de analisar a cabana vizinha e descobrir se poderia permanecer naquela morada. Ela se situava na parte de trás da choupana e era cercada por um chiqueiro e um reservatório de água limpa. O casebre apresentava somente uma abertura, através da qual entrei. Decidi, portanto, cobrir com pedras e madeira as fendas pelas quais pudesse ser percebido, mas de maneira que fosse possível movê-las de vez em quando para passar. Toda a luz de que eu gozava vinha através do chiqueiro, e ela era suficiente para mim.

Tendo então arranjado meu refúgio e o acarpetado com palha limpa, me escondi, pois avistei uma figura de homem à distância e lembrei-me muito bem do tratamento recebido na noite anterior para me confiar ao seu poder. Contudo, já havia provido meu sustento para o referido dia: um pedaço de pão roubado e um copo com o qual eu poderia beber, mais convenientemente do que com as minhas mãos, da água límpida que perpassava meu retiro.

O chão estava um pouco elevado, de modo a manter-se perfeitamente seco, e a proximidade com a chaminé da casa tornava o local razoavelmente quente.

Provido de tal modo, decidi morar nesse casebre até que algo pudesse alterar minha determinação. Era de fato um paraíso se comparado à floresta desolada, minha antiga residência de galhos chuvosos e terra úmida. Tomei meu café da manhã com prazer e estava prestes a remover uma tábua para conseguir um pouco de água quando ouvi passos. Espiando por uma pequena fenda, avistei uma criatura jovem, com um balde na cabeça, passando diante do meu casebre. A garota era nova e de comportamento gentil, à diferença dos demais habitantes da vila com os quais havia me deparado.

Ela estava vestida em farrapos e exibia apenas uma anágua azul grossa e uma jaqueta de linho; seus cabelos louros eram trançados, mas sem enfeites. Ela parecia paciente e triste. Eu a perdi de vista; entretanto, cerca de quinze minutos depois ela voltou carregando o balde, que fora parcialmente preenchido com leite. Enquanto ela se deslocava, parecia incomodada com o fardo, e um jovem cujo rosto expressava desânimo profundo a encontrou. Proferidos alguns sons permeados por um ar de melancolia, o rapaz pegou o balde da cabeça dela e o carregou consigo até a choupana. A menina o seguiu, ao que desapareceram. Pouco depois, vi novamente o jovem com algumas ferramentas na mão enquanto atravessava o campo atrás da choupana. A menina, por sua vez, se mostrou atarefada, às vezes na casa, às vezes no quintal.

Ao examinar meu refúgio, descobri que uma de suas paredes de tábuas ocultava o que antes fora uma janela da choupana. Entre as tábuas, havia uma fissura quase imperceptível por onde o olhar podia se esgueirar. Ao espiar, identifiquei uma sala modesta, branca, limpa e quase sem móveis. Num canto, perto de uma fogueira diminuta, estava sentado um velho que apoiava a cabeça nas mãos em atitude desconsolada. A jovem se ocupara em arrumar a casa; porém, naquele momento, retirou algo de uma gaveta e acomodou-se ao lado do velho, o qual, pegando um instrumento, começou a tocar e a produzir sons mais aprazíveis do que a voz do tordo ou do rouxinol. Tratava-se de uma cena adorável até para mim, um pobre coitado que nunca se deparara com a beleza. Os cabelos prateados e o semblante benevolente do idoso conquistaram minha reverência, ao passo que os modos gentis da garota atraíram minha afeição. Ele soou uma ária delicada e melancólica, arrancando sem perceber lágrimas dos olhos de sua amável companheira, até ouvi-la chorar em voz alta. Ele pronunciou determinados sons, e a bela criatura, abandonando sua tarefa, ajoelhou-se aos seus pés. Ele a ergueu e sorriu com tamanha gentileza e tanto carinho que fui acometido por sensações de natureza peculiar e avassaladora: uma mistura de dor e prazer, como nunca havia experimentado por meio da fome, frio, calor ou alimento. Assim, afastei-me da janela, inapto a suportar tais emoções.

Logo depois, o jovem voltou, carregando toras de madeira sobre os ombros. A garota o encontrou à porta, ajudou a aliviá-lo de sua carga e, transportando um tanto do combustível para a choupana, juntou-o ao fogo. Ambos, então, foram para um canto do chalé, e ele mostrou à garota um grande pão e um pedaço de queijo. Ela pareceu satisfeita e foi ao jardim à procura de raízes e plantas, que colocou na água e depois no fogo. Então retomou a atividade que exercia antes, e o jovem, por sua vez, saiu para o jardim e pareceu ocupado cavando e arrancando raízes. Depois de mais de uma hora de trabalho, a jovem se juntou a ele e ambos entraram em casa juntos.

O velho se manteve pensativo nesse meio-tempo, mas, na presença de seus companheiros, adquiriu um ar mais alegre, então eles se sentaram para comer. A refeição foi consumida com agilidade. A jovem voltou a arrumar os aposentos, enquanto o velho caminhou diante do chalé, sob o sol, por alguns minutos, apoiando-se no braço do rapaz. Nada podia exceder em beleza o contraste entre esses dois excelentes seres. Um era velho, com cabelos prateados e um rosto radiante de bondade e amor; o outro era jovem e gracioso em sua figura, com traços bem desenhados e um olhar que, em contrapartida, expressava ampla tristeza e desânimo. O velho retornou à cabana, e o jovem, com ferramentas diferentes das que usara pela manhã, dirigiu seus passos aos campos.

A noite chegou rapidamente, mas, para minha extrema admiração, descobri que os habitantes da choupana tinham um meio de prolongar a luz por meio do uso de velas. Fiquei, portanto, encantado ao ver que o pôr do sol não acabaria com o prazer que sentia em observar meus vizinhos humanos. À noite, a jovem e seu companheiro estavam ocupados com várias tarefas que eu não entendia, e o velho pegou novamente o instrumento que produzia os sons divinos que me encantaram pela manhã. Tão logo ele terminou, o rapaz começou a emitir sons monótonos e nada parecidos com a harmonia do instrumento do velho ou com o canto dos pássaros. Posteriormente, descobri que ele lia em voz alta, mas naquela época eu não sabia nada sobre a ciência das palavras ou letras.

A família, depois de assim se ocupar por um curto período, apagou as luzes e retirou-se, como conjecturei, para descansar.

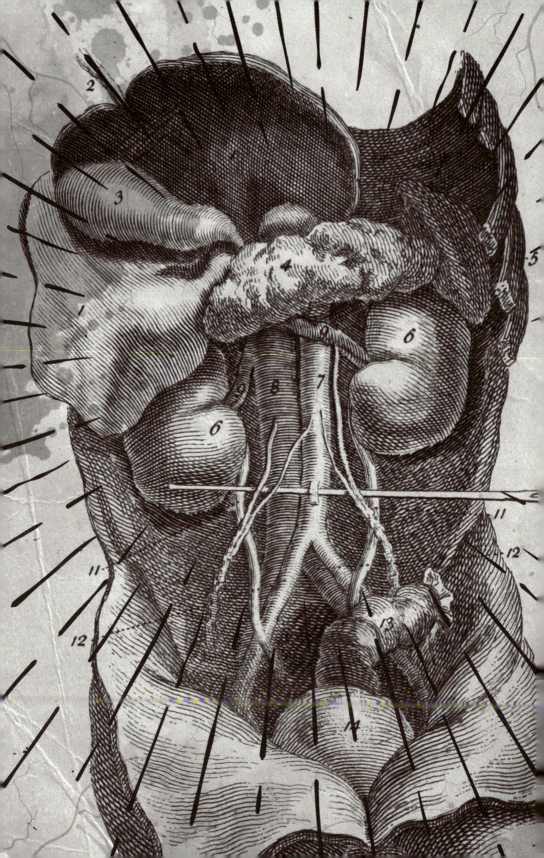

CAPÍTULO XII

DEITEI-ME SOBRE A MINHA PALHA, mas não consegui dormir. Refleti a respeito das ocorrências do dia. O que mais me impressionou foram as maneiras gentis dessas pessoas. Eu desejava me juntar a elas, mas não ousava. Eu lembrava do tratamento recebido na noite anterior, em meio aos aldeões bárbaros, e resolvi que, qualquer que fosse o curso de conduta que eu julgasse oportuno seguir, permaneceria por ora quieto em meu casebre, observando e tentando descobrir os motivos que guiavam suas ações.

Os moradores da choupana se levantaram antes do sol na manhã seguinte. A moça arrumou a casa e preparou a comida, e o rapaz partiu depois da primeira refeição.

O dia decorreu segundo a mesma rotina que o anterior. O jovem estava constantemente ocupado ao ar livre, enquanto a garota assumia numerosas ocupações dentro de casa. O velho, que logo percebi ser cego, empregava suas horas de lazer em seu instrumento ou em contemplação. Nada excedia o amor e o respeito que os moradores mais jovens devotavam ao venerável companheiro.

Eles dispensavam ao velho constantes atos de afeto e atenção, sendo retribuídos com sorrisos benevolentes.

Eles não eram totalmente felizes. O jovem e sua companheira muitas vezes se isolavam para chorar. Não via motivo para infelicidade, mas fiquei profundamente afetado por isso. Se tais criaturas adoráveis eram miseráveis, tornava-se menos estranho que eu, um ser imperfeito e solitário, fosse infeliz. No entanto, por que esses seres gentis eram infelizes? Eles possuíam uma casa encantadora (ao menos para os meus olhos) e luxos, como o fogo para aquecê-los quando estavam com frio e mantimentos deliciosos para quando sentiam fome. Eles também vestiam roupas excelentes e, sobretudo, desfrutavam da companhia uns dos outros, trocando dia após dia gestos de carinho e benignidade. O que suas lágrimas implicavam? Elas expressavam mesmo dor? A princípio, não consegui responder a essas questões; todavia, a atenção constante e o tempo me explicaram muitas aparências que inicialmente foram enigmáticas.

Um período considerável se passou até que eu descobrisse uma das causas do desconforto dessa família amável: a pobreza, da qual sofriam em um grau muito angustiante. Sua alimentação consistia inteiramente de vegetais extraídos da horta, mais o leite de uma vaca, que produzia muito pouco durante o inverno – época em que os donos mal conseguiam comprar comida para sustentá-la. Acredito que muitas vezes eles sofreram com as pontadas da fome, em particular os dois jovens; com frequência, vi-os colocando comida no prato do velho sem reservar nada para si próprios.

Essa demonstração de bondade me causou grande comoção. Eu estava acostumado, durante a noite, a roubar parte de sua comida para me alimentar; mas, quando descobri que, ao fazê-lo, eu infligia dor aos moradores, abstive-me e passei a consumir frutas, castanhas e raízes que colhia de um bosque vizinho.

Descobri também outro meio pelo qual podia ajudar no trabalho deles. Percebi que os jovens passavam grande parte do dia coletando lenha para o fogo da família. Assim, durante a noite, muitas vezes peguei suas ferramentas – cujo manuseio descobri rapidamente – e trouxe à choupana estoque suficiente para vários dias.

Lembro-me de que, na primeira vez que o fiz, a moça pareceu muito espantada ao abrir a porta pela manhã e defrontar-se com uma enorme pilha de madeira do lado externo. Ela pronunciou algumas palavras em voz alta e o rapaz se juntou a ela, também expressando surpresa. Observei, com prazer, que ele não foi à floresta naquele dia, mas aproveitou o tempo consertando a choupana e cultivando o jardim.

Aos poucos, fiz uma descoberta ainda maior. Descobri que essas pessoas tinham um método de comunicar suas experiências e sentimentos entre si por meio de sons articulados. Percebi que as palavras proferidas incitavam prazer, dor, sorrisos ou tristeza no íntimo e no semblante dos ouvintes. Era de fato uma ciência divina, e eu desejava ardentemente me familiarizar com ela. No entanto, fiquei perplexo em todas as tentativas que articulei à procura de atingir esse fim. A pronúncia deles era rápida e, quando suas palavras não tinham conexão aparente com objetos visíveis, eu não conseguia descobrir pistas que pudessem desvendar o mistério de seus significados.

Porém, mediante grande aplicação durante as várias transformações da lua em que permaneci no casebre, descobri os nomes atribuídos a alguns dos objetos mais familiares do dia a dia. Aprendi e passei a usar as palavras *fogo*, *leite*, *pão* e *madeira*.

Aprendi também os nomes dos próprios moradores da choupana. O rapaz e sua companheira tinham vários nomes, mas o velho, apenas um: *pai*. A garota se chamava *irmã* ou *Agatha*; e o jovem *Félix*, *irmão* ou *filho*. Não consigo descrever o prazer que senti ao aprender as ideias apropriadas para cada um desses sons, e ante a habilidade de pronunciá-los. Distingui também várias outras palavras, sem ainda poder entendê-las ou aplicá-las, como *bom*, *querido* e *infeliz*.

Assim passei o inverno. As maneiras gentis e a beleza dos moradores da choupana me tornaram muito afeiçoado a eles: quando estavam infelizes, sentia-me deprimido; quando se alegravam, simpatizava com a felicidade deles. Vi poucos seres humanos com eles; e, quando alguém diferente entrava na choupana, suas maneiras duras e rudes só aumentavam minha estima pelos modos superiores de meus amigos. O velho, como percebi, esforçava-se frequentemente para incentivar os filhos, como às vezes eu achava que ele os chamava, para que afastassem a melancolia. Ele falava com uma entonação alegre, com uma expressão de bondade que conferia prazer até para mim. Agatha ouvia com respeito, seus olhos às vezes inundados por lágrimas que tentava limpar sem ser notada; mas eu geralmente percebia que suas feições e seu tom assumiam maior grau de contentamento depois de ouvir as exortações do pai. Não era assim com Félix. Ele sempre foi o mais triste do grupo, e, mesmo para os meus sentidos inexperientes, parecia sofrer com mais intensidade do que seus familiares. Mas se sua face era a mais triste, sua voz era mais jocosa do que a da irmã, especialmente quando ele se dirigia ao velho.

Posso mencionar infindáveis exemplos, que, embora simples, denotam as disposições dessas amáveis pessoas. Em meio à pobreza e à necessidade, Félix trouxe com prazer para sua irmã a primeira florzinha branca que apareceu sob o chão nevado. De manhã, antes que ela se levantasse, ele limpava a neve que atrapalhava o caminho da irmã até o celeiro, tirava água do poço e trazia a madeira, que, para seu perpétuo espanto, encontrava sempre reabastecida por uma mão invisível. Creio que, durante o dia, ele trabalhava de quando em quando para um fazendeiro vizinho, porque ao sair costumava retornar apenas na hora do jantar, sem trazer madeira consigo. Outras vezes, ele cultivava o jardim, mas, como havia pouco a se fazer na estação gelada, ele lia para Agatha e para o velho.

O ato da leitura me intrigou profundamente no início; mas, aos poucos, descobri que ele emitia no ato de ler os mesmos sons do ato de falar. Supus, portanto, que ele encontrava no papel sinais decifráveis para falar, e os quais eu também desejava intensamente entender. Mas como isso seria possível quando eu sequer compreendia os sons representados pelos sinais? Eu havia melhorado a olhos vistos na referida ciência, mas não o suficiente para acompanhar qualquer tipo de conversa, embora tenha aplicado a minha mente inteira a essa missão; afinal, percebi com facilidade que, apesar de desejar sofregamente me revelar aos moradores da choupana, eu não deveria pôr em prática qualquer tentativa antes de me tornar mestre na língua deles. Tal conhecimento me tornaria apto a pedir que relevassem a deformidade de minha figura, dado que também percebi esse contraste perpetuamente trazido a meus olhos.

Eu admirava as formas perfeitas da família em questão – sua graça, beleza e aparência delicada. E qual foi o terror que senti quando me vi numa poça d'água! No começo, recuei, incapaz de acreditar que era realmente eu a origem da imagem refletida no espelho. Quando me convenci por completo de que eu era mesmo aquele monstro, fui tomado pelas mais amargas sensações de desânimo e mortificação. Ai! Ainda não conhecia por completo os efeitos fatais dessa desgraçada deformidade.

Quando o sol ficou mais quente e a luz do dia mais longa, a neve desapareceu, revelando árvores nuas e terra. A partir desse momento, Félix tornou-se mais ocupado, e os sinais de fome iminente desapareceram. A comida deles, como descobri depois, era grosseira, mas saudável; e eles a produziam em quantidade suficiente. Diversos tipos novos de plantas surgiram no jardim, e esses sinais de conforto aumentavam todos os dias acompanhando o avanço da estação.

O velho, apoiando-se no filho, caminhava diariamente ao meio-dia quando não chovia – descobri ser esse o nome do movimento dos céus derramando suas águas. Isso acontecia com frequência; porém, um vento forte secava a terra sem demora, e a estação ficava muito mais agradável do que antes.

Meu modo de vida no casebre era estável. Durante a manhã, acompanhava os movimentos dos moradores da choupana. Enquanto eles se dispersavam em várias tarefas, eu dormia. O restante do dia era dedicado à observação de meus amigos. Quando se retiravam a fim de descansar, se havia lua ou se a noite estava estrelada, eu ia para a floresta e pegava minha própria comida e combustível para a choupana. Ao retornar, conforme muitas vezes era necessário, limpava a neve do caminho deles e realizava os trabalhos que vi serem feitos por Félix. Mais tarde, descobri que essas tarefas executadas por uma mão invisível os surpreendiam profusamente; e uma ou duas vezes os ouvi, em ocasiões tais, proferindo as palavras *bom espírito* e *maravilhoso*. Não entendia, entretanto, o significado dos termos.

Meus pensamentos haviam se tornado mais ativos, e eu desejava descobrir os motivos e sentimentos por trás dessas criaturas adoráveis. Fiquei curioso em saber por que Félix parecia tão desventurado, e Agatha, tão abatida. Pensei (miserável tolo!) que poderia ser capaz de restaurar a felicidade dessas pessoas merecedoras. Quando eu dormia, ou estava ausente, as formas do venerável pai cego, da gentil Agatha e do excelente Félix voavam à minha frente. Eu os via como seres superiores que seriam árbitros de meu futuro destino. Imaginava milhares de modos de me apresentar e como seria a recepção de sua parte. Presumi que sentiriam nojo, até que, com meu comportamento gentil e palavras conciliadoras, seria bem acolhido e, então, amado.

Esses pensamentos me emocionaram e me instigaram a conferir uma paixão renovada com relação ao domínio da arte da linguagem. Meus órgãos eram rudes, mas flexíveis; e, embora minha voz fosse muito diferente da música suave de seus tons, ainda assim pronunciava as palavras que entendia com relativa facilidade. Era como a história do burro e do cachorrinho:[12] o burro tinha intenções afetuosas a despeito de suas maneiras rudes, e merecia um tratamento melhor do que golpes e execração.

As chuvas agradáveis e o calor vivaz da primavera alteraram muito o aspecto da terra. Homens, que antes dessa mudança pareciam estar escondidos em cavernas, se dispersaram e se engajaram em várias artes de cultivo. Os pássaros adotaram notas mais alegres em seu canto, e as folhas brotavam nas árvores. Oh, terra feliz! Para os deuses, moradia adequada que, há pouco tempo, era

---

12 - Referência à fábula "O Burro e o Cachorrinho", do escritor grego Esopo. Nessa história, o burro é punido por almejar a mesma vida do cachorrinho, que, segundo ele, vive de maneira mais confortável. Ao fim, o burro se dá conta do quão improdutivo é tentar levar uma vida que não é a sua. (N. T.)

obscura, úmida e insalubre. Meu ânimo foi elevado pela aparência encantadora da natureza; o passado foi apagado da minha memória, o presente estava sereno e o futuro seria composto por raios cintilantes de esperança e alegria.

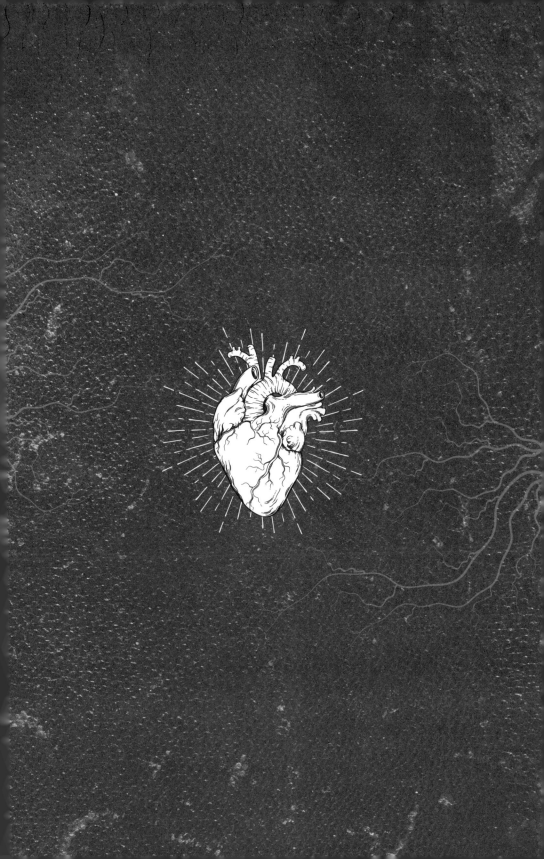

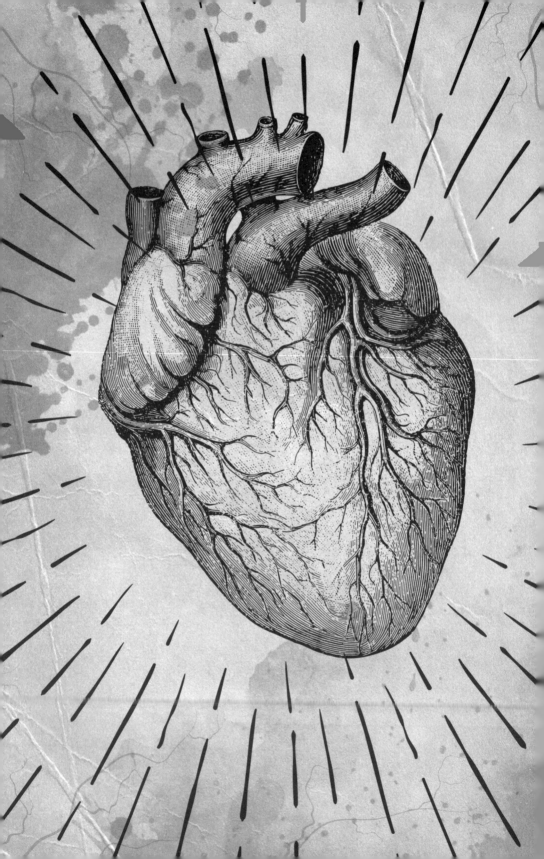

CAPÍTULO XIII

—AGORA ME ADIANTO à parte mais tocante da minha história. Relatarei eventos e os sentimentos que os acompanharam, tornando-me quem sou hoje.

A primavera avançou rapidamente, o tempo ficou bom e o céu sem nuvens. Surpreendeu-me a vista daquilo que antes era deserto e melancólico e passara a florescer com as mais belas flores e o verde. Meus sentidos foram gratificados e revigorados por mil aromas de prazer e mil visões de beleza.

Foi em um desses dias, quando meus companheiros descansavam do trabalho – o velho tocava violão e os filhos ouviam –, que notei uma melancolia exacerbada no semblante de Félix. Ele suspirava com frequência e, uma vez que seu pai parou a música, conjecturei com base em suas maneiras que ele meditava sobre a motivação da tristeza do filho. Félix respondeu com um tom alegre, e o velho estava prestes a recomeçar sua música quando alguém bateu à porta.

Era uma dama a cavalo, acompanhada por um camponês que lhe servia de guia. A senhora usava trajes escuros e estava coberta por um véu preto e espesso. Agatha lhe direcionou uma pergunta, à qual a estranha respondeu pronunciando, com doçura, o nome de Félix. A voz dela era musical, mas diferente das que meus amigos possuíam. Ao ouvir essa palavra, Félix aproximou-se às pressas da dama. Quando o viu, ela levantou o véu e exibiu um semblante de beleza e expressão angelicais. Seu cabelo era de um preto brilhante e curiosamente trançado; seus olhos eram escuros e gentis, embora animados; as feições, por sua vez, apresentavam proporção regular, associados a uma tez maravilhosamente clara e cada bochecha tingida com um adorável cor-de-rosa.

Félix pareceu arrebatado de satisfação ao vê-la; todos os traços de pesar desapareceram de seu semblante, dando lugar a uma expressão de alegria extática, da qual eu dificilmente poderia acreditar que fosse capaz. Seus olhos brilhavam, enquanto sua bochecha corava de júbilo. Naquele momento, eu o achei tão bonito quanto estranho. Ela parecia afetada por sentimentos diferentes; enxugando lágrimas dos olhos adoráveis, estendeu a mão para Félix, que a beijou com entusiasmo e a chamou, como pude distinguir, de sua doce árabe. Ela parecia não entendê-lo, mas sorriu. Félix a ajudou a desmontar do cavalo e, dispensando o guia, conduziu-a para a choupana. Dada conversa ocorreu entre ele e seu pai; e a jovem desconhecida se ajoelhou aos pés do velho fazendo menção de beijar sua mão, ao que o velho a ergueu e a abraçou carinhosamente.

Logo percebi que, embora a desconhecida pronunciasse sons articulados e parecesse ter uma linguagem própria, ela não era compreendida e tampouco assimilava o que diziam os habitantes da choupana. Eles gesticularam muitos sinais que não entendi; mas notei que a presença dela difundia alegria pela cabana, dissipando-lhes a tristeza como o sol dissipa as brumas da manhã. Félix parecia particularmente feliz e, com sorrisos de alegria, acolheu sua árabe. Agatha, a sempre gentil Agatha, beijou as mãos da adorável estranha, e, apontando para o irmão, fez sinais que, para mim, pareciam indicar que Félix estava triste até ela chegar. Horas se passaram de tal maneira enquanto eles, por meio de suas expressões, demonstravam uma alegria cuja causa eu não discernia. Mais tarde percebi, pela frequente recorrência de sons que a estranha repetia depois deles, que ela estava tentando aprender aquele idioma. A ideia, então, me ocorreu no mesmo instante: eu deveria usar as mesmas instruções para o mesmo fim. A desconhecida aprendeu cerca de vinte palavras na primeira lição – a maioria delas eu já dominava, de modo que tirei proveito das demais.

Quando a noite chegou, Agatha e a árabe se retiraram cedo. Ao se separarem, Félix beijou a mão da desconhecida e disse: "Boa noite, doce Safie". Ele permaneceu sentado por muito mais tempo dialogando com o pai e, pela repetição constante do nome dela, imaginei que a adorável convidada era o assunto da conversa. Desejei fervorosamente entendê-los e investi toda habilidade em prol desse objetivo, mas foi mesmo impossível.

Na manhã seguinte, Félix saiu para o trabalho e, depois que as ocupações habituais de Agatha terminaram, a árabe sentou-se aos pés do velho e, pegando seu violão, tocou árias fascinantemente belas a ponto de tirar lágrimas de tristeza e deleite dos meus olhos. Ela cantou e sua voz fluiu em uma cadência rica como a de um rouxinol da floresta.

Quando ela terminou, entregou o violão a Agatha, que a princípio o recusou. A jovem, por fim, tocou uma ária simples e sua voz a acompanhou com um tom sereno, mas diferente do alcance da estranha. O velho pareceu extasiado e manifestou algumas palavras, as quais Agatha se esforçou para explicar a Safie. Elas expressavam o deleite do homem por sua música.

Os dias passavam tão pacificamente quanto antes, com a diferença de que a alegria tomara o lugar da tristeza nas expressões de meus amigos. Safie estava sempre alegre e feliz; ela e eu melhoramos rapidamente nosso conhecimento sobre aquela linguagem, de modo que, em dois meses, comecei a compreender a maioria das palavras verbalizadas por meus protetores.

Nesse ínterim, o solo escuro também se cobriu de ervas, e as margens verdes se resplandeceram de inúmeras flores, encantadoras para os sentidos e cintilantes como estrelas de fulgor pálido entre os bosques enluarados. O sol ficou mais quente, as noites, claras e agradáveis; minhas caminhadas noturnas se tornaram um prazer extremo, embora consideravelmente reduzidas pelo pôr do sol e o nascer do dia. Afinal, nunca me aventurei do lado de fora durante o dia, por medo de me deparar com o mesmo tratamento dispensado a mim na aldeia.

Meus dias transcorreram em grande concentração para que eu pudesse dominar o idioma com mais rapidez. Posso me gabar de ter progredido mais rapidamente do que a árabe, que compreendia bem pouco e conversava de maneira truncada enquanto eu entendia e era capaz de imitar quase todas as palavras proferidas.

Enquanto eu melhorava a pronúncia, também aprendia a ciência das letras, tal como era ensinada à estrangeira. A ocasião abriu diante de mim um amplo campo de admiração e deleite.

O livro que Félix usou para instruir Safie se chamava *As ruínas, ou meditação sobre as revoluções dos impérios*, de Volney. Eu não teria entendido o significado desse livro se Félix, ao lê-lo, não tivesse dado elucidações muito minuciosas. Ele havia escolhido a obra em questão, explicou, porque o estilo declamatório se inspirava nos autores orientais. Por meio desse trabalho, obtive um conhecimento superficial da história e uma visão dos vários impérios existentes no mundo atual. Isso me forneceu uma perspectiva a respeito das maneiras, dos governos e das religiões das múltiplas nações da Terra. Ouvi sobre a milenaridade dos asiáticos, a genialidade estupenda e a atividade mental dos gregos, as guerras e maravilhosas virtudes dos romanos – bem como a subsequente degeneração e o declínio do poderoso império, as cavalarias, o cristianismo e os reis. Ouvi falar da descoberta do hemisfério americano e chorei com Safie pelo destino infeliz de seus habitantes originais.

Tais narrativas maravilhosas me inspiraram sentimentos estranhos. O homem podia ser, ao mesmo tempo, poderoso, virtuoso, magnífico, cruel e baixo? Ele apareceu certa vez como mero descendente do princípio do mal e, em outra, como tudo o que pode ser concebido como nobre e divino. Ser um homem grande e virtuoso representaria a maior honra que poderia acontecer a um ser sensível; já ser baixo e cruel, como muitos haviam sido, parecia a mais inferior degradação, uma condição mais abjeta do que a da toupeira cega ou do verme inofensivo.

Durante muito tempo, não pude entender como um homem podia matar seu semelhante, ou mesmo por que havia leis e governos; contudo, quando ouvi detalhes sobre o vício e o derramamento de sangue, meu encantamento foi substituído por nojo e repulsa.

Todas as conversas dos moradores da choupana agora me traziam novas surpresas. Enquanto ouvia as instruções que Félix concedia à árabe, o estranho sistema da sociedade humana me era explicado. Ouvi falar sobre a divisão de propriedades, a imensa riqueza, a pobreza esquálida, a hierarquia, a descendência e o sangue nobre.

As palavras que escutava me induziram a refletir. Aprendi que os bens mais estimados por seus semelhantes eram a alta e imaculada descendência unida às riquezas. Um homem podia ser respeitado com apenas uma dessas vantagens; porém, sem nenhuma delas, era geralmente considerado um vagabundo ou escravo, condenado a desperdiçar suas habilidades em favor do lucro de poucos eleitos! E o que eu era? De minha criação e criador, eu era absolutamente ignorante, mas eu sabia que não possuía dinheiro, amigos ou qualquer tipo de propriedade. Além disso, eu era dotado de uma aparência horrivelmente deformada e repugnante; eu não era sequer pertencente à mesma natureza que o homem. Eu era mais ágil do que eles e podia subsistir com uma dieta mais precária, suportava os extremos do calor e do frio com menos danos à estrutura física, e minha estatura em muito excedia a deles. Quando olhei à minha volta, percebi que jamais ouvira falar de alguém como eu. Eu era, então, um monstro, um borrão na terra do qual todos os homens fugiam e a quem todos os homens renegavam?

Não posso lhe descrever a agonia que tais ponderações me infligiram. Tentei dissipá-las, mas o conhecimento só aumentou a tristeza. Ah, se eu tivesse permanecido para sempre na minha floresta nativa, sem conhecer outro sentido além das sensações de fome, sede e calor!

Como é estranha a natureza do saber! Uma vez adquirido, ele se apega à mente como líquen na rocha. Às vezes, desejava livrar-me de todos os pensamentos e sentimentos, mas aprendi que o único meio de superar a sensação de dor era por meio da morte – estado que eu temia por ainda não entender. Admirava a virtude, os bons sentimentos, as maneiras gentis e as qualidades amáveis de meus companheiros, mas era privado da interação com eles, exceto por meios furtivos que aumentavam ao invés de satisfazer meu desejo de tomar parte naquela família. As palavras gentis de Agatha e os sorrisos animados da charmosa árabe não eram para mim. As leves exortações do velho e a conversa espirituosa do amado Félix, tampouco. Abatido, infeliz desgraçado!

Outras lições me impressionaram ainda mais profundamente. Ouvi sobre a diferença dos sexos, sobre o nascimento e o crescimento dos filhos. Ouvi sobre o prazer do pai diante do sorriso de um filho ou das animadas brincadeiras de outro, a maneira como a vida e os cuidados maternais giravam em torno de sua preciosa carga, como a mente da juventude se expandia e adquiria conhecimento, e a noção de irmão, irmã e todos os demais relacionamentos que unem um ser humano a outro em laços correspondentes.

Mas onde estavam meus amigos e parentes? Nenhum pai assistiu aos meus dias de infância e nenhuma mãe me abençoou com sorrisos e carícias. E, mesmo se o tivessem feito, toda a minha vida precedente se tornara uma mancha, uma cegueira na qual eu nada distinguia. Até onde podia me lembrar, eu sempre ostentara a mesma altura e as mesmas proporções. Nunca vira um ser parecido comigo, ou que reivindicasse qualquer relação comigo. O que eu era? A pergunta voltava constantemente à minha cabeça sem que houvesse resposta.

Em breve explicarei para onde esses sentimentos me impulsionaram; mas me permita agora voltar aos habitantes da choupana, cuja história despertou em mim sentimentos de indignação, deleite e admiração, resultando em amor e reverência adicionais por meus protetores, conforme eu os chamava de forma inocente e dolorosamente autoenganadora.

CAPÍTULO XIV

ALGUM TEMPO PASSOU até que eu aprendesse a história de meus amigos. Foi algo que não pôde deixar de me impressionar profundamente, dadas as circunstâncias interessantes e surpreendentes em que seus eventos se desenrolaram para alguém tão inexperiente quanto eu.

O nome do velho era De Lacey. Ele era descendente de uma boa família da França, onde viveu por muitos anos em abundância, respeitado por seus superiores e amado por seus pares. Seu filho fora instruído no serviço militar do país, e Agatha convivera com damas da mais alta distinção. Meses antes da minha chegada, eles moravam em uma cidade grande e luxuosa chamada Paris, cercados por amigos e por todo o gozo que a virtude, o refinamento do intelecto ou o gosto, acompanhado por uma fortuna moderada, podiam pagar.

O pai de Safie foi a causa da ruína deles. Ele era um comerciante turco que habitara Paris por muitos anos quando, por motivos que não consegui descobrir, se tornou nocivo para o governo.

Ele foi detido e lançado na prisão no mesmo dia em que Safie chegou de Constantinopla para se juntar a ele. O pai da garota foi julgado e condenado à morte. A injustiça de sua sentença foi muito flagrante; toda Paris ficou indignada, e julgou-se que sua religião e riqueza, em vez do crime alegado contra ele, tinham sido a verdadeira causa de seu veredicto.

Félix esteve presente no julgamento por acidente; seu horror e sua indignação foram incontroláveis quando ouviu a decisão do tribunal. Naquele momento, ele fez um voto solene de libertá-lo e, em seguida, procurou os meios. Depois de muitas tentativas infrutíferas de obter acesso à prisão, ele encontrou uma janela com grade de ferro em uma parte desprotegida do edifício que iluminava a masmorra do infeliz mouro. Este, carregado de correntes, aguardava em desespero a execução da sentença barbárica. Félix visitou o local à noite e informou-o de seus planos. O turco, maravilhado e encantado, esforçou-se para instigar o zelo de seu libertador com promessas de recompensas e riqueza. Félix rejeitou suas ofertas com desprezo; todavia, quando viu a adorável Safie, que fora autorizada a visitar o pai e expressava sua gratidão por meio de gestos, o jovem não pôde deixar de reconhecer em sua mente que o cativo possuía um tesouro que recompensaria totalmente sua labuta e o perigo.

O turco sem demora percebeu a impressão que sua filha havia causado no coração de Félix e procurou, em nome de seus interesses, assegurá-lo de que teria a mão da filha em casamento assim que ele fosse levado a um local seguro. Félix era delicado demais para aceitar a oferta, mas pensou na hipótese como a consumação de sua felicidade.

Nos dias que se seguiram, enquanto os preparativos avançavam em prol da fuga do comerciante, o zelo de Félix foi aquecido por várias cartas que recebeu dessa adorável garota, que encontrou meios de expressar seus pensamentos na linguagem do amante com a ajuda de um velho servo do pai que entendia francês. Ela agradecia nos termos mais ardentes pelos serviços pretendidos para com seu pai e, ao mesmo tempo, deplorava gentilmente seu destino.

Tenho cópias dessas cartas. Durante minha residência no casebre, encontrei meios de obter instrumentos de escrita; e elas estavam sempre nas mãos de Félix ou Agatha. Antes de partir, eu te darei essas cartas, que provarão a autenticidade da minha história; todavia, como agora o sol já está declinado, terei tempo de repetir apenas a essência delas para você.

Safie relatou que sua mãe era árabe cristã, apreendida e escravizada pelos turcos. Pela sua beleza, conquistou o coração do pai de Safie, que se casou com ela. A jovem falou em termos augustos e entusiasmados sobre sua mãe, que, nascida em liberdade, desprezava a escravidão a que fora reduzida. Ela instruiu a filha nos princípios de sua religião e a ensinou a aspirar uma independência de espírito e um intelecto superior proibidos às seguidoras de Maomé. Essa senhora morreu, mas suas lições continuaram indelevelmente impressas na mente de Safie, que se enojou ante a perspectiva de voltar para a Ásia e ser confinada às paredes de um harém, autorizada apenas a ocupar-se com divertimentos infantis e inadequados ao temperamento de sua alma, agora acostumada a grandes ideias e à virtude. O pensamento de se casar com um cristão e permanecer em um país onde as mulheres podiam desempenhar uma posição na sociedade lhe era encantador.

O dia da execução do turco foi marcado, mas, na noite anterior a essa data, ele deixou a prisão e, antes que amanhecesse, já estava muitos quilômetros distante de Paris. Félix havia adquirido passaportes em nome de seu pai, irmã e de si próprio. Ele comunicou seu plano ao primeiro, que se prontificou a ajudar, deixando sua casa sob o pretexto de uma viagem e se escondendo com a filha em uma parte obscura de Paris.

Félix conduziu os fugitivos pela França até Lyon e atravessou o Mont Cenis em direção a Leghorn, onde o comerciante decidiu esperar uma oportunidade favorável de passar para os domínios turcos.

Safie resolveu ficar com o pai até o momento da partida, e o turco renovou sua promessa de que ela deveria unir-se ao seu libertador. Félix permaneceu com eles na expectativa desse evento. Nesse meio-tempo, ele desfrutou da sociedade árabe, que demonstrava por ele o carinho mais simples e terno. Eles conversavam entre si por meio de um intérprete e, às vezes, por gestos; e Safie cantava para ele as árias divinas de seu país natal.

O turco permitiu essa intimidade entre os jovens e encorajou suas esperanças enquanto, em seu coração, formava outros planos. Ele detestava a ideia de que sua filha se unisse a um cristão; porém, temia o ressentimento de Félix caso expressasse seu desagrado, pois sabia que ainda estava sob o poder de seu libertador e podia ser entregue ao Estado italiano, onde se encontravam. Ele elaborou mil planos para prolongar a farsa até que pudesse, em segredo, levar a filha consigo ao partir. Seus planos foram facilitados pelas notícias que chegaram de Paris.

O governo da França ficou muito enfurecido com a fuga de sua vítima e não poupou esforços para detectar e punir seu libertador. A trama de Félix foi rapidamente descoberta e De Lacey e Agatha foram submetidos à prisão. As notícias chegaram a Félix e o despertaram de seu sonho de prazer. Seu pai cego e idoso e a irmã gentil jaziam em uma masmorra barulhenta enquanto ele desfrutava do ar livre e da sociedade daquela a quem amava. Essa ideia foi uma tortura para ele. Félix rapidamente combinou com os turcos que, se o homem encontrasse uma oportunidade favorável de fuga antes que Félix pudesse retornar à Itália, Safie deveria permanecer à sua espera num convento em Leghorn. Então, deixando sua adorável árabe, ele se apressou rumo a Paris e entregou-se às autoridades, na esperança de libertar De Lacey e Agatha.

Ele não teve sucesso. A família permaneceu confinada por cinco meses antes do julgamento, que resultou na privação de sua fortuna e na condenação a um exílio perpétuo de seu país natal.

Eles encontraram um asilo miserável numa choupana na Alemanha, onde eu os descobri. Félix logo soube que o turco traiçoeiro, por quem ele e sua família enfrentaram uma opressão tão desconhecida, descobriu que seu libertador fora reduzido à ruína. Com isso, o turco tornou-se um traidor de bom sentimento e honra, deixando a Itália com a filha e enviando ofensivamente a Félix uma ninharia de dinheiro a fim de ajudá-lo, como ele disse, em algum plano de manutenção futura.

Tais foram os eventos que acometeram o coração de Félix e o tornaram, aos meus olhos, o mais soturno de sua família. Ele poderia ter suportado a pobreza e não se penitenciava pela desgraça como prêmio por sua virtude. Contudo, a ingratidão do turco e a perda de sua amada Safie eram infortúnios muito mais amargos e irreparáveis. O reencontro com a árabe, no entanto, impregnava uma nova vida à sua alma.

Quando as notícias sobre a ruína de Félix chegaram a Leghorn, o comerciante mandou que a filha não pensasse mais em seu amante e se preparasse para retornar ao seu país natal. A natureza generosa de Safie ficou indignada com esse comando; ela tentou protestar, mas o pai se enfureceu enquanto reiterava sua ordem tirânica.

Dias depois, o turco entrou nos aposentos da filha e lhe disse apressadamente que tinha motivos para acreditar que sua residência em Leghorn fora revelada, o que o levaria a ser entregue sem demora ao governo francês. Por conseguinte, ele contratou uma embarcação que o levaria a Constantinopla dentro de poucas horas, pretendendo deixar a filha sob os cuidados de um servo de confiança para que, mais tarde, ela o seguisse com grande parte de sua fortuna, que ainda não havia chegado a Leghorn.

Quando sozinha, Safie traçou em sua mente um plano de fuga. A ideia de residir na Turquia lhe era repugnante; sua religião e seus sentimentos eram igualmente adversos a tal perspectiva. Em razão de determinadas cartas do pai terem caído em suas mãos, ela soube do exílio de seu amante e descobriu o nome do local onde ele residia. Hesitando um pouco, mas por fim tomando a decisão, Safie pegou algumas joias e uma quantia em dinheiro, deixou a Itália na companhia de uma criada – uma nativa de Leghorn que entendia a língua da Turquia – e partiu para a Alemanha.

Ela chegou em segurança a uma cidade a cerca de cento e dez quilômetros da choupana de De Lacey, quando sua criada ficou seriamente doente. Safie cuidou dela com o carinho mais dedicado, mas a pobre menina morreu e a árabe ficou sozinha, sem familiaridade com a língua do país e totalmente ignorante acerca dos costumes do mundo. Ela caiu, no entanto, em boas mãos. A italiana mencionara o nome do local para o qual seguiam e, depois de sua morte, a mulher da casa em que se hospedaram providenciou para que Safie chegasse em segurança à choupana de seu amado.

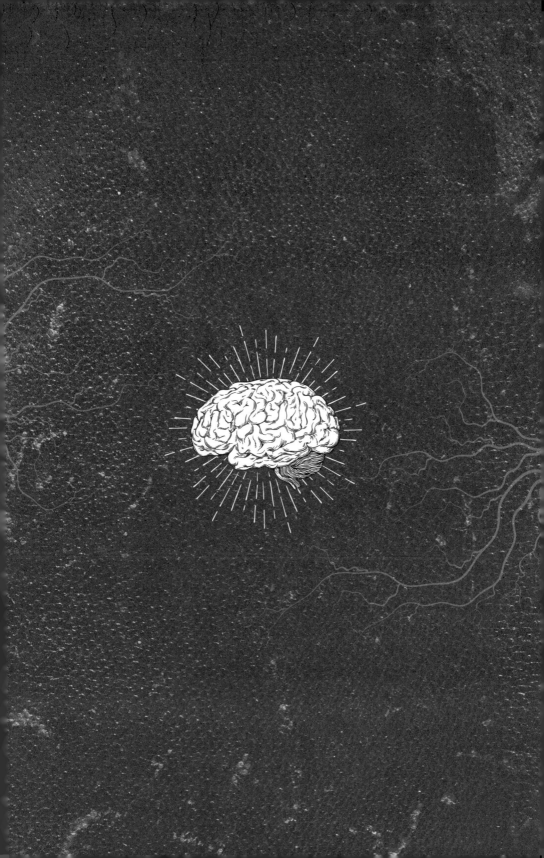

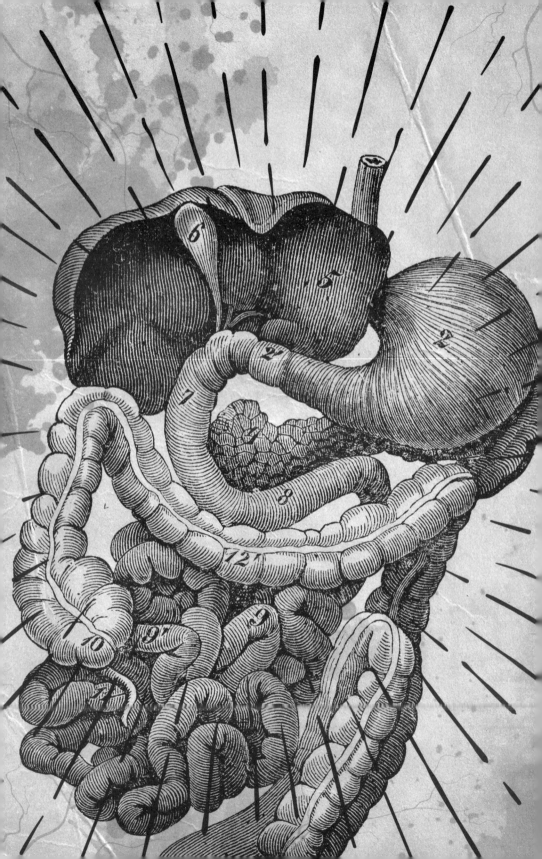

CAPÍTULO XV

ESSA FOI A HISTÓRIA dos meus amados companheiros. Ela me impressionou profundamente. Aprendi, por meio das visões sobre a vida social nela desenvolvidas, a admirar as virtudes e a desprezar os vícios da humanidade.

Até o momento, eu via o crime como um mal distante; a benevolência e a generosidade estavam sempre presentes diante de mim, incitando o desejo de me tornar agente naquela cena movimentada em que tantas qualidades admiráveis eram estimuladas e exibidas. Mas, ao relatar o progresso do meu intelecto, não posso omitir uma circunstância que ocorreu no início de agosto do mesmo ano.

Uma noite, durante minha visita costumeira ao bosque vizinho onde colhia minha própria comida e levava madeira a meus protetores, encontrei no chão uma bolsa de couro que continha várias peças de vestuário e livros. Agarrei ansiosamente aquele achado e voltei para meu casebre. Felizmente, os livros estavam escritos na língua que eu havia aprendido com os moradores da choupana; eram eles: *Paraíso perdido*, um volume de *Vidas paralelas* e *Os sofrimentos do jovem Werther*. A posse desses tesouros me trazia deleite extremo; eu passara a continuamente estudar e exercitar minha mente mediante tais histórias, enquanto meus amigos executavam suas tarefas comuns.

Mal posso descrever a você o efeito desses livros. Eles produziram em mim uma infinidade de novas imagens e sentimentos, que às vezes me levavam ao êxtase, mas mais frequentemente me afundavam no mais profundo desânimo. Em *Os sofrimentos do jovem Werther*, além do interesse na história simples e comovente, tantas opiniões são examinadas e tantas luzes são lançadas sobre o que até então eram assuntos obscuros para mim que descobri nela uma fonte inesgotável de especulação e espanto. As maneiras gentis e domésticas que descrevia, combinadas com sensações e sentimentos elevados que tinham um objetivo transcendental, estavam em concordância com minha experiência entre meus protetores e com os desejos que habitavam meu próprio seio. Eu pensava que o próprio Werther era o ser mais divino que eu já havia visto ou imaginado; sua personagem não tinha pretensão, mas havia afundado profundamente. As descrições do suicídio e da morte foram calculadas para me encher de admiração. Não pretendia entrar no mérito do caso, mas me inclinei às opiniões do herói, cuja extinção chorei sem entendê-la com exatidão.

Enquanto lia, aplicava muita coisa aos meus próprios sentimentos e às minhas condições. Eu me via semelhante e, ao mesmo tempo, estranhamente diferente dos seres sobre os quais lia e de cuja conversa eu era ouvinte. Eu simpatizava com eles e entendia-os em parte, mas não compartilhava de sua formação mental. Eu não dependia de ninguém e não estava relacionado a nenhuma pessoa. "Era livre o caminho de partida", e não havia ninguém para lamentar minha aniquilação. Meu ser era hediondo, e minha estatura, gigantesca. O que isso significava? Quem era eu? O que eu era? De onde vim? Qual era o meu destino? Essas perguntas me perseguiam, mas eu era incapaz de respondê-las.

O tomo de *Vidas paralelas* que eu possuía continha as histórias dos primeiros fundadores das repúblicas antigas. O livro em questão exerceu influência muito diferente sobre mim em comparação a *Os sofrimentos do jovem Werther*. Aprendi o desânimo e a tristeza a partir da imaginação de Werther; Plutarco, por sua vez, ensinou-me pensamentos magníficos; ele me alçou para além da esfera desventurada de minhas reflexões para que admirasse e amasse os heróis de eras passadas. Muitos relatos que li superaram minha compreensão e experiência. Eu tinha um conhecimento muito confuso de reinos, vastas extensões de terra, rios poderosos e mares sem limites. Mas, quanto às cidades e grandes assembleias de homens, nada sabia. A choupana dos meus protetores era a única escola em que eu estudara a natureza humana, mas esse livro desenvolveu cenas de ação novas e mais poderosas. Li sobre homens envolvidos em assuntos públicos, governando ou massacrando sua espécie. Sentia crescer dentro de mim o fervor a respeito da virtude e a aversão ao vício na medida em que entendia o significado dos referidos termos, relativos como eram. Induzido por esses sentimentos, fui levado a admirar legisladores pacíficos como Numa Pompílio, Sólon e Licurgo em vez de homens como Rômulo e Teseu. A vida patriarcal dos meus protetores fixou tais impressões em minha mente; era possível que, se minha primeira introdução à humanidade tivesse sido feita por um jovem soldado, ávido por glória e matanças, eu teria sido imbuído de diferentes sensações.

Paraíso perdido, por sua vez, estimulou emoções diferentes e muito mais profundas. Eu o li, tal qual lera os outros exemplares que me caíram às mãos, como uma história verdadeira. A obra me despertou todo o sentimento de admiração e temor que a imagem de um Deus onipotente em guerra com suas criaturas era capaz de excitar. Com frequência, ficava impressionado ao perceber o quanto as situações retratadas eram similares às minhas. Como Adão, aparentemente eu não estava unido por nenhum vínculo com qualquer outro ser existente, mas seu estado era muito diferente do meu em todos os demais aspectos. Ele havia saído das mãos de Deus como uma criatura perfeita, feliz e próspera, guardada com cuidado especial pelo seu Criador. Além disso, era autorizado a conversar e adquirir conhecimento acerca dos indivíduos de natureza superior. Eu, no entanto, era desvalido, vulnerável e sozinho. Muitas vezes considerei Satanás como o emblema mais adequado à minha condição; pois constantemente, como ele, sentia o amargo fel da inveja crescer em meu interior ao me deparar com a felicidade de meus protetores.

Outra circunstância fortaleceu e confirmou esses sentimentos. Logo após minha chegada ao casebre, descobri alguns papéis no bolso da roupa que havia tirado de seu laboratório. No começo eu os havia negligenciado; mas agora que podia decifrar os caracteres em que foram escritos, comecei a estudá-los com esmero. Foi o seu diário dos quatro meses que precederam a minha criação. Você descreveu em pormenores nesses papéis todas as etapas de seu trabalho, mesclando a narrativa a relatos de ocorrências domésticas. Você, sem dúvida, se lembra desses papéis. Aqui estão eles. Tudo o que se refere à minha maldita origem está aqui, todos os detalhes da série de circunstâncias asquerosas que me produziram são apresentados junto à mais minuciosa representação de minha pessoa odiosa e repugnante, numa linguagem que retratou seus horrores conforme tornou inextinguíveis os meus. Eu sentia asco ao ler. "Maldito o dia em que recebi a vida!", exclamei em agonia. Criador amaldiçoado!

Por que criou um monstro tão hediondo do qual você mesmo se afastou com nojo? Deus, em sua piedade, tornou o homem bonito e encantador à sua própria imagem; minha forma, porém, é uma versão imunda da sua, ainda mais horrível pela semelhança em si. Satanás teve companheiros, demônios como ele, para admirá-lo e encorajá-lo; mas eu sou solitário e detestável.

Assim eram minhas reflexões nas horas de desânimo e solidão; porém, quando contemplava as virtudes dos moradores da choupana, suas disposições amáveis e beatas, convencia-me de que, quando se familiarizassem com minha admiração por eles, compadecer-se-iam, menosprezando minha deformidade física. Poderiam eles fechar as portas para alguém que, apesar de monstruoso, pedisse-lhes compaixão e amizade? Resolvi, por fim, não me desesperar, mas em todos os sentidos me preparar para um encontro com eles, um que decidisse meu destino. Adiei a tentativa por mais meses, pois a importância atribuída ao seu sucesso me inspirou o pavor de que eu incorresse em erros. Outrossim, descobri que meu entendimento melhorava muito com a experiência do dia a dia e não estava disposto a iniciar esse empreendimento até que mais alguns meses pudessem aumentar minha sagacidade.

Nesse meio-tempo, várias mudanças se estabeleceram na choupana. A presença de Safie trouxe felicidade a seus habitantes, e descobri que um grau maior de abundância reinava ali. Félix e Agatha passavam mais tempo conversando e entretidos enquanto eram ajudados em seus trabalhos por criados. Eles não pareciam ricos, mas estavam satisfeitos e contentes; seus sentimentos eram serenos e pacíficos, enquanto os meus se tornavam todos os dias mais tumultuados. O aumento do conhecimento só revelara com mais clareza como eu era um pária miserável. Eu acalentava a esperança, é verdade; mas ela desaparecia quando eu vislumbrava minha figura na água ou minha sombra sob o luar, ainda que fossem reflexos frágeis e inconstantes.

Esforcei-me para sufocar esses medos e me fortalecer para o julgamento ao qual me submeteria em poucos meses. Às vezes, permitia que meus pensamentos, sem o controle da razão, divagassem nos campos do Paraíso; ousava imaginar criaturas amigáveis e amáveis simpatizando com meus sentimentos e me animando em minha melancolia, com seus semblantes angelicais transbordando sorrisos de consolação. Mas era tudo um sonho; nenhuma Eva acalmou minhas tristezas nem partilhou dos meus pensamentos. Eu estava sozinho. Lembrei-me da súplica de Adão ao seu Criador. Mas onde estava a minha? Ele me abandonou e, na amargura do meu coração, eu o amaldiçoei.

Assim passou o outono. Testemunhei, com surpresa e pesar, as folhas se decomporem e caírem, e a natureza novamente assumiu a aparência árida e sombria que ostentava quando conheci a floresta e a adorável lua. No entanto, não prestei atenção à tristeza do clima; eu estava mais bem adaptado para resistir ao frio do que ao calor. Meu principal deleite, porém, era a visão das flores, dos pássaros e de toda a aparência alegre do verão; quando eles me abandonaram, voltei-me com mais atenção para os habitantes da choupana. A felicidade deles não diminuiu com a ausência do verão. Eles amavam e simpatizavam um com o outro; e suas alegrias, dependendo uma da outra, não eram interrompidas pelo que acontecia ao redor. Quanto mais eu os via, mais desejava reivindicar sua proteção e generosidade; meu coração ansiava por ser conhecido e amado por essas criaturas adoráveis. Perceber seu afável olhar voltado para mim com carinho era o limite máximo de minha ambição. Não ousei cogitar que eles se afastariam de mim com desdém e horror. Os pobres que paravam à sua porta nunca eram expulsos. Eu demandaria, é verdade, tesouros maiores do que um pouco de comida ou descanso: pediria bondade e simpatia, pois não me considerava totalmente indigno desses sentimentos.

O inverno avançou e todo um ciclo das estações ocorreu desde que despertei para a vida. Minha atenção naquele momento estava voltada apenas para o plano de me apresentar aos meus protetores. Havia elaborado muitos planos; mas decidi, por fim, entrar na habitação quando o velho cego estivesse sozinho. Tive sagacidade o suficiente para perceber que a antinaturalidade hedionda da minha figura era o principal motivo de horror entre as pessoas. Minha voz, embora ríspida, não era terrível. Assim, imaginei que, na ausência dos filhos, pudesse obter a boa vontade e a mediação do velho De Lacey rumo à tolerância de meus protetores mais jovens.

Certo dia, quando o sol reluzia nas folhas vermelhas que se espalhavam pelo chão, difundindo alegria ao mesmo tempo que negava o calor, Safie, Agatha e Félix partiram em uma longa caminhada pelo campo. O velho, por sua própria vontade, foi deixado sozinho na choupana. Quando os jovens partiram, ele pegou seu violão e tocou as árias mais doces e tristes que eu já o ouvira tocar. No começo, seu semblante resplandecia de prazer; no entanto, conforme ele tocava, a consideração e a tristeza se apoderavam de sua expressão. Por fim, deixando o instrumento de lado, ele ficou absorvido em pensamentos.

Meu coração batia rápido; era a hora e o momento da provação, que ditaria minha esperança ou realizaria meu medo. Os criados tinham ido a uma feira vizinha. Tudo estava quieto dentro e ao redor da choupana. Tratava-se de uma excelente oportunidade. Todavia, quando procedi à execução do meu plano, meus membros falharam e me afundei no chão. Novamente, levantei-me e, exercendo toda a firmeza da qual era mestre, removi as tábuas colocadas à frente de minha casa a fim de me ocultar. O ar fresco me fortificou e, com renovada determinação, aproximei-me da porta da choupana.

Bati à porta.

– Quem está aí? – perguntou o velho. – Pode entrar.

Entrei.

– Me perdoe pela intrusão – falei. – Sou um viajante à procura de descanso; o senhor me faria um grande favor se me permitisse ficar uns minutos diante do fogo.

– Entre – repetiu De Lacey – e tentarei da maneira que puder aliviar seus desejos. Infelizmente, meus filhos não estão em casa e, como sou cego, receio encontrar dificuldades para lhe conseguir comida.

– Não se preocupe, meu amável anfitrião. Tenho comida; é do calor e do descanso que preciso.

Sentei-me e um silêncio se seguiu. Eu sabia que cada minuto era precioso para mim, mas continuava indeciso quanto à maneira de iniciar a conversa quando o velho me dirigiu a palavra.

– Por sua língua, estranho, suponho que seja meu compatriota. Você é francês?

– Não, mas fui educado por uma família francesa e entendo apenas esse idioma. Agora vou reivindicar a proteção de alguns amigos a quem eu sinceramente amo, e de cujo favor nutro esperanças.

– Eles são alemães?

– Não, são franceses. Mas vamos mudar de assunto. Sou uma criatura agourenta e sozinha; olho meu entorno e não tenho parentescos ou amigos no mundo. Essas pessoas amáveis a quem recorro nunca me viram e sabem pouco a meu respeito. Estou cheio de medos, pois, se falhar, serei um proscrito no mundo para sempre.

— Não se desespere. Não ter amigos é, de fato, triste; mas o coração dos homens, quando não afetado por interesses próprios, está cheio de amor fraterno e caridade. Confie, portanto, em sua esperança. Se esses amigos são bons e amáveis, não há razão para o desespero.

— Eles são gentis, as melhores criaturas do mundo; mas, infelizmente, têm preconceito contra mim. Tenho bom ânimo; minha vida sempre foi inofensiva e, até certo ponto, benéfica; mas um preconceito fatal turva sua visão e, onde deveriam perceber um amigo gentil, veem apenas um monstro detestável.

— Isso é realmente lamentável. Mas, se você é mesmo irrepreensível, por que não os convence disso?

— Estou prestes a realizar essa tarefa, e é por isso que sinto tantos terrores avassaladores. Amo esses amigos com ternura; nos últimos meses, tenho praticado atos diários de bondade para com eles sem que me notem. Eles, no entanto, acreditam que desejo feri-los, e é esse preconceito que desejo superar.

— Onde esses amigos residem?

— Perto daqui.

O velho fez uma pausa e continuou:

— Se me confidenciar sem reserva os detalhes de sua história, talvez eu possa interceder em seu favor. Sou cego e não posso julgar o seu semblante, mas há algo em suas palavras que me convencem de que você é sincero. Sou pobre e exilado, mas me proporcionará verdadeiro prazer ser de alguma maneira útil a uma criatura humana.

— Que excelente homem! Agradeço e aceito sua oferta generosa. Você me levanta do pó com tamanha bondade, e confio que, com sua ajuda, não me será negado o convívio em sociedade e a simpatia de seus semelhantes.

– Deus nos livre! Mesmo que você fosse realmente criminoso, isso só poderia levá-lo ao desespero, e não o instigar à virtude. Também sou infeliz; minha família e eu fomos condenados, embora inocentes. Posso, portanto, compreender os seus infortúnios.

– Como posso agradecer meu único e melhor benfeitor? De seus lábios ouvi pela primeira vez a voz da bondade dirigida a mim. Serei eternamente grato; sua humanidade me garante sucesso com aqueles amigos a quem estou prestes a encontrar.

– Posso saber os nomes e a residência desses amigos?

Fiz uma pausa. Era o momento decisivo que traria a mim, ou levaria embora para sempre a felicidade. Lutei em vão em busca de firmeza suficiente para responder, mas o esforço destruiu toda a minha força restante. Afundei na cadeira e chorei alto. No mesmo minuto, ouvi os passos dos meus protetores mais jovens. Não tinha tempo a perder; agarrando a mão do velho, exclamei:

– Agora é a hora! Proteja-me! Você e sua família são os amigos que procuro. Não me abandone na hora da provação!

– Meu Deus! – bradou o velho. – Quem é você?

Naquele instante, a porta da casa foi aberta e Félix, Safie e Agatha entraram. Quem poderia descrever o horror e a consternação daquelas pessoas? Agatha desmaiou, Safie, incapaz de ajudar a sua amiga, saiu correndo da choupana. Félix avançou e, com força sobrenatural, arrancou-me de seu pai, a cujos joelhos eu havia me agarrado. Em uma onda de fúria, ele me jogou no chão e me atingiu violentamente com um bastão. Eu poderia tê-lo rasgado membro a membro, como o leão dilacera o antílope. Mas meu coração afundou no peito repleto de amargura, e me contive. Fui o vi a ponto de repetir o golpe quando, dominado pela dor e pela angústia, deixei a choupana; em meio ao tumulto, escapei despercebido para o meu casebre.

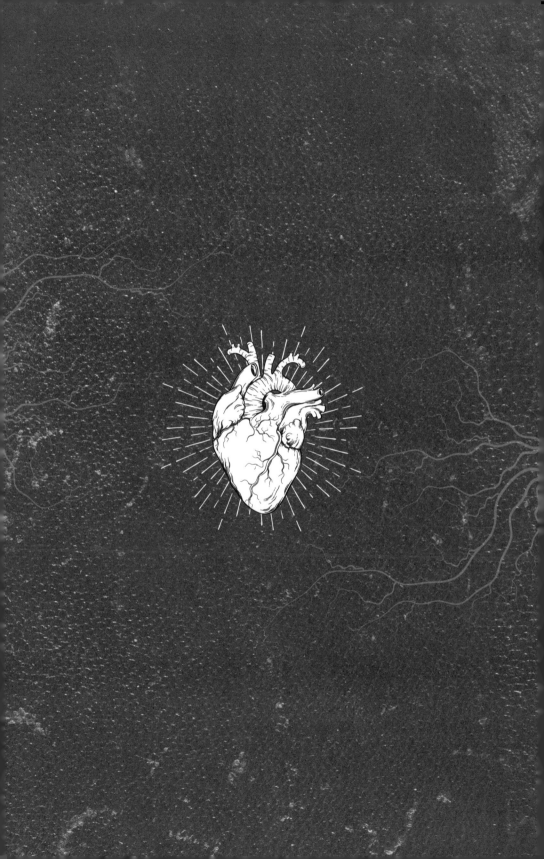

CAPÍTULO XVI

—**CRIADOR AMALDIÇOADO!** Por que sobrevivi? Por que, naquele instante, não apaguei a centelha de existência que você tão arbitrariamente me concedeu? Não sei, o desespero ainda não havia se apossado de mim; meus sentimentos eram de raiva e vingança. Eu poderia ter destruído a choupana e seus habitantes com prazer, saciando-me com seus gritos e desastre.

Quando a noite chegou, saí do meu retiro e vaguei pela floresta; agora não mais contido pelo medo da descoberta, exprimia minha angústia em uivos assustadores. Eu era como um animal selvagem que havia se libertado de uma armadilha, destruindo os objetos que me obstruíam e atravessando a floresta de maneira veloz. Ah, que noite desgraçada passei! As estrelas frias brilhavam em zombaria e as árvores nuas agitavam seus galhos acima de mim. De vez em quando, a doce voz de um pássaro irrompia em meio à quietude universal. Tudo, exceto eu, estava em repouso ou deleite. Como o arquidemônio, sentia o inferno dentro de mim; e, sem alguém que simpatizasse com minha situação, queria despedaçar as árvores, espalhando o caos e a destruição ao redor para então me sentar e contemplar a ruína.

Mas essa era uma sensação luxuosa a qual não podia suportar. Fiquei fatigado com o excesso de esforço corporal e afundei na grama úmida com a impotência doentia do desespero. Não havia entre as miríades de homens alguém que pudesse se apiedar ou me ajudar. E ainda devia ser bom para meus inimigos? Não: a partir daquele momento, declarei guerra eterna contra a espécie e, sobretudo, contra aquele que me formou e me relegou a essa infelicidade abominável.

O sol nasceu, ouvi as vozes dos homens e soube que seria impossível retornar ao meu retiro durante o dia. Assim, me escondi em uma densa vegetação rasteira, decidido a dedicar as horas conseguintes à reflexão sobre minha situação.

O sol agradável e o ar puro do dia restauraram um pouco a minha tranquilidade; quando pensei no acontecimento da choupana, não pude deixar de acreditar que fora muito apressado em minhas conclusões. Eu certamente tinha agido de forma imprudente. Era evidente que minha conversa havia predisposto o pai ao meu favor, e eu agira como tolo na exposição de minha pessoa para o horror de seus filhos.

Eu deveria ter me familiarizado com o velho De Lacey e, aos poucos, me revelado para o restante de sua família, quando os jovens estivessem mais preparados para a abordagem. Mas não acreditava que meus erros fossem irrecuperáveis. Depois de muita consideração, resolvi voltar à choupana, procurar o velho e reconquistar sua simpatia.

Esses pensamentos me acalmaram e, à tarde, afundei em um sono profundo. Porém a febre em meu sangue não me permitiu ser visitado por sonhos pacíficos. A cena horrível do dia anterior se repetia diante dos meus olhos; as mulheres fugiam enquanto o enfurecido Félix me arrancava dos pés de seu pai. Acordei exausto e, ao descobrir que já era noite, saí do meu esconderijo em busca de comida.

Quando minha fome se apaziguou, dirigi meus passos rumo ao conhecido caminho da choupana. Tudo estava em paz. Entrei em minha casa e fiquei em expectativa silenciosa à espera da família. Uma hora se passou, o sol subiu alto no céu, mas os habitantes da choupana não apareceram. Tremi violentamente, receando uma desgraça terrível. O interior da casa estava escuro e não se ouvia qualquer movimento. Não poderia descrever a agonia de tal suspense.

Depois de certo tempo, dois camponeses passaram por ali. Eles pararam diante da choupana e começaram a conversar, gesticulando de maneira violenta. Não conseguia entender o que eles diziam, pois falavam a língua do país, diferente da que eu havia aprendido. Logo depois, no entanto, Félix se aproximou com outro homem. Fiquei surpreso, pois sabia que ele não havia saído da choupana naquela manhã e esperava ansiosamente descobrir, em sua fala, o que significava a presença incomum daquelas pessoas.

— Devo lembrá-lo — disse seu companheiro — que você será obrigado a pagar três meses de aluguel e perderá a produção do seu jardim. Não desejo tirar vantagem injusta e imploro, portanto, que você pense por alguns dias antes de tomar sua decisão.

— Isto é totalmente inútil — respondeu Félix. — Nunca mais poderemos habitar sua casa. A vida do meu pai corre grande perigo devido à terrível circunstância que relatei. Minha esposa e minha irmã nunca mais esquecerão o horror daquela cena. Peço-lhe para não argumentar mais comigo. Pegue sua posse de volta e me deixe sair rapidamente deste lugar.

Félix tremia violentamente enquanto falava. Ele e seu companheiro entraram na cabana, onde permaneceram por alguns minutos antes de partirem. Nunca mais vi ninguém da família De Lacey.

Continuei o resto do dia em meu casebre em estado de desespero absoluto e estúpido. Meus protetores haviam partido e quebrado o único elo que me prendia ao mundo. Pela primeira vez, os sentimentos de vingança e ódio encheram meu peito e não me esforcei para controlá-los; na verdade, inclinei meus pensamentos em direção ao dano e à morte. No entanto, quando pensei nos meus amigos, na voz suave de De Lacey, nos olhos gentis de Agatha e na beleza requintada da árabe, esses pensamentos desapareceram e um jorro de lágrimas me acalmou. Contudo, quando me dei conta de que eles haviam me desprezado e abandonado, fui possuído pela ira. Incapaz de ferir um ser humano, voltei minha fúria a objetos inanimados. À medida que a noite avançou, coloquei uma variedade de combustíveis ao redor da casa; e, depois de ter destruído todo vestígio de cultivo no jardim, esperei com impaciência até que a lua descesse, com o intuito de principiar minhas operações.

Horas se passaram e um vento feroz surgiu da floresta, rapidamente dispersando as nuvens que pairavam no céu: a ventania cresceu como uma avalanche poderosa e produziu uma espécie de insanidade em meu ânimo, o que rompeu todos os limites da razão e reflexão. Acendi o galho seco de uma árvore e dancei em fúria ao redor da choupana, com os olhos ainda fixos no horizonte, cuja borda quase tocava a lua. Uma parte do astro ainda se escondia quando ergui minha tocha, e, com um grito, atirei-a na palha, na urze e nos arbustos que eu havia juntado. O vento abanou o fogo e a cabana foi envolvida com agilidade pelas chamas que a lambiam com línguas bifurcadas e destruidoras.

Tão logo me convenci de que nada sobraria da habitação, saí do local e procurei refúgio na floresta.

E então, com o mundo diante de mim, para onde deveria rumar? Resolvi me distanciar do cenário dos meus infortúnios. Porém, para alguém odiado e desprezado, todo país seria igualmente horrível. Por fim, a lembrança de sua existência atravessou minha mente. Eu havia aprendido com seus papéis que você era meu pai, meu criador; e a quem eu poderia dirigir-me de maneira mais adequada senão àquele que me deu a vida? Dentre as lições que Félix ofereceu a Safie, a geografia não havia sido omitida: aprendi por meio dela as posições relativas dos diferentes países da Terra. Você mencionou Genebra como o nome de sua cidade natal, de modo que decidi seguir para lá.

Mas como poderia me orientar? Eu sabia que precisava viajar na direção sudoeste para chegar ao meu destino; mas o sol era meu único guia. Eu não sabia os nomes das cidades pelas quais passaria nem poderia pedir informações a um único ser humano, mas não me desesperei. Somente de você poderia esperar socorro, embora não sentisse nada senão ódio por seu ser. Criador insensível e sem coração! Você me dotou de percepções e paixões para depois me lançar ao mundo como um objeto de desprezo e horror para a humanidade. No entanto, apenas de você poderia reivindicar piedade e reparação, e de você decidi buscar a justiça que em vão tentava obter de qualquer outro ser que usava a forma humana.

Minhas viagens foram longas, e os sofrimentos, intensos. O outono já estava avançado quando abandonei o distrito onde residi durante tanto tempo. Viajei apenas à noite, com medo de encontrar um rosto humano. A natureza decaiu em volta, e o sol já não tinha calor. A chuva e a neve caíam ao meu redor, poderosos rios se congelavam e a superfície da terra era dura, fria e nua, privando-me de abrigo. Ah, quantas vezes amaldiçoei meu ser! A brandura da minha natureza se esvaíra, e tudo dentro de mim se transformou em fel e amargura. Quanto mais eu me aproximava de sua morada, mais intensamente sentia o espírito de vingança incendiar meu coração. A neve caiu e as águas foram endurecidas, mas não descansei. Determinados incidentes de quando em quando me orientavam, e obtive acesso a um mapa do país. Contudo, muitas vezes eu me afastava do meu caminho. A agonia sentimental não me permitia trégua, e não havia nada apto a apaziguar meu estado de fúria e infelicidade exacerbada. Houve, em contrapartida, um episódio na minha chegada aos confins da Suíça, na época em que o sol recuperava seu calor e o tom verde retornava à terra, reforçando minha amargura e o horror das minhas emoções.

Eu geralmente descansava durante o dia e viajava apenas à noite, protegido da visão do homem. Entretanto, certa manhã, ao descobrir uma mata densa ao longo de meu caminho, arrisquei continuar minha jornada após o nascer do sol. O dia, um dos primeiros da primavera, me animou pela beleza do seu sol e pela fragrância do ar. Fui acometido por emoções de brandura e prazer, há muito consideradas mortas, que reviviam dentro de mim. Surpreso pela volta de tais sensações e ignorando minha solidão e deformidade, me atrevi a ser feliz. Lágrimas suaves caíram outra vez em minhas bochechas, e levantei meus olhos úmidos com gratidão pelo sol abençoado que me oferecia tanta alegria.

Continuei a serpentear por entre os caminhos da floresta até chegar ao seu limite, ladeado por um rio profundo e rápido no qual muitas árvores curvavam seus galhos e exibiam o frescor da estação. Aqui parei, sem saber exatamente qual caminho seguir, quando ouvi o som de vozes que me fizeram buscar refúgio à sombra de um cipreste. Mal havia me escondido quando uma jovem correu em direção ao local onde eu estava, rindo como se fugisse de alguém por brincadeira. Ela continuou seu curso ao longo das vertentes do rio, quando de repente escorregou e caiu nas águas. Corri do meu esconderijo e, lutando com dificuldade contra a força da corrente, salvei a garota e a arrastei para as margens. Ela estava desmaiada, de modo que recorri a todos os meios em meu alcance para lhe restaurar seus sentidos. Neste momento, fui bruscamente interrompido por um homem de aspecto rústico, provavelmente a pessoa de quem ela fugia de brincadeira. Ao me ver, ele disparou em minha direção e, arrancando a garota dos meus braços, correu para as partes mais profundas da mata. Eu o segui rapidamente, sem saber o porquê. Quando o homem me avistou, apontou uma arma para o meu corpo e atirou. Caí ferido enquanto meu agressor, com grande rapidez, fugia pela mata.

Esse foi o prêmio por minha benevolência! Eu salvara um ser humano da destruição e, como recompensa, agora me contorcia sob a dor miserável de uma ferida que despedaçava a carne e os ossos. Os sentimentos de bondade e gentileza que eu havia sentido momentos antes deram lugar à raiva infernal e ao ranger dos dentes. Inflamado pela dor, prometi ódio eterno e vingança contra toda a humanidade. A agonia de minha ferida, porém, me venceu; minha pulsação parou e eu desmaiei.

Durante semanas, conduzi uma vida desgraçada na floresta na tentativa de recuperar-me do ferimento. A bala entrara no meu ombro e eu não sabia se ela havia permanecido lá ou ido para outro lugar; de qualquer forma, eu não tinha meios para removê-la. Meus sofrimentos foram intensificados também pelo sentimento opressivo de injustiça e ingratidão por trás daquela ferida. Dia após dia, eu renovava meus votos de vingança – uma vingança profunda e mortal capaz de compensar os ultrajes e as angústias dos quais eu era vítima.

Semanas depois, minha ferida sarou e continuei a jornada. As dificuldades que sofri já não eram mais aliviadas pelo sol reluzente ou pela brisa suave da primavera. Toda a alegria era apenas uma zombaria que insultava meu estado desolado e me fazia sentir de maneira ainda mais dolorosa por não ter sido concebido para desfrutar do prazer.

Mas o fim das minhas labutas se aproximava e, dentro de dois meses, alcancei os arredores de Genebra.

Era noite quando cheguei e me escondi entre os campos que cercavam a cidade a fim de meditar sobre a melhor maneira de me dirigir a você. Sentia-me oprimido pelo cansaço e pela fome, e infeliz em demasia para apreciar as brisas gentis da noite ou a perspectiva do pôr do sol além das montanhas estupendas do Jura.

Naquele momento, um sono leve me aliviou da dor da reflexão, e acordei com o barulho de uma criança linda que adentrava a área onde me escondera com toda a esportividade da infância. De repente, enquanto a olhava, me ocorreu que a pequena criatura não tinha preconceitos e era jovem demais para se assustar com o horror da deformidade. Se, portanto, eu pudesse pegá-lo e educá-lo como meu companheiro e amigo, não ficaria tão desolado no mundo.

Instigado por esse impulso, agarrei o garoto quando ele passou por perto e o aproximei de mim. Assim que viu minha forma, ele colocou as mãos diante dos olhos e soltou um grito estridente. Afastei suas mãos do rosto e disse:

– Criança, o que significa isso? Não pretendo machucá-lo. Ouça-me.

Ele lutou violentamente.

– Deixe-me ir! – gritou. – Monstro! Feio! Você quer me comer e me despedaçar. Você é um ogro! Deixe-me ir, ou direi tudo ao meu pai.

– Rapaz, você nunca mais verá seu pai. Você deve vir comigo.

– Monstro horrível! Solte-me! Meu pai é importante! Ele é o sr. Frankenstein e vai punir você. Não ouse me levar!

– Frankenstein! Então você pertence ao meu inimigo: aquele a quem jurei eterna vingança. Você será minha primeira vítima.

A criança se debatia e me enchia de insultos que levavam desespero ao meu coração. Segurei sua garganta para silenciá-lo e, momentos depois, ele caiu morto aos meus pés.

Olhei para a minha vítima e meu coração se encheu de júbilo e triunfo infernal. Batendo palmas, exclamei:

– Eu também posso criar desolação. Meu inimigo não é invulnerável; esta morte trará desespero a ele, e mil outras tribulações o atormentarão e o destruirão.

Quando fixei meus olhos na criança, vi algo brilhando em seu peito. Era o retrato de uma mulher adorável. Apesar da minha malignidade, aquilo me suavizou e me atraiu. Por alguns momentos, admirei prazerosamente seus olhos escuros, cílios grandes e lábios adoráveis. Todavia minha raiva retornou, à lembrança de que eu estaria para sempre privado dos deleites que essas belas criaturas podiam proporcionar, e que aquela cuja aparência eu contemplava não exibiria, em relação a mim, tal benignidade divina, mas reações de desgosto e afronta.

Você se admira que tais pensamentos pudessem culminar em acessos de fúria? O que me surpreende é não ter, no momento, dcixado de exalar as sensações em exclamações e dado vazão ao desejo de atacar a humanidade e perecer na tentativa de destruí-la.

FRANKENSTEIN

Dominado por esses sentimentos, deixei o local onde cometera o assassinato e, procurando um esconderijo mais isolado, entrei em um celeiro que parecia vazio. Uma mulher estava dormindo na palha. Ela era jovem; não tão bonita quanto a mulher do retrato que carregava, mas seu aspecto agradável provinha do frescor da juventude. Aqui, pensei comigo, estava uma pessoa cujo sorriso jocoso era concedido a todos, exceto a mim. Então, me inclinei sobre ela e sussurrei:

– Acorde, belíssima. Seu amante está próximo; aquele que daria a vida para obter sua atenção afetuosa. Minha amada, acorde!

A garota se mexeu e um calafrio de terror me perpassou. Deveria ela de fato acordar, me ver, me amaldiçoar e denunciar o assassinato? Essa seria por certo sua reação caso seus olhos se abrissem e ela me vislumbrasse. Então, uma ideia insana agitou o demônio dentro de mim: não eu, mas ela deveria sofrer. Eu havia cometido o assassinato porque era privado de tudo o que ela poderia me dar. O crime tinha origem nela. Portanto, a punição deveria cair sobre ela! Graças às lições de Félix e às leis perversas do homem, eu aprendera a causar ruína. Inclinei-me sobre ela e coloquei o retrato em uma das dobras de seu vestido. Ela se moveu novamente e eu fugi.

Durante dias visitei o local onde essas cenas tomaram parte; às vezes, desejando vê-lo, outras vezes, decidido a abandonar o mundo e suas desventuras para sempre. Por fim, vaguei em direção a essas montanhas e percorri seus imensos recantos, consumido por uma paixão cálida que só você poderia satisfazer. Nós não podemos nos separar até você prometer que cumprirá o meu clamor. Estou sozinho e infeliz; o ser humano não se associará a mim, mas um ser tão deformado e horrível quanto eu não se negaria a tal. Minha companheira deve ser da mesma espécie e ter os mesmos defeitos. Você precisa criar esse ser.

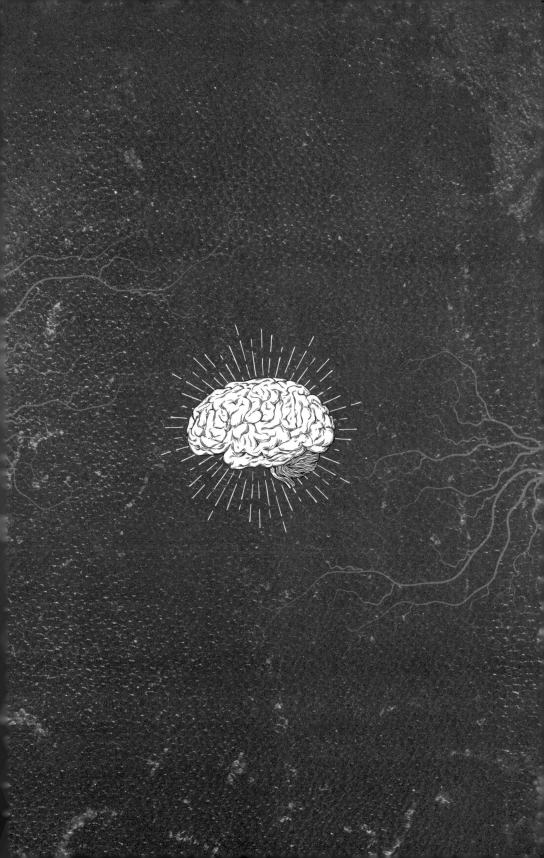

CAPÍTULO XVII

A CRIATURA PAROU DE FALAR e fixou seu olhar em mim, na expectativa de uma resposta. Mas eu estava aturdido, perplexo e inapto a organizar minhas ideias o bastante para entender toda a extensão de sua proposição. Ele prosseguiu:

– Você deve criar uma fêmea para mim, com quem eu possa partilhar as simpatias necessárias ao meu ser. Isso só você pode fazer; e eu o exijo como um direito que você não deve recusar.

A última parte de sua história despertou novamente em mim a raiva que desaparecera durante a narração da sua vida pacífica entre os habitantes da choupana. Assim, não pude mais suprimir a raiva que queimava dentro de mim.

– Eu me recuso – respondi –, e nenhuma tortura será capaz de extorquir meu consentimento. Você pode me tornar o mais desventurado dos homens, mas nunca poderá me degradar a tal ponto. Criar outro ser como você, cuja maldade conjunta pode desolar o mundo? Suma daqui! Eu lhe disse: você pode me torturar, mas nunca consentirei.

– Você está errado – respondeu o demônio. – E, em vez de ameaçar, me satisfaço em argumentar com você. Sou malicioso porque sou infeliz. Não sou evitado e odiado por toda a humanidade? Você, meu criador, seria capaz de me despedaçar e sentir-se triunfante. Pense nisso e me diga por que eu deveria ter pena do homem mais do que ele de mim? Você não chamaria de assassinato se pudesse me empurrar em uma daquelas fendas de gelo e destruir meu corpo, o trabalho de suas próprias mãos. Devo respeitar o homem quando ele me despreza? Se ele vivesse comigo em misericórdia, eu lhe traria benefícios com lágrimas de gratidão por sua aceitação ao invés de feri-lo. Mas isso não é possível. Os sentidos humanos são barreiras intransponíveis à nossa união. No entanto, não serei submetido à abjeta escravidão. Vingarei meus ferimentos: se não puder inspirar amor, causarei medo, principalmente em você, meu arqui-inimigo, porque é o criador a quem juro um ódio inextinguível. Tome cuidado: vou me empenhar em sua destruição e não descansarei até que seu coração seja desmantelado e você amaldiçoe o dia em que nasceu.

Uma raiva diabólica o animou conforme proferia essas palavras. Seu rosto estava enrugado em contorções horríveis demais para a visão humana, mas, pouco depois, ele se acalmou e prosseguiu.

– Eu pretendia argumentar. Essa paixão é prejudicial para mim, pois você não vê que *você* é a causa do excesso em questão. Se alguém demonstrasse sentimentos de benevolência com relação a mim, eu os devolveria cem vezes mais; por causa dessa criatura, eu faria as pazes com toda a humanidade! Mas me entrego a sonhos de júbilo que não podem ser concretizados. Meu pedido é razoável e moderado: exijo uma criatura do sexo oposto que seja tão hedionda quanto eu; a gratificação é pequena, mas me contentaria. Sim, seríamos monstros isolados de todo o mundo, mas por esse motivo seríamos mais apegados um ao outro. Nossas vidas não serão felizes, apesar de inofensivas e livres do desgosto que agora sinto. Ah, meu criador, me faça feliz; deixe-me sentir gratidão por você! Deixe-me perceber que sou capaz de provocar a simpatia de alguma coisa existente! Não negue o meu pedido!

Eu estava comovido. Estremeci ao cogitar as consequências possíveis do meu consentimento, mas senti que havia justiça em seu argumento. Sua história e os sentimentos que ele agora expressava provavam que ele era uma criatura deveras sensível; e não era meu dever como seu criador dar a ele toda a porção de felicidade que estivesse ao meu alcance?

Ele notou minha mudança de sentimento e continuou:

– Se consentir, nem você nem qualquer outro ser humano voltará a nos ver: iremos para as vastas florestas da América do Sul. Minha comida não é a do homem; não destruo o gado para saciar meu apetite. Castanhas e frutas são alimentos suficientes. Minha companheira será da mesma natureza que eu e ficará satisfeita com esse sustento. Construiremos nosso leito a partir de folhas secas, o sol brilhará sobre nós como brilha sobre o homem, e amadurecerá nossa comida. O cenário que lhe apresento é pacífico e humano, e você apenas o negaria se fosse corrupto e cruel. Piedoso como tem sido com relação a mim, agora vejo compaixão em seus olhos; aproveito o momento favorável para persuadi-lo a prometer o que desejo com tamanha disposição.

– Você propõe – respondi – fugir das moradas do homem e viver nas terras selvagens onde os animais do campo serão seus únicos companheiros. Como você, que almeja o amor e a simpatia do homem, conseguirá perseverar no exílio? Você voltará e novamente buscará a misericórdia deles, encontrando o ódio em vez disso; suas paixões maléficas serão renovadas e você terá uma companheira para ajudá-lo na tarefa da destruição. Pare de argumentar, pois não posso consentir com isso.

– Quão inconstantes são seus sentimentos! Instantes atrás você havia se emocionado com minhas súplicas; por que endurece de novo ante minhas queixas? Juro, pela terra onde vivo, e por você, meu criador, que deixarei a vizinhança do homem com a companheira que conceder para mim e habitarei os lugares mais selvagens. Minhas paixões malignas terão fugido, pois terei simpatia! Minha vida fluirá em serenidade e, no leito de morte, não o amaldiçoarei.

Suas palavras produziram um efeito estranho sobre mim. Eu sentia compaixão e, às vezes, o desejo de consolá-lo; entretanto, quando o fitava, via uma massa imunda se mexendo e falando. Então, meu coração adoecia e meus sentimentos se alternavam entre o horror e o ódio. Tentei reprimir essas sensações. Pensei que, como era incapaz de simpatizar com ele, não tinha o direito de ocultar a pequena porção de felicidade que ainda estava ao meu alcance lhe dar.

Eu disse:

– Você jura ser inofensivo, mas já não demonstrou certo grau de malícia que deveria me fazer desconfiar de você, e com razão? Será que isto não é apenas uma farsa para que eu aumente as chances do seu triunfo na busca por vingança?

– Como poderia fazê-lo? Não devo me deixar enganar e exijo resposta. Se não mantenho laços nem afetos, o ódio e o vício são tudo de que disponho. O amor de outro indivíduo extinguirá a causa dos meus crimes e devo tornar-me algo cuja existência todos desconhecem. Meus vícios são a prole de uma solidão forçada que abomino, e minhas virtudes surgirão quando eu viver em comunhão com um igual. Sentirei as afeições de um ser sensível e estarei ligado a uma cadeia de eventos da qual estou excluído agora.

Parei em busca de refletir sobre tudo o que ele havia relatado e os vários argumentos que empregara. Ponderei a respeito da promessa de virtudes que marcara o início de sua existência, e da subsequente destruição de seus sentimentos pelo ódio e o desprezo que seus protetores haviam manifestado em relação a ele. Seu poder e ameaça não foram omitidos em minhas ponderações: uma criatura que podia viver em cavernas de gelo e se esconder de uma perseguição entre os cumes de precipícios inacessíveis era possuidora de faculdades com as quais seria inútil lidar. Após uma longa pausa reflexiva, concluí que a justiça que meus semelhantes e eu lhe devíamos exigia o cumprimento de seu pedido. Então, voltando-me para ele, eu disse:

– Concordo com sua exigência, em seu juramento solene de deixar a Europa para sempre e evitar qualquer outro lugar onde haja vida humana. Entregarei em suas mãos uma mulher que o acompanhe em seu exílio.

– Juro! – exclamou ele. – Pelo sol, pelo azul do céu e pelo fogo do afeto que queima meu coração, que se você atender à minha súplica, nunca mais me verá enquanto eu existir. Vá para casa e comece seu trabalho: observarei o progresso com uma ansiedade indescritível. Quando você terminar, aparecerei.

Ao dizê-lo, ele desapareceu com rapidez, provavelmente com medo de que eu mudasse de ideia. Eu o observei descer a montanha com velocidade maior do que a do voo de uma águia e sem demora o perdi entre as ondulações do mar gélido.

A história dele ocupara o dia inteiro e o sol estava à beira do horizonte quando ele partiu. Eu sabia que deveria apressar minha descida até o vale, pois logo estaria envolto em trevas. Todavia, meu coração estava pesado, e meus passos, lentos. O esforço de serpentear entre os pequenos caminhos das montanhas e de fixar meus pés com firmeza à medida que avançava me deixou atônito, ocupado como estava pelas emoções que os eventos do dia haviam produzido. A noite já estava bastante avançada quando cheguei ao local de descanso na metade do caminho e me sentei ao lado da fonte. As estrelas brilhavam em intervalos enquanto as nuvens passavam sobre elas; os pinheiros escuros erguiam-se diante de mim e, à minha volta, árvores quebradas jaziam no chão. Era uma cena de solenidade maravilhosa que suscitava pensamentos estranhos dentro de mim. Chorei com amargor e, apertando minhas mãos em agonia, exclamei:

– Ah! Estrelas, nuvens e ventos que estão prestes a zombar de mim: se vocês realmente se apiedam, esmaguem minhas emoções e minha memória. Tornem-me um nada. Do contrário, vão embora e me larguem à escuridão.

Eram pensamentos selvagens e soturnos, mas não posso lhe descrever como o cintilar perpétuo das estrelas pesava sobre mim e como ouvia cada rajada de vento como um terrível siroco[13] a caminho de me consumir.

O dia amanheceu antes que eu chegasse à vila de Chamounix. Não descansei, voltando de imediato para Genebra. Mesmo em meu coração, não conseguia expressar minhas sensações – elas pesavam sobre mim como uma montanha, e aquele excesso exacerbava minha agonia. Assim, voltei para casa e me apresentei à família. Minha aparência abatida e selvagem despertou alarme intenso, mas não respondi às perguntas e me limitei a poucas palavras. Senti

---

13 - Vento quente e carregado de poeira proveniente do deserto do Saara, na África. (N. T.)

como se tivesse sido banido, como se não tivesse o direito de rei-vindicar sua simpatia e jamais pudesse desfrutar de novo de sua companhia. Mesmo assim, eu os amava e, à procura de salvá-los, resolvi me dedicar à tarefa mais abominável. A perspectiva de tal ocupação transformou todas as outras circunstâncias de minha existência numa espécie de sonho ao passo que a realidade se resumia àquela missão.

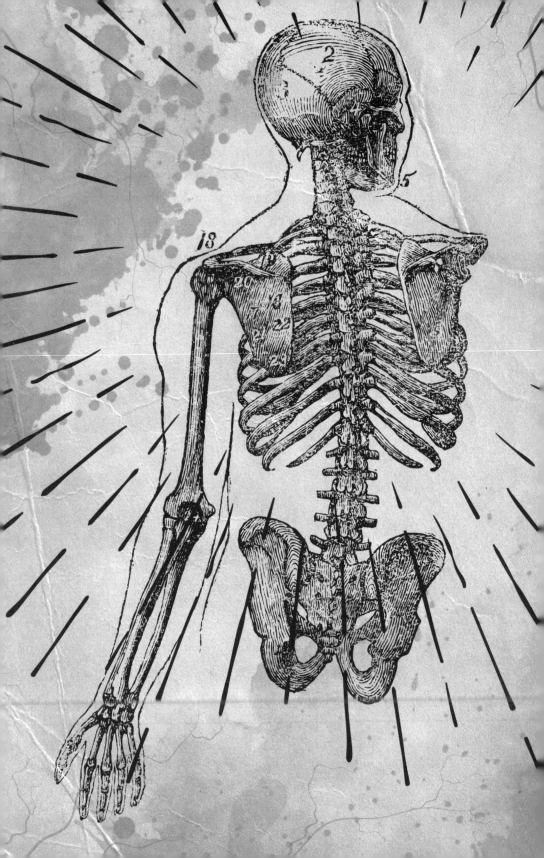

CAPÍTULO XVIII

DIAS E SEMANAS SE PASSARAM desde o meu retorno a Genebra, e eu não conseguia reunir coragem para recomeçar meu trabalho. Eu temia a vingança do demônio desapontado, mas não podia superar a repugnância à tarefa que me foi imposta. Descobri que não conseguia compor uma mulher sem dedicar outra vez vários meses a estudos complexos e investigações laboriosas. Ouvi relatos de descobertas feitas por um filósofo inglês, cujo conhecimento era importante para o meu sucesso, e pensei até mesmo em obter o consentimento de meu pai para viajar à Inglaterra e procurá-lo. Entretanto, apeguei-me a todo pretexto de atraso e evitei dar o primeiro passo em um empreendimento cuja necessidade imediata começou a parecer menos absoluta para mim. Uma mudança de fato ocorrera em mim: minha saúde, até então fraca, encontrava-se agora muito restaurada; e meu ânimo, quando não controlado pela lembrança da infeliz promessa, aumentava proporcionalmente. Meu pai notou essa mudança com prazer e direcionou seus pensamentos para o melhor método de erradicar minha melancolia restante, que de vez em quando voltava aos trancos como a escuridão devoradora que turva o sol mediante aproximação. Nos referidos momentos, obtinha refúgio na mais perfeita solidão. Passava dias inteiros sozinho no lago, em um pequeno barco, observando as nuvens e escutando as ondas calmas e apáticas. Em poucas ocasiões o ar fresco e o sol reluzente deixavam de me restaurar certo grau de compostura e, quando de meu retorno, recebia as saudações de amigos com um sorriso mais alegre e um coração mais bem-disposto.

Foi depois do meu retorno de uma dessas divagações que meu pai, chamando-me de lado, assim me falou:

– Estou feliz em observar, meu querido filho, que você retomou seus prazeres anteriores e parece estar voltando a si mesmo. Ainda assim, você é infeliz e evita nossa sociedade. Por um tempo, fiquei perdido em conjecturas quanto à causa disso, mas ontem uma ideia me ocorreu e, se bem fundamentada, convoco-o a confessá-la. A reserva em tal ponto seria não apenas inútil, mas também traria desgraças agudas a todos nós. – Tremi violentamente ante o exórdio de meu pai, que prosseguiu: – Confesso, meu filho, que sempre considerei seu casamento com a nossa querida Elizabeth o laço de nossa estabilidade doméstica e o amparo de minha velhice. Vocês se apegaram um ao outro desde a primeira infância, estudaram juntos e aparentaram ser, em disposições e gostos, absolutamente adequados um ao outro. Mas a experiência do homem é tão cega que os aspectos que tomei como favoráveis ao meu plano podem ter sido seu agente de destruição. Você possivelmente vê Elizabeth como irmã, sem nenhum desejo de torná-la sua esposa. Talvez tenha até encontrado outra a quem ama e, por considerar-se ligado a Elizabeth por questão de honra, esteja imerso em tamanho pesar.

– Meu querido pai, tranquilize-se. Amo minha prima com ternura e sinceridade. Nunca conheci uma mulher que instigasse, como Elizabeth, minha mais calorosa admiração e afeto. Minhas esperanças e perspectivas futuras estão inteiramente ligadas à expectativa de nossa união.

– A expressão de seus sentimentos sobre esse assunto, meu querido Victor, me dá um prazer que há muito não sentia. Se você se sente assim, certamente seremos felizes, por mais que os eventos atuais possam nos deixar melancólicos. O que desejo dissipar é essa tristeza, que parece ter tomado conta de sua mente com tanta força. Diga-me, portanto, se você se opõe a uma solenização imediata do casamento. Temos sido infelizes, e os acontecimentos recentes me tiraram a tranquilidade que convém à velhice e às enfermidades. Você é jovem e dono de uma conveniente fortuna, de modo que um casamento precoce não interferirá nos planos futuros de honra e utilidade que porventura tenha formado. Não suponha, no entanto, que desejo lhe ditar a felicidade, ou que um atraso da sua parte me cause desconforto. Interprete minhas palavras com candura e me responda com confiança e sinceridade.

Ouvi meu pai em silêncio e permaneci um tempo sendo incapaz de responder. Revirei agilmente em minha cabeça uma infinidade de ponderações, e me esforcei para chegar a alguma conclusão. Ai! Para mim, a ideia de uma união imediata com minha Elizabeth era motivo de horror e consternação. Estava preso a uma promessa solene ainda não cumprida e não ousava quebrá-la. Se o fizesse, Deus sabe quantos infortúnios recairiam sobre mim e minha família! Poderia participar de uma cerimônia com esse peso mortal pendurado em meu pescoço e me curvando ao chão? Precisava formalizar minha união e deixar que o monstro partisse com sua companheira antes de me permitir o prazer de um enlace do qual esperava paz.

Lembrei-me também da necessidade de viajar à Inglaterra ou iniciar uma longa correspondência com os filósofos daquele país, cujos conhecimentos e descobertas detinham uso indispensável para minha ventura atual. O método mais recente de obter a inteligência desejada era demorado e insatisfatório; além disso, eu tinha uma aversão insuperável à ideia de desenvolver essa tarefa repugnante na casa de meu pai, no convívio de meus entes queridos. Tinha ciência de que poderia desencadear milhares de acidentes terríveis, o menor dos quais revelaria uma história capaz de aterrorizar todos os que estavam conectados a mim. Eu também sabia que, com frequência, perderia o autodomínio e a capacidade de esconder as sensações angustiantes que me possuiriam durante o progresso de minha ocupação sobrenatural. Deveria me ausentar de tudo o que amava enquanto estivesse ocupado. Uma vez iniciada, a tarefa seria cumprida com rapidez, e eu poderia ser restituído à minha família em paz e felicidade. Com a promessa cumprida, o monstro partiria para sempre. Ou, segundo minha fantasia, algum acidente ocorreria para destruí-lo e pôr fim permanente à minha escravidão.

Esses sentimentos ditaram a resposta concedida a meu pai. Expressei o desejo de visitar a Inglaterra, mas, ocultando as verdadeiras razões desse pedido, encobri-o sob um disfarce que não gerava suspeitas, com tal seriedade que facilmente induziu meu pai à concordância. Depois de certo período de melancolia envolvente que se assemelhava à loucura em sua intensidade e efeitos, ele ficou satisfeito ao descobrir que eu era capaz de sentir prazer com a ideia da referida jornada, à espera de que a mudança de ambiente e a diversão variada pudessem, antes do meu retorno, me restaurar por completo.

A duração da viagem foi deixada ao meu critério; alguns meses ou, no máximo, um ano foi o período contemplado. Uma precaução paterna que ele tomara foi garantir que eu tivesse um companheiro. Sem me comunicar previamente, meu pai e Elizabeth convocaram Clerval para se juntar a mim em Estrasburgo. Isso interferiu na solidão que eu cobiçava para a execução de minha tarefa; no entanto, no início de minha jornada, a presença de meu amigo não poderia ser de modo algum um impedimento, e realmente me alegrava a ideia de ser salvo de muitas horas de reflexão solitária e enlouquecedora. Além disso, Henry representaria um obstáculo para o meu inimigo. Afinal, se eu estivesse sozinho, não imporia ele sua presença abominável para me lembrar de minha tarefa ou contemplar meu progresso?

Para a Inglaterra, portanto, eu estava destinado, e combinou-se que meu casamento com Elizabeth ocorreria logo após meu retorno. A idade do meu pai o deixou extremamente avesso ao atraso. Para mim, no entanto, havia a ideia de recompensa ao término dessas labutas detestáveis; um consolo pelos meus sofrimentos ímpares era a perspectiva do dia em que, enfraquecido pela escravidão lúgubre, eu poderia reivindicar Elizabeth e esquecer o passado em minha união com ela.

Enquanto arranjava os preparativos de minha jornada, um sentimento me assombrou, enchendo-me de pavor e agitação. Durante a minha ausência, deixaria meus amigos ignorantes quanto à existência de meu inimigo e desprotegidos de seus ataques, que provavelmente derivariam de sua reação quanto à minha partida. Mas, como ele havia prometido me seguir aonde quer que eu fosse, por que também não iria para a Inglaterra? O pensamento era terrível por si só, mas reconfortante na medida em que supunha a segurança de meus amigos. A possibilidade de que o contrário ocorresse me provocava angústia. Porém, durante todo o período em que fui escravo de minha criatura, me permiti ser governado pelos impulsos do momento, e minhas sensações à época sugeriam fortemente que o demônio me seguiria e eximiria minha família do perigo de suas maquinações.

Foi no final de setembro que deixei meu país natal novamente. A jornada era um desejo de minha parte e Elizabeth, portanto, concordou, mas demonstrava inquietação com a ideia do meu sofrimento, longe dela, em novas incursões funestas e pesarosas. Foi o cuidado dela que me proporcionou a companhia de Clerval – um homem, pois, é cego para mil circunstâncias que chamam a atenção de uma mulher diligente. Ela ansiava por apressar meu retorno, e suas emoções conflitantes a deixavam muda ao passo que me dedicava um adeus quieto e sofrido.

Eu me atirei à carruagem que me levaria embora, mal sabendo aonde estava indo e descuidado quanto aos acontecimentos circunvizinhos. Lembrara-me apenas, e com uma angústia amarga, de ordenar que meus instrumentos químicos fossem embalados para irem comigo. Dominado por uma imaginação sombria, passei por muitas cenas belas e majestosas que meus olhos fixos não observavam. Eu só conseguia pensar no objetivo de minha viagem e no trabalho que iria me ocupar enquanto ela durasse.

Depois de dias em indolência apática, durante as quais atravessei muitos quilômetros, cheguei a Estrasburgo e esperei dois dias por Clerval. Ele veio. Como era notável o contraste entre nós! Ele demonstrava vivacidade em todos os ambientes, ficava alegre ao se deparar com as belezas do sol poente e contente ao vê-lo nascer no começo de um novo dia. Clerval apontava para mim as cores inconstantes da paisagem e as aparências do céu.

— Isso que é vida! — Clerval exclamava. — Agora gosto da existência! Mas você, meu caro Frankenstein, por que está desanimado e triste?

Na verdade, eu estava ocupado com pensamentos sombrios e não percebia a descida da estrela da tarde nem o nascer do sol dourado refletido no Reno. E você, meu amigo, se divertiria muito mais com o diário de Clerval, atento aos cenários munido de uma perspectiva de sentimento e deleite, do que ouvindo as reflexões de um ser desgraçado e assombrado por uma maldição que calava sua alegria.

Tínhamos concordado em descer o Reno em um barco de Estrasburgo a Roterdã, de onde poderíamos embarcar para Londres. Durante a viagem, passamos por muitas ilhas repletas de salgueiros e avistamos múltiplas cidades bonitas. Ficamos um dia em Manheim e, no quinto dia de nossa partida de Estrasburgo, chegamos a Mayence. O curso do Reno abaixo de Mayence era muito mais pitoresco. A corrente do rio fluía com agilidade e serpenteava entre colinas, não altas, mas íngremes e de belas formas. Vimos numerosos castelos em ruínas às margens dos precipícios, cercados por bosques negros, elevados e inacessíveis. Essa parte do Reno de fato apresentava uma paisagem singularmente variada. Em determinado ponto, via-se colinas escarpadas, castelos destruídos com vista para enormes precipícios e o Reno escuro correndo por baixo; já de um local mais elevado, havia a contemplação de vinhas florescentes, margens verdes inclinadas e um rio sinuoso, além de cidades populosas ocupando a paisagem.

Viajamos na época da colheita de uva e ouvimos a música dos trabalhadores à medida que deslizávamos pelo riacho. Até eu, que estava mentalmente deprimido e com o espírito agitado por sentimentos sombrios, pude regozijar-me. Deitei-me no fundo do barco e, enquanto mirava o céu azul e sem nuvens, parecia mergulhar numa tranquilidade há muito estranha para mim. E se essas foram as minhas sensações, quem pode descrever as de Henry? Ele sentiu como se tivesse sido transportado para a Terra das Fadas, e desfrutava de um júbilo experimentado raras vezes pelo homem.

Ele disse:

– Avistei as mais belas paisagens do meu país. Visitei os lagos de Lucerna e Uri, onde as montanhas nevadas descem de modo quase perpendicular com relação à água, delineando sombras negras e impenetráveis que provocariam aparência sombria e triste, não fossem as ilhas verdejantes que aliviam os olhos por sua configuração alegre. Vi o Uri agitado por uma tempestade, quando o vento arrancou turbilhões de água e nos deu ideia de como é uma tromba-d'água no grande oceano, vi suas ondas correndo com fúria pela base da montanha, onde o padre e sua amante foram atingidos por uma avalanche e onde ainda se diz que suas vozes moribundas podem ser ouvidas em meio à pausa do vento noturno; vi as montanhas de La Valais e do Pays de Vaud. No entanto, Victor, este país me agrada mais do que todas as maravilhas a que me referi. As montanhas da Suíça são mais majestosas e estranhas, todavia há um encanto nas margens deste rio divino que eu nunca vi igual. Olhe para o castelo que se projeta sobre o precipício, e também para aquele na ilha, quase escondido entre a folhagem de árvores adoráveis. Agora, mire aquele grupo de trabalhadores vindo de suas videiras e aldeia meio escondida no recesso da montanha. Ah, sem dúvida o espírito que habita e guarda este lugar tem uma alma em maior sintonia com a do homem do que aqueles que empilham a geleira ou se retiram para os picos montanhosos inacessíveis de nosso país.

Clerval! Amigo querido! Até hoje me agrada registrar suas palavras e me debruçar sobre os elogios dos quais você era tão eminentemente merecedor. Ele era um ser formado na "poesia da natureza". Sua imaginação selvagem e entusiasta era castigada pela sensibilidade de seu coração. Sua alma transbordava de afetos ardentes, e sua amizade era de uma natureza devotada e maravilhosa que as mentes mundanas nos ensinam a buscar apenas na imaginação. Mas nem as simpatias humanas eram suficientes para satisfazer sua mente voraz. Enquanto os outros se limitavam a observar com admiração o cenário de natureza aberta, ele o amava com fervor.

> A catarata ruidosa
> Assombrou-o como uma paixão: a pedra alta,
> A montanha e a floresta profunda e sombria,
> Eram para ele, em suas cores e formas,
> Um apetite; um sentimento e um amor,
> Que não exigia um charme remoto,
> Pensamento ou qualquer interesse
> Para além de sua vista[14]

E onde será que ele está hoje? Essa pessoa gentil e amável estará perdida para sempre? Terá perecido sua mente, tão repleta de ideias e de conjecturações fantasiosas e magníficas que formavam um mundo cuja existência dependia da vida de seu criador? Agora ele existe apenas na minha memória? Não, certamente, não.

---

14 - Tradução livre de trecho do poema "Linhas escritas algumas milhas acima da Abadia de Tintern", de William Wordsworth (1770-1850). (N. T.)

Sua forma tão divinamente forjada e radiante de beleza pode ter decaído, mas seu espírito ainda visita e consola seu amigo infeliz.

Perdoe essa torrente de aflição. Essas palavras ineficazes são apenas um pequeno tributo ao valor inestimável de Henry, mas elas acalmam meu coração, que transborda com a angústia criada por sua lembrança. Prosseguirei com a minha história.

Depois de Colônia, descemos às planícies da Holanda e resolvemos adiar o restante da viagem, pois o vento era adverso, e a corrente do rio, suave em demasia para nos auxiliar.

Nossa jornada aqui não despertou o interesse paisagístico. Chegamos em poucos dias a Roterdã, de onde seguimos pelo mar rumo à Inglaterra. Foi em uma manhã clara, nos últimos dias de dezembro, que vislumbrei pela primeira vez os penhascos brancos da Grã-Bretanha. As margens do Tâmisa apresentavam uma paisagem inédita: eram planas, mas férteis, e quase todas as cidades eram marcadas pela lembrança de alguma história. Vimos o forte de Tilbury e lembramos da Armada Espanhola; nos deparamos também com Gravesend, Woolwich e Greenwich, lugares dos quais eu já ouvira falar quando em meu próprio país.

Por fim, deparamo-nos com os numerosos campanários de Londres, a gigante Catedral de Saint-Paul e a célebre Torre da história inglesa.

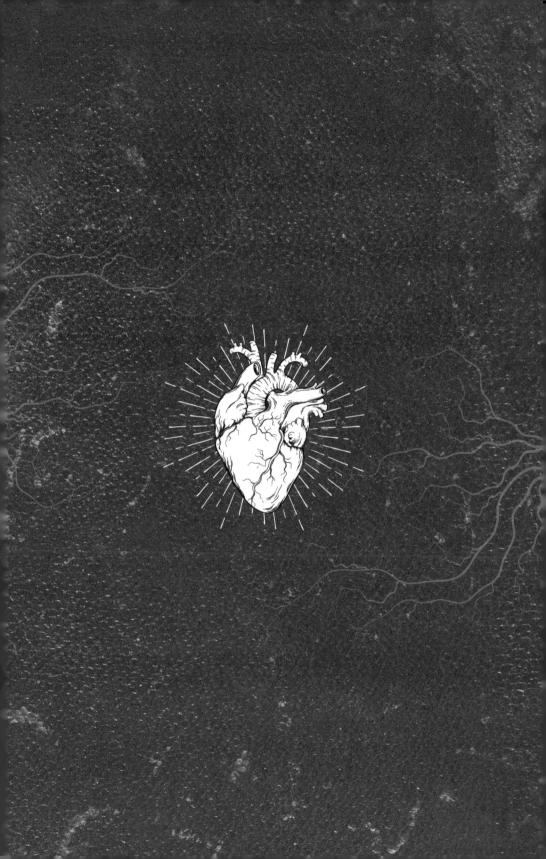

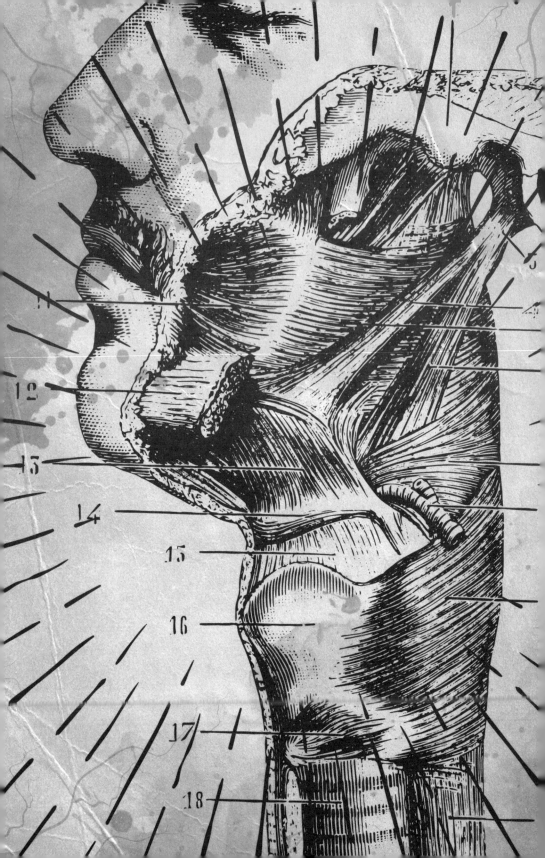

CAPÍTULO XIX

LONDRES, CIDADE MARAVILHOSA e celebrada, era nosso atual ponto de descanso, em que decidimos permanecer vários meses. Clerval desejava interagir com os homens de gênio e talento que floresciam à época, mas esse era para mim um objetivo secundário. Eu estava ocupado em particular com os meios de obter as informações necessárias para o cumprimento de minha promessa e sem demora fiz bom proveito das cartas de apresentação que trouxera comigo, endereçadas aos mais distintos filósofos da natureza.

Se a jornada em questão tivesse ocorrido durante meus dias de estudo e contentamento, teria me proporcionado prazer inexprimível. Mas o mal se colocara em meu caminho, e agora eu só visitava essas pessoas em prol das informações que poderiam me dar sobre um assunto acerca do qual eu nutria profundo interesse. A companhia dos demais se tornara cansativa para mim; quando sozinho, eu podia encher minha mente com as vistas do céu e da terra. A voz de Henry me acalmava, e assim eu podia me iludir com uma paz transitória. Mas os rostos alegres das pessoas despreocupadas traziam de volta o desespero ao meu coração. Enxergava uma barreira insuperável entre mim e meus semelhantes, selada com o sangue de William e Justine, e refletir acerca dos eventos correlacionados a eles inundava minha alma de angústia.

Mas em Clerval eu via a imagem do meu antigo eu; ele era curioso e estava ávido por experiência e conhecimento. A diferença de maneiras como observava representava, para ele, fonte inesgotável de instrução e aprazimento. Ele também se lançara à perseguição de um objetivo em sua vista há muito tempo. Sua meta era visitar a Índia, crente de que o conhecimento que possuía de suas várias línguas e as opiniões que adotara a respeito de sua sociedade o permitiriam compreender o progresso da colonização e do comércio europeu. Na Grã-Bretanha, portanto, encontrava um bom ponto de partida para a execução de seu plano. Ele estava sempre em atividade e o único obstáculo para seus deleites era minha mente pesarosa e abatida. Tentei esconder isso o máximo possível visando não o impedir de aproveitar as delícias de sua nova fase da vida, intocada por qualquer lembrança amarga. Recusei-me muitas vezes a acompanhá-lo, alegando outro compromisso, apenas para ficar sozinho. Eu havia começado a coletar os materiais necessários para a nova criação, e isso era para mim como a tortura de gotas d'água caindo continuamente sobre a cabeça. Todo pensamento dedicado à tarefa trazia angústia ao extremo, e toda palavra que eu verbalizava em sua alusão fazia meus lábios tremerem e meu coração palpitar.

Após uns meses em Londres, recebemos uma carta de um homem escocês, que anteriormente fora visitante em Genebra. Ele mencionava as belezas de seu país natal e perguntava se elas não eram atraentes o suficiente para induzir-nos a prolongar nossa jornada ao norte até Perth, onde ele residia. Clerval desejou com voracidade aceitar esse convite; eu, embora detestasse a sociedade, desejava rever montanhas, riachos e todas as maravilhosas obras com as quais a natureza adornava sua morada.

Havíamos chegado à Inglaterra no início de outubro e estávamos agora em fevereiro. Decidimos, portanto, iniciar a jornada em direção ao norte ao final do mês seguinte. Na referida expedição, não tínhamos intenção de seguir a grande estrada para Edimburgo, mas visitar os lagos Windsor, Oxford, Matlock e Cumberland, concluindo a excursão ao final de julho. Arrumei meus instrumentos químicos e os materiais que havia coletado, decidido a terminar meus trabalhos em algum recanto obscuro nas montanhas do norte da Escócia.

Saímos de Londres em 27 de março e permanecemos alguns dias em Windsor, divagando em sua bela floresta. Tratava-se de um cenário novo para montanheses como nós; os majestosos carvalhos, a caça abundante e os rebanhos de veados imponentes representavam grande novidade.

De lá, seguimos para Oxford. Quando entramos na cidade, nossas mentes transbordaram com as lembranças dos eventos que ali ocorreram havia mais de um século e meio. Fora ali que Carlos I reunira suas forças. Essa cidade permaneceu fiel a ele ao passo que toda a nação abandonara sua causa a fim de unir-se sob a bandeira do parlamento e da liberdade. A lembrança daquele rei infeliz, seus companheiros, o amável Falkland, o insolente Goring, sua rainha e seu filho conferia interesse peculiar a cada pedaço da cidade onde eles supostamente se refugiaram. O espírito dos tempos idos parecia ter encontrado lar na região, e nós nos deliciamos em seguir seus passos. Se esses sentimentos não tivessem encontrado uma gratificação imaginária, a aparência da cidade por si só ostentaria bastante beleza para nos despertar a admiração. As universidades eram antigas e pitorescas; as ruas, quase magníficas; e o adorável rio Ísis, que fluía nas adjacências por meio de prados de vegetação requintada, espalhava-se em uma extensão plácida de águas que refletiam sua majestosa aglomeração de torres, pináculos e cúpulas entre árvores envelhecidas.

Eu gostava dessa paisagem. No entanto, meu prazer se amargurava tanto pela lembrança do passado quanto pela antecipação do futuro. Eu havia sido feito para uma felicidade pacífica. Nos meus dias de juventude, o descontentamento nunca me ocorreu; e, se alguma vez fui tomado pelo tédio, a visão do que era belo na natureza ou o estudo do que era excelente e sublime nas produções do homem sempre despertava o interesse em meu coração e conferia maleabilidade aos meus ânimos. Agora, contudo, eu era uma árvore destruída; o raio entrara na minha alma e senti então que sobreviveria para me tornar um espetáculo miserável da humanidade destruída, lamentável para alguns e intolerável para mim mesmo.

Passamos um tempo considerável em Oxford, divagando entre seus arredores e procurando identificar todos os pontos relacionados à época mais animada da história inglesa. Nossas pequenas viagens de descoberta eram muitas vezes prolongadas pelos sucessivos atrativos que se apresentavam. Visitamos a tumba do ilustre Hampden e o campo em que o patriota tombou. Por um momento, minha alma se elevou de seus medos degradantes e desventurados para contemplar as ideias divinas de liberdade e autossacrifício, das quais essas vistas eram os monumentos e as lembranças. Por um instante, ousei me livrar dos grilhões e perscrutar ao meu redor com espírito livre e elevado; porém, a infelicidade havia penetrado minha carne. Deixei-me afundar novamente, tremendo e sem esperança, em meu eu desafortunado.

Partimos de Oxford com pesar e seguimos para Matlock, que era nosso próximo local de descanso. As regiões próximas a essa vila me remetiam ao cenário da Suíça, embora em menor escala. Aqui, o verde das colinas assumia o lugar da coroa branca dos distantes Alpes pontiagudos de minha terra natal. Visitamos a maravilhosa caverna e os pequenos museus de história natural, onde as curiosidades eram dispostas da mesma maneira que nas coleções de Servox e Chamounix. O último nome me fez estremecer quando pronunciado por Henry, e me apressei em busca de sair de Matlock, lugar que associara de imediato àquele encontro terrível.

De Derby, ainda viajando em direção ao norte, fomos para Cumberland e Westmorland e lá ficamos por dois meses. Em suas paisagens, eu quase podia me imaginar entre as montanhas suíças. Os pequenos trechos de neve que ainda permaneciam nas fronteiras ao norte das montanhas, os lagos e as ondas dos riachos rochosos eram pontos turísticos familiares e queridos para mim. Lá também fizemos alguns conhecidos, os quais quase conseguiram me enganar de que poderia ser feliz. O deleite de Clerval era proporcionalmente maior do que o meu; sua mente se expandia na companhia de homens talentosos, e ele encontrava na própria natureza capacidades e recursos maiores do que imaginava possuir enquanto estava associado a mentes inferiores.

– Eu poderia passar minha vida aqui – confidenciou ele. – E entre essas montanhas eu mal sentiria falta da Suíça e do Reno.

Clerval, no entanto, descobriu que a vida de um viajante também era feita de dor em meio aos prazeres. Seus sentimentos estavam sempre à mercê das circunstâncias e, quando encontrava repouso, via-se obrigado a abandonar seu prazer por algo novo, que mais uma vez atraía sua atenção e o fazia renunciar a outras novidades.

Mal tínhamos visitado os vários lagos de Cumberland e Westmorland e concebido uma afeição por determinados habitantes quando o período de nosso encontro com o amigo escocês se aproximou e tivemos de partir. De minha parte, não lamentava. Eu havia negligenciado minha promessa por um longo tempo e temia as reações de desapontamento do dæmon; ele poderia permanecer na Suíça e se vingar contra meus parentes. A ideia me perseguiu e atormentou por vários momentos, dos quais poderia ter obtido repouso e paz. Esperava minhas cartas com impaciência febril: se elas demoravam, eu ficava consternado e mil medos me acometiam; entretanto, quando chegavam e eu vislumbrava a escrita de Elizabeth ou de meu pai, quase não me atrevia a ler para atestar meu destino. Às vezes, pensava que o demônio me seguia, nutrindo planos de matar meu companheiro para acelerar minha tarefa. Quando tais pensamentos me possuíam, eu não deixava Henry por um único momento, seguindo-o como sua sombra a fim de protegê-lo da raiva imaginada do demônio. Sentia como se tivesse cometido um crime enorme, e a consciência disso me assombrava. Eu não tinha culpa, mas de fato havia trazido uma maldição horrível sobre mim, tão mortal quanto a do crime.

Visitei Edimburgo com mente e olhos lânguidos. Porém, essa cidade tinha o poder de interessar ao ser mais infeliz. Clerval não gostou dela tanto quanto de Oxford: a antiguidade da última cidade era mais agradável para ele. Mas a beleza e a constância da nova cidade de Edimburgo, seu castelo romântico, seus arredores deliciosos, o Trono de Arthur, o Poço de São Bernardo e as Colinas de Pentland o compensaram pela mudança e o encheram de alegria e admiração. Eu, no entanto, estava impaciente para chegar ao final da minha jornada.

Partimos de Edimburgo após uma semana, passando por Coupar, St. Andrew e pelas margens do Tay em direção a Perth, onde nosso amigo nos esperava. Eu não estava com disposição para rir e conversar com estranhos, tampouco demonstrar o bom humor esperado de um hóspede; logo, disse a Clerval que desejava percorrer a Escócia sozinho.

– Divirta-se e me encontre neste ponto – adverti. – Poderei me ausentar durante um ou dois meses, mas peço-lhe que não se preocupe comigo. Permita-me a paz e a solidão por um curto período de tempo. Quando eu voltar, espero que seja com um coração mais leve e adequado ao seu temperamento.

Henry queria me dissuadir; porém, vendo-me inclinado a esse plano, deixou de protestar. Ele me pediu para escrever com frequência.

Clerval disse:

– Eu preferia estar com você em suas caminhadas solitárias do que com esse povo escocês que não conheço. Apresse-se então, caro amigo, e volte para que eu possa me sentir novamente em casa, o que não é possível na sua ausência.

Tendo me separado do meu amigo, decidi visitar algum lugar remoto da Escócia e concluir meu trabalho em solidão. Não duvidava que o monstro me seguia; era provável que descobrisse por si próprio quando eu terminasse a criação de sua companheira.

Assim decidido, atravessei as terras altas do norte e me fixei em uma das regiões mais remotas das Órcades, paisagem dos meus trabalhos. Era um local adequado para esse fim, sendo pouco mais do que um rochedo cujos lados altos eram continuamente atingidos pelas ondas. O solo era árido e fornecia pasto com escassez para as poucas vacas miseráveis e farinha de aveia para os habitantes, que consistiam em cinco pessoas de membros magros e ásperos que deixavam clara a sua miséria. Legumes e pão – quando se permitiam tais luxos – e até água fresca eram adquiridos em terra firme, a oito quilômetros de distância.

Em toda a ilha havia apenas três cabanas paupérrimas, dentre as quais uma estava vazia quando cheguei. Aluguei-a. Ela continha apenas dois quartos, que exibiam a mais alarmante penúria. A palha caíra, as paredes não estavam rebocadas e a porta pendia das dobradiças. Requisitei os devidos reparos, comprei móveis e tomei posse; um acontecimento que, sem dúvida, teria ocasionado surpresa aos habitantes da área se eles não estivessem ocupados demais com a própria pobreza esquálida. Assim, consegui viver em discrição, quase sem receber agradecimentos pela comida e pelas roupas que doava, tamanha a insensibilidade que a privação causava aos sentimentos dos homens.

Nesse retiro, dedicava a manhã ao trabalho; mas à noite, quando o tempo o permitia, andava na praia pedregosa à procura de ouvir as ondas rugindo e correndo aos meus pés. Era uma cena monótona, mas em constante mudança. Eu pensava na Suíça: tão diferente dessa paisagem desolada e terrível. As colinas ficavam cobertas de trepadeiras e suas casas ficavam espalhadas pelas planícies. Seus lindos lagos refletiam um céu azul e suave e, quando perturbados pelo vento, o tumulto era apenas a brincadeira de criança animada quando comparado com os rugidos do oceano gigantesco.

Foi assim que distribuí minhas atividades quando cheguei. No entanto, ao longo do meu trabalho, cada dia se tornou mais horrível e cansativo. Às vezes, evitava entrar no laboratório por vários dias; em outras, trabalhava dia e noite visando concluir minha tarefa. Estava, de fato, envolvido num processo imundo. Durante meu primeiro experimento, uma espécie de frenesi entusiasmado me cegou para a bestialidade do meu trabalho; minha mente se concentrou na consumação do objetivo enquanto meus olhos se fecharam para o horror dos procedimentos. Agora, porém, eu executava tudo a sangue frio, e meu coração com frequência adoecia com o trabalho das minhas mãos.

De tal maneira empregado na ocupação mais detestável e imerso em solidão, nada sendo capaz de desviar minha atenção da realidade em que estava envolvido, meu ânimo se tornou inconstante. Tornei-me cada vez mais inquieto e nervoso, e a todo momento temia encontrar meu perseguidor. Às vezes, eu me sentava com os olhos fixos no chão, com medo de levantá-los e encontrar o objeto que tanto temia contemplar. Também buscava permanecer à vista dos meus semelhantes para que ele não me surpreendesse sozinho e reivindicasse sua companheira.

Nesse meio-tempo, trabalhei e alcancei avanços consideráveis. Ansiava a conclusão da tarefa com uma esperança trêmula e ardente, mas pressentia nela uma obscuridade que fazia meu coração adoecer.

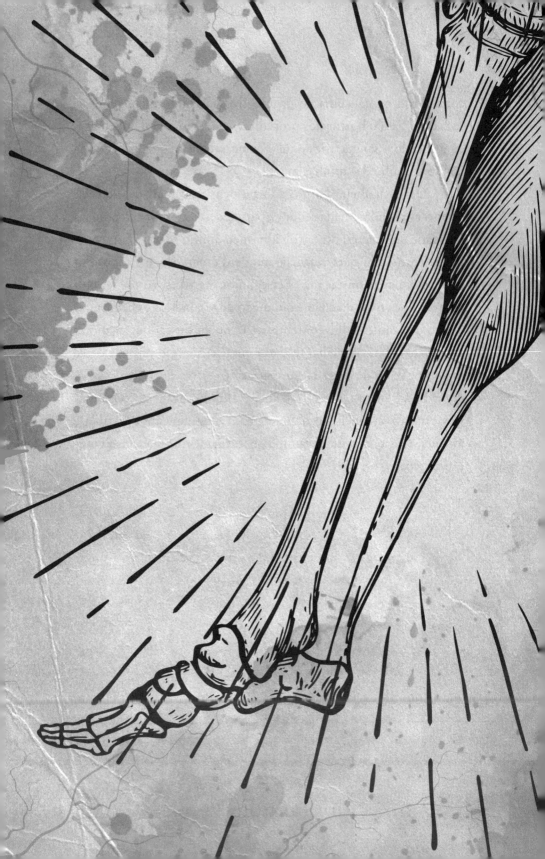

CAPÍTULO XX

CERTO DIA, EM MEU LABORATÓRIO, pus-me a refletir. O sol já havia se posto e a lua surgia do mar; não dispunha de luz suficiente para o meu trabalho e permaneci ocioso, numa pausa de consideração se deveria deixar meu trabalho durante a noite ou apressar sua conclusão com atenção incessante. Assim, uma série de pensamentos me invadiram, o que me levou a ponderar sobre os efeitos da atividade. Três anos antes, eu estava envolvido no mesmo trabalho e criara um demônio cuja barbárie incomparável desolara meu coração e o enchera para sempre com o mais amargo remorso. Agora, estava prestes a formar outro ser, de cujas disposições era igualmente ignorante; ela podia se tornar dez mil vezes mais maligna do que seu companheiro e deleitar-se, por conta própria, com assassinatos e desgraças. Ele jurara abandonar a vizinhança do homem e exilar-se; ela, não. A vindoura criatura, que com toda a probabilidade se tornaria um animal pensante e racional, poderia se recusar a cumprir um pacto feito antes de sua criação. Eles poderiam até se odiar; o demônio já vivente detestava sua própria deformidade, e não poderia ele conceber uma aversão maior à nova criatura quando a visse na forma feminina? Ela, por sua vez, também poderia olhá-lo com desgosto à vista da beleza superior do homem, deixando-o outra vez sozinho e exasperado pela provocação de ser abandonado por alguém de sua própria espécie.

Mesmo que deixassem a Europa e habitassem as terras ermas do Novo Mundo, ainda assim um dos primeiros resultados da união almejada pelo dæmon seriam filhos. Assim, uma raça de demônios se propagaria sobre a terra, criando condições precárias e cheias de horror para a espécie humana. Eu tinha direito, para meu próprio benefício, de infligir essa maldição às futuras gerações? Eu havia sido influenciado pelos sofismas do ser que havia criado, ficara impressionado com suas ameaças diabólicas. Mas agora, pela primeira vez, a maldade dessa promessa explodia em mim. Eu estremecia ao pensar que as eras futuras me amaldiçoariam como sua praga, cujo egoísmo não hesitou em comprar a própria paz em troca da possível extinção da raça humana.

Tremi e senti o coração falhar dentro de mim quando, ao olhar para cima, vi o dæmon na janela sob a luz da lua. Um sorriso medonho enrugou seus lábios quando ele olhou para mim, sentado no lugar onde cumpria a tarefa que ele designara para mim. Sim, ele me seguiu em minhas viagens; o demônio se demorou nas florestas, escondeu-se em cavernas e refugiou-se em charnecas vastas e desertas. Agora, ele vinha verificar meu progresso e reivindicar o cumprimento da promessa.

Ao fitá-lo, notei em seu semblante uma expressão traiçoeira e maliciosa. Pensei na minha promessa insana de conceber um ser igual a ele e, tremendo de ardor, despedacei a criatura que estava criando. O desgraçado me viu destruir a companheira de cuja futura existência ele dependia para a felicidade e, com um uivo de desespero e vingança diabólica, retirou-se.

Saí daquela sala e, trancando a porta, fiz um voto solene em meu coração de nunca mais retomar tais trabalhos. Então, com passos trêmulos, dirigi-me ao quarto. Eu estava sozinho; não havia ninguém por perto para dissipar a escuridão e me aliviar da opressão doentia dos mais terríveis devaneios.

Várias horas se sucederam e fiquei perto da janela olhando o mar, que estava quase imóvel dado que os ventos calmos e toda a natureza repousavam sob os olhos da quieta lua. Apenas uns navios de pesca pontilhavam a água e, de quando em quando, a brisa suave soprava a voz dos pescadores. Podia sentir o silêncio, embora pouco consciente de sua extrema profundidade, até que meu ouvido foi surpreendido pelo barulho de remos nas proximidades da costa. Em seguida, uma pessoa desembarcou perto de minha choupana.

Minutos depois, ouvi o rangido da minha porta, como se alguém tentasse abri-la com suavidade. Tremi da cabeça aos pés; tive um pressentimento de quem era e quis despertar um dos camponeses que moravam em uma choupana não muito distante da minha. Todavia, fui dominado pela sensação de desamparo, tantas vezes sentida em sonhos terríveis quando há o esforço para fugir de um perigo iminente, apesar de congelado no lugar.

Ouvi o som de passos se aproximando, a porta se abriu e o infeliz que eu temia apareceu. Fechando a porta, ele se aproximou de mim e disse com uma voz sufocada:

– Você destruiu o trabalho que começou. O que pretende com isso? Como se atreve a quebrar sua promessa? Sofri desventuras terríveis: deixei a Suíça com você, rastejando pelas margens do Reno entre as ilhas e sobre os cumes das colinas. Morei muitos meses nas charnecas da Inglaterra e nos desertos da Escócia. Sofri fadiga incalculável, frio e fome. Como ousa destruir minhas esperanças?

– Suma daqui! Quebro minha promessa; nunca mais criarei outro ser como você, igual em deformação e maldade.

– Escravo, fui racional com você antes, mas você se mostrou indigno da minha condescendência. Lembre-se de que eu tenho poder; você se considera desafortunado, mas posso te fazer tão miserável que a luz do dia lhe será odiosa. Você é meu criador, mas eu sou seu mestre… Obedeça!

– Já passou a hora da minha irresolução e chegou o período do seu poder. Suas ameaças não podem me levar a concretizar um ato de maldade, mas me confirmam a decisão de não criar uma companheira para seus vícios. Devo, a sangue frio, soltar sobre a Terra um dæmon cujo prazer está na morte e na desgraça? Vá embora! Já está decidido, e suas palavras apenas exasperarão minha raiva.

O monstro viu a determinação em minha face e rangeu os dentes ante a impotência da raiva.

– Será possível – exclamou ele – que cada homem encontre uma esposa e cada animal tenha sua companheira enquanto fico sozinho? Eu tinha sentimentos de afeição, mas eles foram retribuídos com ódio e desprezo. Homem! Você pode odiar, mas cuidado: suas horas serão de pavor e agonia, e logo cairá o raio destinado a arrebatar sua felicidade para sempre. Por que você deveria ser feliz enquanto eu rastejo na intensidade da minha lástima? Você pode explodir minhas outras paixões, mas a vingança permanecerá; a vingança que, doravante, me será mais cara do que a luz ou a comida! Posso morrer; mas você, meu tirano e atormentador, antes amaldiçoará o sol que contempla seu sofrimento. Cuidado, pois não tenho medo e sou, portanto, poderoso. Observarei com a astúcia de uma cobra e picarei com seu veneno. Homem, você se arrependerá dos danos que me infligiu.

– Diabo, pare. Não envenene o ar com esses sons de malícia. Declarei minha decisão a você e não sou covarde para me curvar sob suas palavras. Deixe-me; sou inexorável.

– Tudo bem. Eu irei, mas lembre-se: estarei com você na sua noite de núpcias.

Avancei em um salto e exclamei:

– Vilão! Antes de assinar minha sentença de morte, assegure--se de que você mesmo está seguro.

Eu o teria atacado se ele não tivesse se esquivado e se precipitado para fora da casa. Instantes depois, vi-o em seu barco, que disparou sobre as águas com a rapidez de uma flecha e logo se perdeu em meio às ondas.

Tudo pairou de novo em silêncio, mas suas palavras ressoavam em meus ouvidos. Queimava de raiva pelo assassino da minha paz e desejava persegui-lo em busca de jogá-lo no oceano. Andei de um lado para o outro no quarto às pressas e perturbado, enquanto minha imaginação evocava milhares de imagens para me atormentar. Por que eu não o seguia e entrava em luta mortal contra ele? Eu o deixava partir, e ele se dirigia à terra firme. Estremeci ao pensar em quem poderia ser a próxima vítima de sua vingança insaciável. Então, pensei novamente em suas palavras: *Estarei com você na sua noite de núpcias*. Esse foi então o período fixado para o cumprimento do meu destino. Naquela hora, eu deveria morrer e, ao mesmo tempo, satisfazer sua malícia. A perspectiva não me trouxe medo; no entanto, quando pensei em minha amada Elizabeth e na sua tristeza sem-fim quando encontrasse o amante tão barbaramente arrancado de si, lágrimas – as primeiras em muitos meses – escorreram dos meus olhos. Decidi, então, não tombar diante do meu inimigo sem travar uma luta amarga.

A noite passou e o sol despontou do oceano; meus sentimentos se apaziguaram, se é que se pode chamar de paz quando a violência da raiva chafurda nas profundezas do desespero. Saí de casa, o horrível cenário de confronto da noite anterior, e andei pela praia junto ao mar, o qual tomava naquele momento como uma barreira insuperável entre mim e meus semelhantes – ou melhor, desejava tomar. Eu queria poder passar o resto da minha vida naquele rochedo que era estéril, de fato, mas ininterrupto por qualquer choque repentino de adversidade. Se eu retornasse, era para ser sacrificado ou para ver aqueles a quem mais amava morrerem sob o punho de um dæmon que eu mesmo criara.

Andei pela ilha como um espectro inquieto, à parte de tudo o que amava e amargurado. Quando bateu meio-dia e o sol ficou mais alto, deitei-me na grama e fui dominado pelo sono profundo. Eu ficara acordado a noite inteira, meus nervos estavam agitados e meus olhos inflamados pelo tormento. O sono em que mergulhara me revigorou; quando acordei, senti novamente como se pertencesse à raça humana e me pus a refletir com maior compostura a respeito do que havia passado. Ainda assim, as palavras do demônio ecoavam em meus ouvidos como um sinal de morte; elas se assemelhavam a um sonho, ainda que distintas e opressivas como a realidade.

O sol já havia descido e eu continuava sentado na praia, satisfazendo minha fome com um bolo de aveia, quando vi um barco de pesca aportar perto de mim e um de seus homens me entregar um pacote; ali, havia cartas de Genebra e uma de Clerval, que pedia para me juntar a ele. Ele disse que estava gastando seu tempo de modo infrutífero onde estava, e que recebera cartas dos amigos de Londres desejando que ele voltasse a fim de concluir as negociações que haviam firmado para sua empreitada indiana. Ele já não podia mais atrasar sua partida e, como a jornada para Londres poderia ser seguida de outra ainda mais longa, ele desejou minha companhia pelo máximo possível de tempo. Ele me pediu, portanto, que abandonasse minha ilha solitária e o encontrasse em Perth para que prosseguíssemos juntos rumo ao sul. Em certa medida, a carta me reanimou, e decidi deixar minha ilha ao cabo de dois dias.

No entanto, antes de partir, uma tarefa, cuja mera ideia me fazia estremecer, tinha de ser executada: precisava arrumar meus utensílios químicos e, para esse fim, devia entrar na sala que fora o cenário do meu odioso trabalho e lidar com os objetos que me atormentavam a visão. No dia seguinte, ao amanhecer, reuni coragem suficiente e destranquei a porta do laboratório. Os restos da criatura semiacabada que eu havia destruído jaziam espalhados pelo chão, e quase senti como se tivesse mutilado um ser humano. Fiz uma pausa para me recompor e entrei na câmara. Com mãos trêmulas, levei os instrumentos para fora da sala, mas refleti que não deveria deixar vestígios do meu trabalho para excitar o horror e a suspeita dos camponeses. Assim, coloquei-os em uma cesta com enorme quantidade de pedras por cima visando jogá-los no mar naquela mesma noite. Nesse ínterim, sentei-me na praia, dedicando-me à limpeza e arrumação do meu aparato químico.

Nada poderia ser mais radical do que a alteração que ocorreu em meus sentimentos desde a noite do aparecimento do dæmon. Eu lhe havia feito aquela promessa com um desespero sombrio, como algo que, independentemente das consequências, devia ser cumprido. Mas agora sentia como se uma venda tivesse sido tirada dos meus olhos e, pela primeira vez, pudesse ver com clareza.

FRANKENSTEIN

A ideia de renovar meus trabalhos não me ocorrera por um instante. A ameaça que ouvi pesava em meus pensamentos, mas não cogitava que um ato voluntário meu fosse capaz de evitá-la. Na minha mente, dera-me conta de que criar outro ser à imagem daquele demônio seria o mais baixo e atroz ato de egoísmo, e bani da mente todo raciocínio que pudesse me levar a uma conclusão diferente.

Entre as duas e três da madrugada, quando a lua se encontrava bem no alto, coloquei minha cesta a bordo de um barquinho e naveguei a cerca de seis quilômetros da costa. O cenário era perfeitamente solitário: havia barcos voltando para a terra, mas naveguei para longe deles. Sentia como se cometesse um crime terrível e evitei, com um tremor de ansiedade, qualquer encontro com meus pares. Em dado momento, a lua, antes nítida, foi encoberta por uma nuvem densa. Aproveitei o momento de escuridão e atirei minha cesta ao mar. Ouvi um som borbulhante enquanto ela afundava e conduzi a embarcação para longe do local. O céu ficou nublado, mas o ar estava puro, embora gelado pela brisa vinda da direção nordeste. Isso me refrescou e me encheu de sensações tão agradáveis que resolvi prolongar minha estadia na água. Fixando o leme em uma posição direta, me estiquei no fundo do barco. As nuvens escondiam a lua, tudo estava obscuro, e eu ouvia apenas o som do barco conforme sua quilha cortava as ondas; o murmúrio me embalou e, em pouco tempo, dormi um sono profundo.

Não sei por quanto tempo permaneci nessa situação, mas quando acordei descobri que o sol já estava a pino consideravelmente. O vento estava forte e as ondas ameaçavam de modo contínuo a segurança do meu pequeno esquife. Descobri que o vento vinha da direção nordeste e devia ter me levado para longe da costa de onde eu havia embarcado. Tentei mudar de rumo, mas logo descobri que, se tentasse outra vez, o barco seria invadido pela água. Assim situado, meu único recurso era deixar-me conduzir pelo vento. Confesso que fui acometido por sensações de terror. Eu não dispunha de bússola e conhecia bem pouco a geografia dessa parte do mundo para a qual o sol me beneficiava. Eu poderia ser levado para a vastidão do Atlântico e sentir todas as torturas da fome, ou ser engolido pelas águas imensuráveis que rugiam ao meu redor. Eu já estava lá havia muitas horas e sentia o tormento de uma sede veemente, um prelúdio para meus outros sofrimentos. Fitei o céu, coberto por nuvens impulsionadas pelo vento, e olhei para o mar, em vias de se tornar o meu túmulo.

– Demônio! – exclamei. – Sua tarefa já está cumprida!

Pensei em Elizabeth, no meu pai e em Clerval; todos ficaram para trás, à mercê de um monstro ansioso por satisfazer suas paixões sanguinárias e sem piedade. A ideia me transportou a um devaneio tão desesperador e assustador que, mesmo agora, com a cortina prestes a se fechar diante de mim para sempre, ainda estremeço ao lembrar.

Horas assim se passaram até que, aos poucos, quando o sol declinou no horizonte, o vento se dissipou em uma brisa suave e o mar ficou isento de ondas. Mas isso deu lugar a uma onda pesada: senti-me enjoado e mal consegui segurar o leme, quando de repente vi uma linha de terra em direção ao sul.

Esgotado pela fadiga e pelo suspense terrível que passara nas últimas horas, essa súbita certeza de vida inundou meu coração com uma felicidade calorosa, e lágrimas jorraram dos meus olhos.

Quão mutáveis são os nossos sentimentos, e quão estranho é o amor que temos pela vida mesmo na mais profunda desgraça! Montei outra vela com parte das minhas roupas e parti com avidez em direção à terra, cuja aparência era selvagem e rochosa, mas, ao me aproximar, percebi nitidamente os traços de cultivo. Notei embarcações perto da costa e, de repente, vi-me transportado de volta à civilização. Aproximei-me com cautela da encosta e avistei uma torre atrás de um pequeno promontório. Como eu estava num estado de debilidade intensa, resolvi me locomover na direção do centro da cidade, um lugar onde eu poderia facilmente obter alimento. Por sorte, eu trazia dinheiro. Ao virar o promontório, deparei-me com uma cidade pequena e organizada que tinha um bom porto, no qual entrei com o coração pulando de alegria por minha salvação inesperada.

Como eu estava ocupado consertando o barco e arrumando as velas, várias pessoas se aglomeraram na minha direção. Pareciam muito surpresas com a minha aparência, mas, em vez de me oferecerem qualquer ajuda, sussurravam com gestos que em qualquer outro momento poderiam ter produzido em mim uma leve sensação de alarme. Observei que falavam inglês; portanto, dirigi-me a elas nessa língua.

– Meus bons amigos – eu disse –, vocês fariam a gentileza de me dizer o nome desta cidade e me informar onde estou?

– Você saberá em breve – respondeu um homem com uma voz rouca. – Talvez você tenha chegado a um lugar que não será muito de seu gosto; e garanto que não terá escolha quanto aos seus aposentos.

Fiquei extremamente surpreso ao receber uma resposta tão rude de um estranho, e também desconcertado ao perceber o semblante franzido e irritado de seus companheiros.

– Por que você me responde com tamanha grosseria? – indaguei. – Certamente não é costume dos ingleses receber estrangeiros de maneira tão hostil.

– Não sei qual é o costume dos ingleses – disse o homem. – Mas é costume dos irlandeses odiar canalhas.

Enquanto o estranho diálogo continuava, percebia que a multidão aumentava rapidamente. Seus rostos expressavam uma mistura de curiosidade e raiva, o que me aborreceu e, de certa forma, assustou. Perguntei o caminho para a estalagem, mas ninguém respondeu. Então, segui em frente, e um som murmurante surgiu da multidão quando eles me seguiram e me cercaram. Um homem de aparência abominável se aproximou, me deu um tapinha no ombro e disse:

– Venha, senhor, você deve me seguir até o sr. Kirwin para prestar contas de si mesmo.

– Quem é o sr. Kirwin? Por que devo prestar contas de mim mesmo? Este país não é livre?

– Sim, senhor, livre o bastante para pessoas honestas. O sr. Kirwin é um magistrado, e você deve depor sobre o assassinato de um cavalheiro ocorrido ontem à noite.

A resposta me assustou, mas consegui me recompor. Eu era inocente; isso podia ser provado com facilidade. Em silêncio, segui o homem e fui levado a uma das melhores casas da cidade. Estava prestes a desmaiar de fadiga e fome, todavia, cercado por uma multidão, julguei que seria prudente manter minhas forças para que nenhuma debilidade física pudesse ser interpretada como apreensão ou culpa. Mal podia imaginar que a calamidade que estava prestes a me abater extinguiria com horror e desespero o meu medo da ignomínia e da morte.

Devo fazer uma pausa aqui, pois preciso de toda a minha coragem para relembrar as terríveis circunstâncias que estou prestes a detalhar.

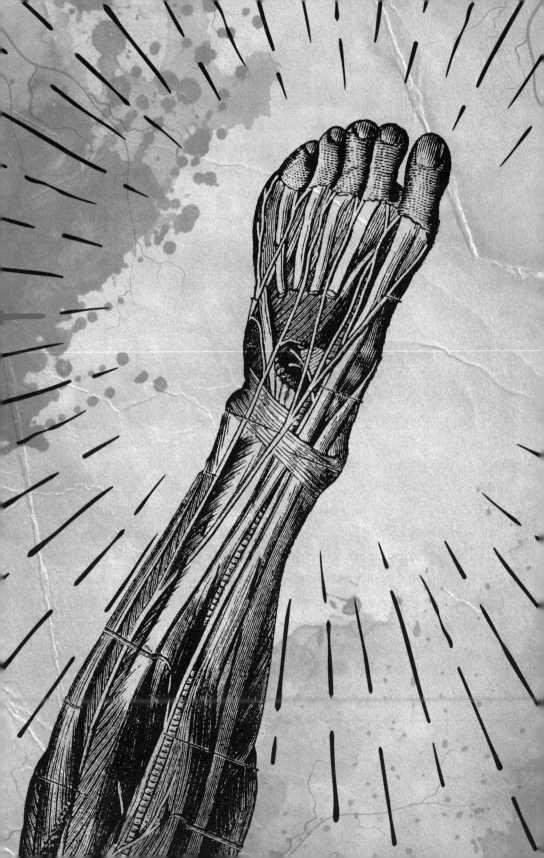

CAPÍTULO XXI

LOGO FUI APRESENTADO AO MAGISTRADO, um homem velho e benevolente de maneiras calmas e brandas. Ele me analisou, no entanto, com certo grau de severidade, e depois, voltando-se para meus condutores, perguntou quem apareceu como testemunha na ocasião.

Cerca de meia dúzia de homens se adiantaram. Um deles, após ser escolhido pelo magistrado, depôs que estava pescando na noite anterior com seu filho e cunhado, Daniel Nugent, quando, por volta das dez horas, observaram um forte vento que vinha do norte e retornaram em direção ao porto. Era uma noite muito escura, sem luar; eles não desembarcaram no porto, mas, como de praxe, em um riacho cerca de três quilômetros mais para baixo. Ele caminhou primeiro, carregando parte do equipamento de pesca, e seus companheiros o seguiram à distância. Enquanto caminhava pela areia, bateu o pé em alguma coisa e caiu no chão. Seus companheiros vieram para ajudá-lo e, sob a luz da lanterna, viram que ele caíra sobre o corpo de um homem aparentemente morto. Sua primeira suposição foi de que era o cadáver de alguém que se afogara e fora trazido à praia pelas ondas. Entretanto, ao examiná-lo, descobriram que as roupas não estavam molhadas e que o corpo não estava frio. Eles o carregaram imediatamente para o chalé de uma velha que morava próximo ao local e tentaram, em vão, reanimá-lo. Parecia um jovem bonito, com cerca de vinte e cinco anos. Tudo indicava que fora estrangulado; não havia sinal de violência, exceto pela marca negra dos dedos em seu pescoço.

A primeira parte do depoimento não havia me interessado; no entanto, quando a marca dos dedos foi mencionada, lembrei-me do assassinato de meu irmão e me senti extremamente agitado. Meus membros tremeram e uma névoa surgiu à frente de meus olhos, o que me obrigou a buscar apoio em uma cadeira. O magistrado me observou com atenção penetrante e, é claro, enxergou na minha atitude um indício desfavorável.

O filho confirmou o relato do pai: mas quando Daniel Nugent foi convocado, jurou que, pouco antes da queda de seu companheiro, vira um barco com um único homem a uma curta distância da costa. E, tanto quanto podia julgar pela luz das poucas estrelas, era o mesmo barco no qual eu acabara de desembarcar.

Uma mulher, por sua vez, depôs que morava perto da praia e estava parada à porta de sua cabana esperando do retorno dos pescadores, cerca de uma hora antes de ouvir falar sobre a descoberta do corpo, quando avistou um barco com apenas um homem se afastar daquela região da costa onde o cadáver fora posteriormente encontrado.

Outra mulher confirmou o relato dos pescadores que trouxeram o corpo para dentro de sua casa: ele não estava frio. Colocaram-no em uma cama e lhe fizeram fricções; Daniel fora até mesmo à cidade buscar um farmacêutico, mas a vida já estava há muito extinta.

Vários outros homens foram inquiridos quanto ao meu desembarque; eles concordaram que, com o forte vento do norte que surgira durante a noite, era bem provável que eu tivesse vagado por muitas horas e sido obrigado a retornar quase ao mesmo local de onde havia partido. Além disso, observaram que eu parecia ter trazido o corpo de outro lugar, e era provável que, como não demonstrara conhecer a costa, tivesse chegado ao porto ignorando a distância da cidade de * * * com relação ao local onde havia depositado o cadáver.

O sr. Kirwin, ao ouvir essas evidências, desejou que eu fosse levado ao local onde o corpo jazia exposto a fim de que se observasse o efeito que a visão do morto produziria em mim. A ideia foi provavelmente sugerida em virtude da extrema agitação que eu exibira diante da descrição do crime. Fui, então, conduzido pelo magistrado e inúmeras outras pessoas à estalagem. Não pude deixar de ficar impressionado com as estranhas coincidências que ocorreram durante aquela noite agitada, mas, sabendo estar na própria ilha onde morava conversando com várias pessoas no momento em que o corpo fora encontrado, fiquei perfeitamente tranquilo quanto às consequências do caso.

Entrei na sala onde estava o cadáver e fui levado até o caixão. Como posso descrever minhas sensações ao vê-lo? Ainda me sinto ressecado pelo horror, nem consigo refletir sobre aquele momento terrível sem tremer em agonia. O exame e a presença do magistrado e das testemunhas soaram como um sonho da minha memória quando vislumbrei a forma sem vida de Henry Clerval estendida à minha frente. Eu estava sem fôlego. Jogando-me sobre o corpo, exclamei:

— Minhas maquinações assassinas também o privaram da vida, meu querido Henry?! Já havia destruído duas, e outras vítimas aguardam o seu destino. Mas você, Clerval, meu amigo, meu benfeitor...

A estrutura humana não podia mais suportar as agonias que me afligiam, e fui levado para fora da sala sob fortes convulsões.

Depois do episódio, fui acometido pela febre. Fiquei dois meses à beira da morte. Meus delírios, como viria a saber mais tarde, foram assustadores; eu dizia que era o assassino de William, Justine e Clerval. Às vezes, pedia aos meus cuidadores que me ajudassem a destruir o demônio por quem era atormentado e, em outros momentos, sentia os dedos do monstro agarrando meu pescoço, o que me fazia gritar de desespero e terror. Felizmente, como falava na minha própria língua nativa, apenas o sr. Kirwin me entendia, mas meus gestos e gritos amargos eram suficientes para assustar as testemunhas.

Por que não morri? Mais miserável do que o homem jamais foi antes, por que não mergulhei no esquecimento e no descanso? A morte arrebatava tantas crianças plenas de vida: quantas noivas e jovens amantes já não estiveram um dia na flor da idade e da esperança e, no dia seguinte, à mercê dos vermes e da deterioração da tumba? De que material eu era feito para resistir a tantos choques que, como o giro da roda, renovavam continuamente minha tortura?

Mas eu estava condenado a viver. Em dois meses, vi a mim desperto de um sonho numa prisão, esticado em uma cama deplorável e cercado por carcereiros, ferrolhos, parafusos e toda a aparelhagem desprezível de uma masmorra. Era manhã, até onde me lembro; tinha esquecido os detalhes do que havia acontecido e sentia como se um grande infortúnio tivesse subitamente me dominado. Porém, quando olhei à minha volta e vi as janelas gradeadas e a imundície da sala onde me encontrava, tudo relampejou em minha memória e gemi amargamente.

O som perturbou uma velha que estava dormindo em uma cadeira ao meu lado. Ela era uma enfermeira contratada, esposa de um dos carcereiros, e seu semblante expressava todas as más qualidades que frequentemente caracterizavam tal classe. As linhas de seu rosto eram duras e rudes, como as de pessoas acostumadas a se deparar com imagens do infortúnio sem demonstrar qualquer simpatia. Seu tom expressava toda a sua indiferença. Ela se dirigiu a mim em inglês, e a voz me pareceu familiar à ouvida durante meus sofrimentos:

— Está melhor agora, senhor? – indagou ela.

Respondi na mesma língua, com uma voz fraca:

— Acredito que sim, mas, se for verdade o que de fato não sonhei, sinto muito por ainda estar vivo para sentir essa angústia e horror.

— Quanto a isso – respondeu a velha –, se você se refere ao cavalheiro que matou, acredito que seria melhor para você se estivesse morto, pois acho que as coisas não serão fáceis para o seu lado! No entanto, isso não é da minha conta; estou aqui para cuidar de você e curá-lo. Cumpro meu dever com uma consciência tranquila, e seria bom se todos fizessem o mesmo.

Virei-me com ódio daquela mulher capaz de proferir um discurso tão insensível a uma pessoa que acabara de escapar da morte, contudo me senti lânguido e incapaz de ponderar sobre tudo o que havia passado. Toda a minha vida me parecia um sonho ruim; às vezes duvidava que fosse tudo verdade, pois nada se apresentava à minha mente com a força da realidade.

À medida que as imagens que flutuavam diante de mim ficavam mais nítidas, tornava-me febril. Uma escuridão se apossou de mim; não havia ninguém por perto que pudesse me acalmar com a voz suave do amor, tampouco uma mão querida para me apoiar. O médico veio para receitar remédios e a velha os preparou para mim. Mas ambos, respectivamente, exibiam em seu rosto a indiferença e a brutalidade. Quem poderia estar interessado no destino de um assassino senão o carrasco que obteria seu pagamento?

Essas tinham sido minhas primeiras reflexões; porém, saberia mais tarde que o sr. Kirwin havia me dispensado extrema bondade. Ele providenciou para que o melhor quarto da prisão fosse preparado para mim – e era, de fato, o melhor –, bem como forneceu um médico e uma enfermeira. É verdade que ele raramente vinha me ver, pois, embora desejasse com fervor o alívio dos sofrimentos de toda criatura humana, não desejava estar presente nas agonias e delírios consternados de um assassino. Mas ele vinha de qualquer maneira, em visitas curtas e separadas por intervalos longos, à procura de verificar se eu não estava sendo negligenciado.

Certo dia, enquanto eu me recuperava gradativamente, estava sentado em uma cadeira com os olhos entreabertos e as bochechas lívidas como as da morte. Fui possuído pela tristeza e pela tormenta, e refleti se não era melhor procurar a morte do que desejar a permanência em um mundo repleto de infortúnios. Assim, considerei se não deveria me declarar culpado e sofrer a penalidade da lei, sendo menos inocente do que a pobre Justine. Tais eram meus pensamentos quando a porta da minha cela se abriu e o sr. Kirwin entrou. Seu semblante expressava simpatia e compaixão; ele puxou uma cadeira perto da minha e se dirigiu a mim em francês:

– Temo que este lugar seja muito chocante para você. Posso fazer alguma coisa para torná-lo mais confortável?

– Agradeço. Mas o que você diz não representa nada para mim: em toda a terra não há conforto que eu seja capaz de receber.

– Sei que a simpatia de um estranho pode ser de pouco alívio para alguém que está sendo abatido por infortúnio tão estranho. Mas espero que em breve abandone essa morada melancólica, afinal, estou certo de que não será difícil apresentar evidências que o libertem da acusação criminal.

– Essa é a menor das minhas preocupações. Sou, por um curso de eventos estranhos, o mais miserável dos mortais. Perseguido e torturado como já fui e ainda sou, como a morte poderia me causar algum mal?

– Na verdade, nada poderia ser mais pesaroso e angustiante do que os acasos estranhos que ocorreram recentemente. Você foi jogado, por algum incidente, nesta costa conhecida por sua hospitalidade e apreendido no mesmo instante, acusado de assassinato. A primeira imagem que apresentada aos seus olhos foi o corpo do seu amigo, assassinado de maneira inexplicável e ali colocado, por assim dizer, por algum demônio em seu caminho.

Conforme o sr. Kirwin falava, apesar de agitar-me com a retrospectiva de meus sofrimentos, também sentia surpresa considerável com o conhecimento que ele parecia possuir a meu respeito. Suponho que algum espanto tenha sido expresso em meu semblante, pois Kirwin se apressou em dizer:

– Logo após sua enfermidade, todos os papéis que estavam em sua posse foram levados para mim, e eu os examinei em busca de um meio de contatar seus familiares para falar sobre sua desgraça e doença. Encontrei várias cartas e, entre elas, uma que parecia ser proveniente de seu pai. Escrevi instantaneamente para Genebra, e quase dois meses se passaram desde a partida de minha carta.

Você ainda está doente; mesmo agora, treme. Não está em condições de lidar com qualquer tipo de agitação.

– Este suspense é mil vezes pior do que o evento mais horrível: diga-me que novo crime foi realizado e quem é a vítima pela qual devo lamentar?

– Sua família está perfeitamente bem – disse Kirwin, com gentileza. – E um amigo veio visitá-lo.

Não sei por que tamanha ideia me ocorreu, mas no mesmo momento pensei que o assassino apareceria para zombar de minha desventura e me provocar com a morte de Clerval a fim de me estimular a cumprir seus desígnios infernais. Depositei minha mão diante dos meus olhos e gritei em agonia:

– Ah! Leve-o embora! Não posso vê-lo; pelo amor de Deus, não o deixe entrar!

O sr. Kirwin me fitou com uma expressão perturbada. Ele não pôde deixar de considerar minha exclamação como uma presunção de culpa e disse em tom bastante severo:

– Pensei, meu rapaz, que a presença de seu pai lhe seria bem-vinda em vez de inspirar tal repugnância violenta.

– Meu pai! – exclamei, enquanto todos meus traços e músculos relaxavam da angústia para o prazer. – Meu pai realmente veio? Que gentil, que gentil! Mas onde ele está? E por que não se apressa em me ver?

Minha mudança de atitude surpreendeu e agradou o magistrado; talvez ele pensasse que minha exclamação anterior tivesse sido um retorno momentâneo do delírio, e agora retomava de imediato sua benevolência habitual. Ele se levantou e deixou o quarto, acompanhado de minha enfermeira. Instantes depois, meu pai entrou.

Nada, naquele momento, poderia ter me dado maior prazer do que a chegada de meu pai. Estendi minha mão para ele e exclamei:

– Meu pai, você está bem? E Elizabeth? Ernest?

Meu pai me acalmou com garantias de seu bem-estar e esforçou-se, desviando dos assuntos tão importantes ao meu coração, para elevar meus ânimos deprimidos; tão logo, porém, sentiu que uma prisão não podia ser uma morada alegre.

– Que lugar é esse onde você mora, meu filho? – perguntou ele enquanto observava com tristeza as janelas gradeadas e a aparência miserável da cela. – Você viajou para buscar o contentamento, mas a fatalidade parece persegui-lo. E o pobre Clerval…

O nome do meu amigo infeliz e assassinado era uma agitação grande demais para ser suportada no meu estado vulnerável. Derramei lágrimas.

– Sim, meu pai – respondi. – O mais horrível destino paira sobre mim, e devo viver para cumpri-lo, o que me impediu de morrer sobre o caixão de Henry.

Não nos permitiram conversar por um longo período, pois o estado precário de minha saúde exigia todas as precauções necessárias para me garantir tranquilidade. O sr. Kirwin entrou e insistiu para que minha força não se esgotasse com tamanho esforço. Mas a presença de meu pai era para mim como a de um bom anjo, e aos poucos recuperei a saúde.

Quando a doença me deixou, fui absorvido por uma melancolia taciturna e obscura que nada era capaz de dissipar. A imagem de Clerval estaria para sempre diante de mim, medonha e aniquilada. Mais de uma vez a agitação na qual tais reflexões me jogaram suscitou o receio, por parte de meus amigos, de que eu tivesse uma recaída perigosa. Ai! Por que eles preservavam uma vida tão infeliz e detestável? Certamente para cumprir meu destino, que estava chegando ao fim. Em breve! Ah, muito em breve, a morte extinguirá as pulsações e me aliviará do poderoso peso da angústia que me reduz ao pó, e, ao executar da sentença de justiça, também vou descansar. À época, a ideia da morte estava presente em minha mente. Vezes numerosas permaneci sentado, imóvel, por horas e sem dizer qualquer palavra, desejando uma poderosa revolução que pudesse enterrar a mim e a meu destruidor em suas ruínas.

A temporada do julgamento se aproximou. Eu já estava havia três meses na prisão e, apesar de continuar fraco e em constante risco de recaída, fui obrigado a viajar quase cem quilômetros até o tribunal. O sr. Kirwin se encarregou cuidadosamente de coletar testemunhas e organizar minha defesa. Fui poupado da vergonha de aparecer em público como criminoso, posto que meu caso não fora trazido a uma corte que determinava penas máximas. O grande júri rejeitou a acusação por ter sido provado que eu estava nas Ilhas Órcades no momento em que o corpo do meu amigo foi encontrado; quinze dias após minha absolvição, fui libertado do encarceramento.

Meu pai ficou extasiado ao me ver livre dos aborrecimentos de uma acusação criminal, o que me permitiria respirar de novo ar fresco e voltar ao meu país natal. Não partilhei de seus sentimentos, pois, para mim, as paredes de uma masmorra ou de um palácio eram igualmente odiosas. O cálice da vida fora envenenado para sempre, embora o sol brilhasse sobre mim como cintilava sobre aqueles de coração feliz, não via nada além de uma escuridão densa e assustadora impenetrada pela luz, à exceção do brilho de um par de olhos, que me observavam. Às vezes, eram os olhos expressivos de Henry definhando na morte, com orbes escuros quase cobertos pelas pálpebras e os longos cílios pretos que os cercavam; outras vezes, eram os olhos lacrimejantes do monstro, tais como eu os vira pela primeira vez na minha câmara em Ingolstadt.

Meu pai tentava despertar em mim sentimentos de afeto. Falava de Genebra, que eu deveria visitar em breve, de Elizabeth e de Ernest. Tais palavras, contudo, apenas suscitavam gemidos profundos em mim. Às vezes, de fato, sentia um desejo de felicidade; pensava, com deleite melancólico, na minha amada prima; ou ansiava, com uma devoradora *maladie du pays*, ver mais uma vez o rio Ródano, que me fora tão querido na infância. No entanto, meu estado geral de sentimento era um torpor, no qual uma prisão se mostrava como residência tão bem-vinda quanto a mais divina paisagem da natureza. Tal condição raramente mudava, exceto por acessos de angústia e desespero, momentos em que, muitas vezes, esforçava-me para pôr fim à existência detestável, o que exigia assistência e vigilância incessantes para me impedir de cometer algum ato terrível de violência.

Um dever permanecera para mim, cuja lembrança enfim triunfara sobre meu desespero egoísta. Era necessário que eu voltasse sem demora para Genebra a fim de guardar a vida daqueles a quem eu tanto amava, e esperar pelo assassino, que, quer me levasse ao seu esconderijo ou ousasse me atormentar em meu lar com sua presença, me daria a chance de pôr um fim à sua monstruosa existência que eu dotara de uma alma ainda mais nefasta. Meu pai ainda desejava adiar nossa partida, com medo de que eu não suportasse a fadiga da jornada; afinal, eu estava destruído e parecia a sombra de um ser humano. Minha força estava esgotada. Eu era um mero esqueleto; e a febre, dia e noite, atacava minha estrutura abatida.

Ainda assim, quando pedi que deixássemos a Irlanda com inquietação e impaciência, meu pai decidiu por bem ceder. Pegamos nossa passagem a bordo de uma embarcação com destino a Havre-de-Grace e navegamos com ventos bons ao longo das costas irlandesas. Era meia-noite. Deitei-me no convés, mirando as estrelas e escutando o bater das ondas. Eu saudava a escuridão que diluía a Irlanda diante de meus olhos e meu pulso batia com alegria febril ao pensar que logo veria Genebra. O passado surgia em minha mente como um sonho aterrador; no entanto, a embarcação onde eu estava, o vento que soprava da costa detestável da Irlanda e o mar que me cercava me diziam com firmeza que eu não fora enganado por nenhuma visão, e que Clerval, meu amigo e companheiro mais querido, tornara-se minha vítima e do monstro de minha criação. Repassei toda a minha vida na memória, pensei na felicidade tranquila enquanto morava com minha família em Genebra, na morte de minha mãe e na partida para Ingolstadt. Lembrei-me, estremecendo, do entusiasmo louco que me levou à criação do meu inimigo hediondo, e também da noite em que ele despertou para a vida. Tornei-me incapaz de prosseguir; mil sentimentos me invadiram e chorei com amargor.

Desde que me recuperara da febre, costumava tomar todas as noites uma pequena quantidade de láudano,[15] pois apenas por meio dessa droga eu era capaz de obter o descanso necessário para a preservação de minha vida. Porém, oprimido pela lembrança de meus vários infortúnios, tomei o dobro da quantidade habitual para dormir profundamente. O sono não proporcionou alívio para os meus pensamentos e tragédia, e meus sonhos apresentaram mil objetos assustadores. Na manhã seguinte, fui tomado por uma espécie de pesadelo, sentia o aperto do demônio no meu pescoço e

---

15 - Remédio para dores e mal-estar à base de ópio. Foi desenvolvido pelo alquimista Paracelso no século XVI e continuou popular até o início do século XX. (N. T.)

não conseguia me libertar enquanto gemidos e berros soavam em meus ouvidos. Meu pai, que estava me vigiando, percebeu minha inquietação e me acordou; as ondas estavam ao redor, o céu nublado pairava acima e o demônio não estava lá. A sensação de segurança e a impressão de que uma trégua fora estabelecida entre a hora presente e o futuro inexorável me impeliram a um esquecimento sereno, ao qual a mente humana é, por sua estrutura, particularmente suscetível.

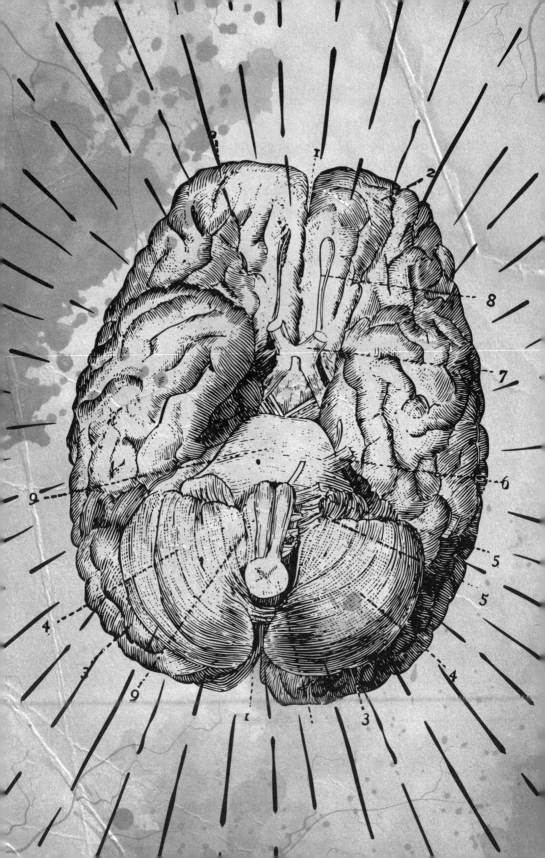

CAPÍTULO XXII

A **VIAGEM CHEGOU AO FIM**. Desembarcamos e seguimos para Paris. Logo descobri que havia abusado de minhas forças e que precisava descansar antes de continuar a jornada. Os cuidados e as atenções de meu pai eram incansáveis, mas ele não sabia a origem do meu sofrimento e buscava métodos errôneos visando remediar uma enfermidade incurável. Ele queria que eu buscasse diversão na sociedade, mas eu abominava o rosto do homem. Ou melhor: não, não abominava. Eles eram meus irmãos, meus semelhantes, e eu me sentia atraído até pelos mais repulsivos entre eles, tanto quanto pelas criaturas de natureza angelical. Porém, sentia que não tinha o direito de interagir com eles. Eu havia libertado entre eles um inimigo cuja alegria era derramar sangue e deleitar-se com os lamentos das vítimas. Como eles me odiariam se soubessem dos meus atos imorais e dos crimes que tinham sua origem em mim!

Meu pai cedeu ao meu desejo de evitar a sociedade e se esforçou por meio de vários argumentos para afastar meu desespero. Às vezes, ele pensava que eu lamentava profundamente a degradação de ter sido obrigado a responder a uma acusação de assassinato, e tentava me provar a futilidade do orgulho.

– Ai, meu pai – eu disse. – Quão pouco você me conhece. Os seres humanos, seus sentimentos e paixões de fato seriam degradados se um desgraçado como eu sentisse orgulho. Justine, a pobre e infeliz Justine, era tão inocente quanto eu e sofreu a mesma acusação; ela morreu por isso, e eu fui a causa; eu a matei. William, Justine e Henry: todos eles morreram pelas minhas mãos.

Durante minha prisão, meu pai me ouvia repetir a mesma afirmação. Quando eu me acusava, ele às vezes parecia desejar explicação, enquanto em outros momentos considerava minhas palavras decorrentes do delírio que, durante a enfermidade, tinha se instaurado em minha imaginação, preservando-se, ainda que dentro da memória, no período da convalescença. Eu evitava explicações e mantinha um silêncio contínuo sobre o desgraçado que criara. Eu mantinha a convicção de que seria considerado louco; e isso já era razão o suficiente para prender minha língua. Ademais, não podia revelar um segredo que encheria meu ouvinte de consternação, convidando o medo e o horror a residir em seu peito. Abri mão, portanto, de minha sede insaciável de simpatia e fiquei em silêncio quando teria dado o mundo para revelar meu segredo fatal. Ainda assim, palavras como aquelas irrompiam incontrolavelmente de mim. Eu não podia oferecer nenhuma explicação sobre elas, mas a verdade é que tais palavras aliviavam em parte o peso do meu sofrimento misterioso.

Nessa ocasião, meu pai disse com uma expressão de ilimitada surpresa:

– Meu querido Victor, que obstinação é essa? Meu filho, peço que nunca mais faça essa afirmação.

– Não estou louco – falei energicamente. – O sol e o céu, que viram meus trabalhos, podem testemunhar a verdade. Sou o assassino das mais inocentes vítimas: elas morreram por minhas maquinações. Mil vezes eu teria derramado meu próprio sangue, gota a gota, para salvar sua vida. Mas eu não podia, meu pai, não podia sacrificar toda a raça humana.

A conclusão desse discurso convenceu meu pai de que minhas faculdades estavam perturbadas, e ele mudou instantaneamente o assunto da conversa a fim de tentar alterar o curso de meus pensamentos. Ele desejava, tanto quanto possível, aniquilar de minha memória as cenas que ocorreram na Irlanda, de modo que nunca aludia a elas ou me pedia para falar de meus infortúnios.

Com o passar do tempo, fiquei mais calmo. A tormenta ainda habitava meu coração, entretanto eu já não falava mais da mesma maneira incoerente sobre meus crimes; ter consciência deles já era o suficiente para mim. Como ato de autoflagelação, reprimi a voz imperiosa da desgraça que às vezes desejava se declarar ao mundo inteiro, e minhas maneiras se tornaram mais calmas e compostas do que jamais haviam sido desde a jornada para o mar de gelo.

Dias antes de deixarmos Paris a caminho da Suíça, recebi a seguinte carta de Elizabeth:

Meu caro amigo,

Foi um grande prazer receber uma carta do meu tio enviada de Paris. Você não está mais a uma distância formidável, e espero vê-lo em menos de duas semanas. Meu pobre primo, imagino o quanto deve ter sofrido! Presumo que o verei ainda mais doente do que quando saiu de Genebra. Foi um inverno muito infeliz, e me senti torturada pelo suspense; no entanto, espero ver a paz em seu semblante e descobrir que seu coração não está totalmente vazio de conforto e tranquilidade.

Temo, no entanto, que os mesmos sentimentos que o deixaram tão descontente há um ano ainda estejam presentes, talvez até piorados pelo tempo. Não o incomodaria nesse período, quando tantos infortúnios pesam sobre você, mas uma conversa que tive com meu tio antes de sua partida requer algumas explicações necessárias antes de nosso encontro.

Explicações! Você deve pensar: o que Elizabeth tem a explicar? Se você realmente acreditar que não há necessidade para tal, minhas perguntas estão respondidas, e minhas dúvidas, satisfeitas. Mas você está distante de mim; é possível que tema e ao mesmo tempo se deleite com o que tenho a dizer. Sendo assim, não ouso mais adiar a escrita daquilo que muitas vezes desejei lhe expressar, mas nunca tive coragem para começar.

Você sabe bem, Victor, que nossa união era o plano favorito de seus pais desde que éramos crianças. Fomos informados disso quando jovens e ensinados a encarar essa união como algo que certamente aconteceria. Fomos colegas afetuosos durante a infância e, creio eu, amigos queridos e valorizados um pelo outro à medida que crescemos. Mas, como irmão e irmã muitas vezes mantêm um afeto grande um pelo outro sem desejar uma união mais íntima, esse também não será o nosso caso? Victor, querido, responda com a verdade: eu lhe questiono, por nossa felicidade mútua: você ama outra?

Você viajou muito e passou vários anos de sua vida em Ingolstadt. Confesso a você, meu amigo, que quando o vi no outono passado, tão infeliz, preferindo a solidão à sociedade, não pude deixar de supor que poderia estar desapontado com nossa conexão, vendo-se atado a uma obrigação que honrava o desejo dos pais, embora eles se opusessem aos seus próprios. Mas essa foi uma falácia. Confesso-lhe, meu amigo, que *amo você e que, nos meus sonhos sobre o futuro, você é meu amigo e companheiro constante. Mas é a sua felicidade que desejo, assim como a minha, quando declaro que nosso casamento me tornaria eternamente infeliz se não fosse ditado por sua livre escolha. Mesmo agora choro ao pensar que, arrebatado pelos mais cruéis infortúnios, você poderia sufocar pela* honra *toda a esperança de amor e felicidade que o pudesse restaurar. Não seria eu, que nutro por você afeição tão grande, a aumentar dez vezes mais seus desgostos ao me tornar obstáculo para suas vontades. Ah, Victor, tenha certeza de que sua prima e companheira mantém um amor sincero demais para não admitir tal hipótese. Seja feliz, meu amigo; e se você me obedecer nesse pedido, esteja certo de que nada na Terra terá o poder de interromper minha tranquilidade.*

Não permita que esta carta o perturbe; não responda amanhã, no dia seguinte ou até você chegar se isso lhe causa dor. Meu tio me enviará notícias de sua saúde e, se eu vir apenas um sorriso nos seus lábios quando nos encontrarmos, ocasionado por este ou qualquer outro esforço meu, não precisarei de outra felicidade.

Elizabeth Lavenza
Genebra, 18 de maio de 17—

A carta reviveu em minha memória a ameaça do demônio: *Estarei com você na sua noite de núpcias.* Essa era a minha sentença, e naquela noite o dæmon empregaria todos os seus esforços para me destruir e tirar de mim o vislumbre de felicidade que prometia consolar em parte meus sofrimentos. Naquela noite, ele consumaria seus crimes com a minha morte. Que assim fosse. Uma luta mortal aconteceria; se ele vencesse, eu estaria em paz e seu poder sobre mim terminaria. Mas, se ele fosse derrotado, eu seria um homem livre. Ah! Que liberdade era aquela? De que um camponês desfruta quando sua família é massacrada diante de seus olhos, sua casa queimada, suas terras devastadas e ele fica à deriva, sem casa, sem dinheiro e sozinho, mas livre? Assim seria a minha liberdade, exceto que nela o tesouro seria Elizabeth. Seria, porém, perseguido até a morte pelos horrores do remorso e da culpa.

Doce e amada Elizabeth! Li e reli sua carta, e sentimentos delicados invadiram meu coração. Ousei sussurrar sonhos paradisíacos de amor e alegria, mas a maçã já estava comida e o braço do anjo arreganhava-se para me afastar de toda esperança. No entanto, eu morreria para fazê-la feliz. Se o monstro cumprisse sua ameaça, a morte era inevitável; logo, ponderei se meu casamento aceleraria tal destino. Minha destruição poderia chegar meses mais cedo, mas, se meu torturador suspeitasse do adiamento em decorrência de suas ameaças, ele certamente encontraria outros meios de vingança – talvez mais terríveis. Ele jurou *estar comigo na minha noite de núpcias*, mas o meio-tempo não representou uma trégua para o demônio; afinal, para me provar que ainda não estava saciado de sangue, ele assassinou Clerval logo após a comunicação de suas ameaças. Decidi, portanto, que se o casamento imediato com minha prima traria felicidade a ela ou a meu pai, os desígnios de meu adversário contra a minha vida não deveriam retardá-lo nem por uma hora.

Nesse estado de espírito, escrevi para Elizabeth. Minha carta era calma e carinhosa. Eu disse:

Receio, minha amada menina, que haja pouca felicidade remanescente para nós na Terra. No entanto, tudo aquilo de que eu venha a desfrutar estará centrado em você. Afaste seus medos ociosos; consagro minha vida e meus esforços de satisfação somente a você. Tenho um segredo, Elizabeth. Um segredo terrível. Quando eu o revelar, você sentirá um profundo horror e, longe de se surpreender com minha tragédia, perguntará a si mesma apenas como sobrevivi por tanto tempo suportando tal fardo. Vou contar-lhe esse relato de infortúnio e terror no dia seguinte ao casamento, pois, minha doce prima, deve haver perfeita confiança entre nós. Mas até lá peço-lhe que não toque no assunto. Imploro sinceramente e sei que você concordará.

Cerca de uma semana após a chegada da carta de Elizabeth, retornamos a Genebra. A doce menina me recebeu com carinho caloroso; no entanto, lágrimas surgiram em seus olhos quando viu meu corpo emaciado e minhas bochechas febris. Percebi uma mudança nela também: estava mais magra e havia perdido grande parte da vivacidade celestial que antes me encantara, no entanto, sua gentileza e olhar suave de compaixão a tornavam a companheira mais apta para alguém maldito e desgraçado como eu.

A tranquilidade da qual desfrutava agora não perdurou. A memória trouxe consigo loucura e, quando pensei no que havia se passado, uma verdadeira insanidade me possuiu. Às vezes, ficava furioso e queimava de raiva; outras vezes, via-me triste e desanimado. Não falava nem olhava para ninguém, apenas ficava imóvel, perplexo com a infinidade de tormentos que haviam me vencido.

Só Elizabeth tinha o poder de me tirar dessas crises. Sua voz suave me acalmava quando estava movido pela paixão e me inspirava com sentimentos humanos quando afundava em torpor. Ela chorava comigo e por mim. Quando a razão retornava, ela me advertia e tentava me infundir a resignação. Ah! O infeliz tinha a opção de se resignar, mas para os culpados não havia paz. As agonias do remorso podiam envenenar qualquer tentativa de satisfazer o excesso de tristeza.

Logo após minha chegada, meu pai me abordou para falar sobre o casamento com Elizabeth. Permaneci quieto.

– Então você tem um outro amor?

– Nenhum outro. Amo Elizabeth e aguardo com alegria a nossa união. Permita que a data seja marcada, e eu me consagrarei, na vida ou na morte, à felicidade de minha prima.

– Meu caro Victor, não fale assim. Fortes infortúnios nos atingiram, mas vamos nos apegar mais ao que resta e transferir o amor por aqueles que perdemos a quem ainda vive. Nosso círculo será pequeno, mas unido pelos laços de afeição e também desventura mútua. Quando o tempo suavizar seu desespero, novos e queridos entes nascerão para substituir aqueles do qual fomos tão cruelmente privados.

Essas foram as lições do meu pai. Para mim, porém, a lembrança da ameaça retornava. Onipotente como o demônio fora até então em suas ações sanguinárias, eu quase o considerava invencível. Quando ele pronunciou as palavras "estarei com você na sua noite de núpcias", considerei meu destino irremediavelmente determinado. Mas, se comparada à perda de Elizabeth, a morte não era nada para mim. Portanto, com uma tez contente, concordei com meu pai que, se minha prima aprovasse, a cerimônia ocorreria em dez dias. Assim, como eu imaginava, selei meu destino.

Meu Deus! Se por um instante eu tivesse ideia de qual era a intenção infernal do meu adversário diabólico, teria me banido para sempre do meu país natal e vagado como um pária sem amigos pela Terra em vez de consentir com aquele casamento desafortunado. Mas, como se dotado de poderes mágicos, o monstro me cegou para suas reais intenções e, quando pensei que providenciara apenas minha própria morte, apressei a de uma vítima muito mais querida.

Ante a aproximação do período estabelecido para o casamento, seja por covardia ou sentimento profético, senti meu coração afundar em meu interior. Contudo, escondia meus sentimentos com aparência de hilaridade, que suscitava sorrisos e alegria ao semblante de meu pai, mas dificilmente enganava o olhar sempre atento e agradável de Elizabeth. Ela ansiava por nossa união com satisfação plácida, mas não livre de um pouco do medo que as adversidades anteriores deixaram como rastro, causando a sensação de que a felicidade certa e tangível poderia logo se dissipar em um sonho vazio que não deixaria vestígios além de um pesar profundo e eterno.

Os preparativos foram arranjados para o evento, visitas de congratulações foram recebidas e todos apresentavam uma expressão sorridente. Calei a ansiedade que me assolava o melhor que pude no próprio coração, e participei dos planos de meu pai com seriedade simulada, embora eles só pudessem servir como decoração à minha tragédia. Pelos esforços de meu pai, parte da herança de Elizabeth lhe fora restaurada pelo governo austríaco. Uma pequena posse às margens do lago de Como pertencia a ela. Ficou combinado que, após a nossa união, deveríamos seguir para Villa Lavenza e passar os primeiros dias de felicidade junto ao belo lago.

Nesse ínterim, tomei todas as precauções visando defender minha pessoa caso o demônio me atacasse abertamente. Tornou-se comum eu deter a posse de pistolas e de uma adaga, em vigília constante para evitar artifícios. Tais meios me garantiram maior grau de tranquilidade. De fato, à medida que o período se aproximava, a ameaça se assemelhava mais a uma ilusão quase indigna de perturbar minha paz, ao passo que a felicidade depositada por mim em meu casamento exibia aparência maior de certeza, bem como sua própria concretização – um acontecimento que nada se encontrava apto a impedir.

Elizabeth parecia feliz; meu comportamento tranquilo contribuiu muito para lhe acalmar a mente. Todavia, no dia destinado a cumprir nossos desejos e meu destino, ela estava melancólica. Um pressentimento malévolo a invadira, possivelmente instigado pelo terrível segredo que eu havia prometido lhe revelar no dia subsequente. Meu pai, por sua vez, estava muito feliz e, na agitação dos preparativos, só identificou na melancolia da sobrinha o acanhamento natural de uma noiva.

Ao fim da cerimônia, uma notável festa nos aguardava na casa de meu pai; ficou acordado que Elizabeth e eu começaríamos nossa viagem pelas águas, dormindo naquela noite em Evian e continuando a viagem no dia seguinte. O dia estava bom, o vento favorável e tudo sorria durante nossa jornada nupcial.

Foram os últimos momentos da minha vida em que desfrutei do sentimento de felicidade. Viajávamos ligeiramente: o sol estava quente, mas éramos protegidos de seus raios por uma espécie de marquise enquanto apreciávamos a beleza da paisagem. De um lado do lago, víamos o Mont Salève, as agradáveis margens do Montalègre e, à distância, superando todos, o belo Mont Blanc e a assembleia de montanhas nevadas que, em vão, tentavam imitá-lo. Às vezes, costeando as margens contrárias, víamos o poderoso Jura opondo seu lado sombrio como uma barreira capaz de desencorajar qualquer invasor.

Peguei a mão de Elizabeth.

– Você está triste, meu amor. Ah! Se soubesse o quanto sofri e o que ainda devo suportar, se esforçaria para me deixar saborear a calma e a liberdade que ao menos este dia me permite desfrutar.

– Seja feliz, meu caro Victor – respondeu Elizabeth. – Espero que não haja nada para incomodá-lo; e esteja certo de que, se a alegria não está expressa em meu rosto, certamente está em meu coração. Algo me diz para não confiar muito na perspectiva que nos é apresentada, mas não darei ouvidos a tal voz sinistra. Observe o quão rápido nos movemos e como as nuvens, que às vezes obscurecem e às vezes se elevam acima da cúpula do Mont Blanc, tornam essa paisagem de beleza ainda mais interessante. Veja também os inúmeros peixes que nadam nas águas límpidas, em que podemos distinguir todas as pedras que jazem no fundo. Que dia divino! Como toda a natureza parece feliz e serena!

Assim, Elizabeth procurou desviar seus pensamentos e os meus de toda reflexão sobre assuntos melancólicos. Mas seu temperamento estava oscilando; a alegria brilhava em seus olhos por instantes, mas de maneira contínua dava lugar à distração e aos devaneios.

O sol, enfim, se pusera. Passamos pelo rio Drance e observamos seu curso em meio aos abismos dos montes distantes e dos vales das colinas mais baixas. Os Alpes nesse ponto se aproximavam do lago, e ficamos próximos ao anfiteatro de montanhas que formavam sua fronteira oriental. O campanário de Evian reluzia entre os bosques que o cercavam, bem como se destacava entre os montes.

O vento, que até então nos transportara com rapidez incrível, diminuiu ao pôr do sol até tornar-se uma brisa leve; o ar suave sacudiu a água e causou um movimento agradável entre as árvores quando nos aproximamos da costa, que emanava o mais delicioso perfume de flores e feno. O sol desceu no horizonte quando desembarcamos e, ao pisar nas margens, senti o retorno dos medos que logo me abraçariam e se agarrariam a mim para sempre.

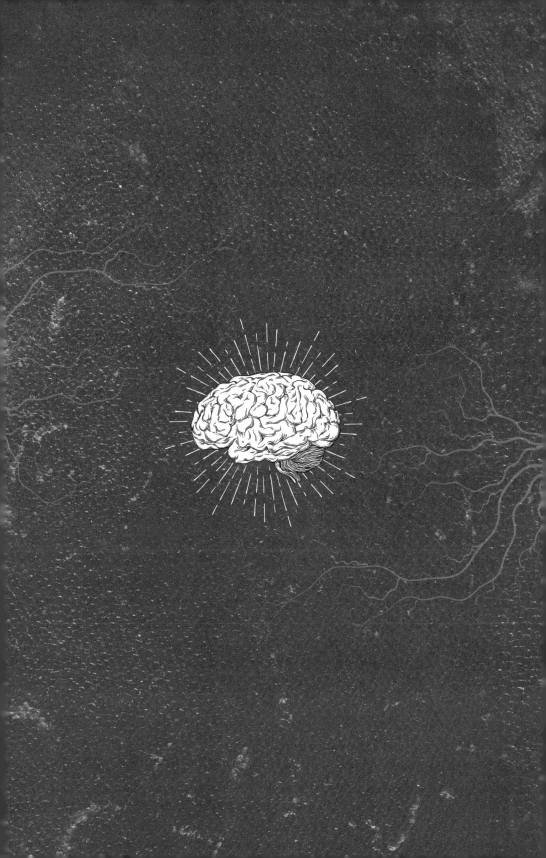

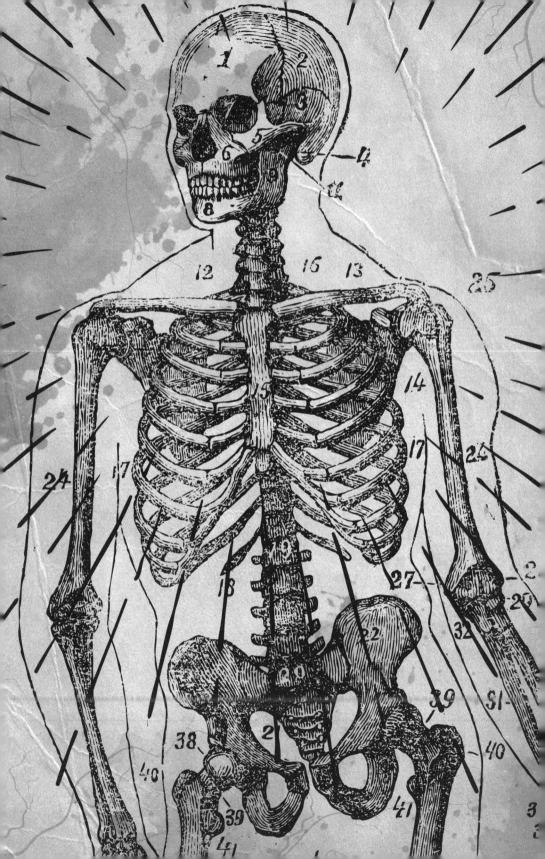

CAPÍTULO XXIII

ERAM OITO HORAS quando desembarcamos. Andamos por um curto período pela praia, apreciando a luz transitória antes de nos retirarmos para a pousada, de onde contemplamos a adorável paisagem de águas, montanhas e bosques sombreados pela escuridão, mas cujos contornos pretos permaneciam à mostra.

O vento, que cessara no sul, passara a aumentar com grande violência no oeste. A lua alcançara seu cume no céu e começava a descer; as nuvens encobriram-na mais rapidamente do que o voo do abutre e diminuíram sua luminosidade, enquanto o lago refletia a cena dos céus movimentados com ondas igualmente inquietas que se punham a subir. De repente, uma forte tempestade desabou.

Eu havia ficado calmo durante o dia, mas, tão logo a noite obscureceu as formas dos objetos, mil medos surgiram em minha mente. Eu estava ansioso e vigilante, e minha mão direita segurava uma pistola escondida no peito. Todo som me apavorava, contudo estava decidido a lutar, sem me afastar do conflito até que minha própria vida, ou a de meu adversário, fosse extinta.

Elizabeth, imersa em silêncio tímido e medroso, observou minha agitação por determinado tempo. Havia algo em meu olhar que lhe comunicava terror e, tremendo, ela perguntou:

– O que o agita, meu querido Victor? O que você teme?

– Ah! Tenha calma, meu amor – respondi. – Depois desta noite, tudo ficará bem. Mas esta noite é terrível, muito terrível.

Passei uma hora no referido estado de espírito, quando de súbito refleti o quão horrendo seria para minha esposa o combate que eu esperava. Implorei sinceramente que ela se recolhesse, decidido a não me juntar a ela até obter informações sobre a contingência do meu inimigo.

Ela me deixou e continuei por um tempo subindo e descendo as passagens da casa, inspecionando todos os cantos que pudessem dar refúgio ao meu adversário. Porém, não descobri qualquer vestígio dele e estava começando a supor que dado acaso afortunado intervira em busca de impedir a execução de suas ameaças. Então, de repente, ouvi um grito estridente e terrível. Ele viera do quarto em que Elizabeth se encontrava. Ao ouvi-lo, toda a verdade surgiu à minha mente; meus braços amoleceram e o movimento de cada músculo e fibra foi suspenso. Eu podia sentir o sangue escorrendo em minhas veias e formigando nas extremidades dos meus membros. Esse estado durou apenas um instante; o grito foi repetido e corri para o quarto.

Meu Deus! Por que não morri naquele instante? Por que sobrevivi para relatar a destruição da minha maior esperança e a mais pura criatura da Terra? Ela estava lá, sem vida, jogada sobre a cama com a cabeça pendurada e as feições pálidas e distorcidas, meio cobertas pelos cabelos. Em todos os lugares que viro, enxergo a mesma imagem: seus braços sem sangue e sua forma relaxada na cama nupcial que se tornara seu esquife. Como poderia sobreviver a isso? Ai! A vida é obstinada e se apega com mais força onde é mais odiada. Por um só momento, perdi os sentidos, caindo no chão desfalecido.

Quando me recuperei, vi-me cercado pelas pessoas da estalagem; seus semblantes expressavam um horror sem fôlego. Mas o horror dos demais parecia apenas uma zombaria perto dos sentimentos que me oprimiam. Escapei para a sala onde jazia o corpo de Elizabeth, meu amor, minha esposa, tão querida, digna e que vivera tão pouco. Ela já não apresentava a mesma posição em que a encontrara; agora, sua cabeça se apoiava em um braço e um lenço cobria seu rosto e pescoço. Parecia adormecida. Corri em direção a ela e a abracei com ardor; mas o langor mortal e a frieza dos membros me informaram que o que eu agora segurava em meus braços deixara de ser a Elizabeth a quem amava. A marca assassina do demônio estava em seu pescoço, e a respiração deixou de ser expelida seus lábios.

Eu ainda pairava sobre ela na agonia do desespero quando olhei para cima por acaso. As janelas da sala estavam escurecidas e senti uma espécie de pânico ao notar a luz pálida e amarela da lua iluminando a câmara. As persianas estavam jogadas para trás e, com uma sensação de horror impossível de descrever, avistei na janela aberta a figura mais hedionda e abominável. Um sorriso estampava o rosto do monstro; ele parecia zombar, pois com o dedo diabólico apontava para o cadáver da minha esposa. Corri em direção à janela e, puxando uma pistola do peito, atirei; ele, por sua vez, saltou e, correndo com a rapidez de um raio, mergulhou no lago.

O barulho da pistola atraiu uma multidão para o quarto. Apontei para o local onde ele havia desaparecido e seguimos a trilha com barcos; lançaram redes, mas em vão. Depois de múltiplas horas, voltamos sem esperança. A maioria dos meus companheiros acreditava que o fugitivo era obra da minha imaginação. Depois do desembarque, eles passaram a vasculhar toda a região, partindo em direções variadas entre os bosques e videiras.

Tentei acompanhá-los e me afastei a uma curta distância da casa; porém, minha cabeça girava e meus passos eram como os de um homem bêbado. Finalmente, caí em estado de exaustão total; uma névoa cobriu meus olhos e minha pele ficou seca com o calor da febre. Nesse estado, fui levado de volta e colocado em uma cama, quase inconsciente do que havia acontecido; meus olhos vagavam pela sala, como se procurassem algo que eu havia perdido.

Depois de um intervalo, levantei-me e, como que por instinto, rastejei para a sala onde estava o cadáver da minha amada. Havia mulheres chorando por ali, e eu me juntei ao lamento delas enquanto me debruçava sobre o corpo de Elizabeth. Durante todo esse tempo, nenhuma ideia distinta se apresentou à minha mente; meus pensamentos divagavam sobre vários assuntos, refletindo de maneira confusa sobre meus infortúnios e suas causas. Fiquei atônito em uma nuvem de espanto e horror.

A morte de William, a execução de Justine, o assassinato de Clerval e, por fim, a aniquilação de minha esposa. Mesmo naquele momento, não sabia se meus únicos amigos remanescentes estavam a salvo da malignidade do demônio; meu pai, naquele mesmo instante, poderia estar se contorcendo sob suas garras enquanto Ernest jazia morto aos seus pés. A ideia me fez estremecer e me convocou para a ação. Decidi, portanto, regressar a Genebra com toda a velocidade possível.

Não havia cavalos para serem alugados e eu precisava retornar pelo lago, mas o vento era inclemente e a chuva era torrencial. No entanto, a manhã ainda não se fizera e eu esperava chegar razoavelmente à noite. Contratei homens para remar e eu mesmo peguei um remo, pois sempre sentia o alívio do tormento mental durante os exercícios físicos. Mas a desgraça transbordante que agora sentia e o excesso de agitação que me acometeu tornaram-me incapaz de qualquer esforço. Atirei o remo para longe e, apoiando a cabeça nas mãos, abri caminho para todas as ideias sombrias que surgiram. Quando olhava para cima, vislumbrava paisagens que me eram familiares aos momentos mais felizes do dia anterior na companhia dela, que agora era apenas uma sombra e uma lembrança. Lágrimas escorreram dos meus olhos. A chuva cessou por um momento e vi os peixes brincarem nas águas, como haviam feito horas antes enquanto eram observados por Elizabeth. Nada podia ser mais doloroso para a mente humana do que uma mudança massiva e repentina. O sol podia brilhar ou as nuvens podiam descer, mas nada conseguia ser igual ao dia anterior. Um demônio arrancara de mim toda esperança de felicidade futura. Nenhuma criatura jamais fora tão infeliz quanto eu, e nenhum evento na história do homem fora tão assustador.

Mas por que devo me debruçar sobre os incidentes que se seguiram a esse último evento avassalador? A minha história tem sido uma história de horrores; cheguei ao seu auge, e o que devo relatar agora pode lhe soar tedioso. Saiba que, um por um, meus amigos foram arrebatados. Fiquei desolado. Minha própria força está exausta e devo relatar, em poucas palavras, o que resta da minha hedionda narrativa.

Cheguei a Genebra. Meu pai e Ernest continuavam vivos, mas o primeiro sucumbiu às notícias que eu carregava. Eu o vejo agora, velho excelente e venerável! Seus olhos vagavam ao léu, pois haviam perdido o encanto e o deleite – sua Elizabeth, sua mais do que filha, a quem se dedicou com todo o carinho que um homem poderia sentir, em particular no declínio da vida, quando o ser humano tende a se apegar ainda mais a quem resta. Amaldiçoado seja o demônio que trouxe desastre aos seus cabelos grisalhos e o condenou a viver em calamidade! Ele não podia suportar os horrores que se acumulavam ao seu redor, e suas fontes de existência de repente cederam. Ele não conseguiu se levantar mais da cama e, em poucos dias, morreu em meus braços.

O que foi feito de mim? Não sei. Perdi as sensações e via apenas grilhões e trevas à minha volta. Às vezes, de fato sonhava vagar por prados floridos e vales agradáveis com os amigos da minha juventude; mas acordava e me via em uma masmorra. A melancolia permaneceu, mas aos poucos desenvolvi uma concepção clara de minha situação e fui libertado de minha prisão. Fui chamado de louco e, durante muitos meses, conforme compreendi, a cela solitária foi minha habitação.

A liberdade, no entanto, tinha sido um presente inútil para mim se eu não tivesse despertado para a razão e, ao mesmo tempo, para a vingança. À medida que a lembrança de infortúnios passados me pressionava, começava a refletir sobre a causa deles – o monstro que eu havia criado, o dæmon miserável que havia enviado ao mundo para a minha destruição. Fiquei possuído por uma raiva enlouquecedora quando pensei nele, e desejei fervorosamente que ele estivesse ao meu alcance para cravar a vingança sobre sua cabeça amaldiçoada.

Meu ódio, no entanto, não se limitou a esse desejo. Comecei a refletir sobre os melhores meios de capturá-lo e, para esse fim, cerca de um mês após a minha libertação, compareci perante um juiz criminal da cidade e lhe disse que tinha uma acusação a fazer.

Afirmei que eu conhecia o destruidor da minha família; e exigi que ele exercesse toda sua autoridade para a apreensão do assassino.

O magistrado me ouviu com atenção e bondade.

– Tenha certeza, senhor – disse ele – de que nenhuma dor ou esforço de minha parte será poupado para descobrir o criminoso.

– Agradeço – retorqui. – Ouça, portanto, o depoimento que tenho a fazer. É de fato uma história estranha, e deveria temer que o senhor não acreditasse nela se não fossem pelas circunstâncias que provam sua veracidade. Ademais, a história é muito coesa para ser confundida com um sonho, e não tenho motivo para falsidade.

Dirigi-me a ele de maneira imponente, mas calma; eu estava decidido a perseguir meu destruidor até a morte, e diante desse propósito acalmava minha agonia e me reconciliava por momentos com a vida. Relatei, então, minha história; fui breve, mas firme e preciso, apontando as datas com exatidão e evitando contradições.

A princípio, o magistrado pareceu perfeitamente incrédulo, mas, conforme eu continuava, ele se tornou mais atento e interessado; em certos momentos, eu o vi estremecer de horror; em outros, captava uma surpresa autêntica em seu semblante.

Quando terminei minha narração, disse:

– Este é o ser a quem acuso e por cuja apreensão e punição exorto você a exercer todo o seu poder. É seu dever como magistrado, e espero que seus sentimentos como homem não se revoltem com a execução dessas funções.

Minha fala causou uma mudança considerável na fisionomia de meu auditor. Ele ouvira minha história com aquele tipo de crença dispensada a uma história de espíritos e eventos sobrenaturais; porém, quando fora convocado a agir, toda a maré de sua incredulidade retornou. Ele, no entanto, respondeu de forma amena.

– Eu de bom grado lhe daria todo auxílio em sua busca, mas a criatura a qual você se refere parece ter poderes que colocariam todos os meus esforços em xeque. Quem é capaz de seguir um animal que pode atravessar o mar de gelo e habitar cavernas e covas que ninguém se atreveria a invadir? Além disso, meses se passaram desde a prática de seus crimes, e ninguém pode conjecturar onde ele vagou ou em que região pode estar agora.

– Não duvido que ele esteja perto do local em que habito. E, se ele se refugiou nos Alpes, pode ser caçado como o antílope e destruído tal qual um predador. Mas percebo seus pensamentos: você não dá crédito à minha narrativa e não pretende perseguir meu inimigo para aplicar-lhe a punição que merece.

Enquanto eu falava, a raiva brilhava nos meus olhos, o que intimidou o magistrado.

– Você está enganado – disse ele. – Eu me esforçarei e, se estiver ao meu alcance apreender o monstro, tenha certeza de que ele sofrerá uma punição proporcional aos seus crimes. Só temo, pela descrição de seus atributos, que isso seja impraticável. Portanto, embora possa te assegurar de que adotarei as medidas necessárias, você deve se preparar para a decepção.

– Essa não é uma escolha, mas tudo o que disser será de pouca utilidade. Minha vingança não importa para você e, ainda que reconheça nela um vício, confesso que é a única paixão da minha alma. Minha raiva é indescritível quando penso que o assassino, a quem libertei entre os homens, ainda existe. Você recusa minha exigência justa, de modo que precisarei dedicar-me sozinho à sua destruição.

Tremi com o excesso de agitação ao comunicar tais palavras. Havia um frenesi em minhas maneiras, e algo da altiva ferocidade que se atribuía aos mártires da Antiguidade. Mas, para um magistrado de Genebra, cuja mente estava ocupada por outras ideias além das de devoção e heroísmo, essa elevação da mente tinha a aparência de loucura. Ele se esforçou para me acalmar como uma enfermeira em relação a uma criança e tomou meu relato como efeito do delírio.

– Homem! – exclamei. – Quão ignorante você é em sua pretensa sabedoria! Silêncio, pois não sabe o que diz.

Saí do local zangado e perturbado e me retirei para meditar sobre outro meio de ação.

CAPÍTULO XXIV

MINHA SITUAÇÃO ATUAL era aquela em que todo pensamento voluntário era engolido e perdido. Fui apressado pela fúria. Somente a vingança me dava força e compostura, o que moldou meus sentimentos e me permitiu ser calculista e calmo em períodos em que, de outra forma, teria sido levado ao delírio ou à morte.

A primeira decisão foi abandonar Genebra para sempre; meu país, que me era querido quando eu era feliz e amado, agora, na adversidade, tornara-se odioso. Abasteci-me com uma soma em dinheiro, juntamente a algumas joias que pertenceram à minha mãe, e parti.

E assim começaram minhas peregrinações, que só deverão cessar com a morte. Atravessei vasta porção da Terra e suportei todas as dificuldades que os viajantes, nos desertos e países bárbaros, costumam enfrentar. Vivi muito mal; muitas vezes, estendi meus membros defasados na planície arenosa e pedi, em oração, pela morte.

Mas a vingança me manteve vivo; não ousei morrer para deixar o meu adversário no mundo.

Quando saí de Genebra, minha primeira tarefa foi obter uma pista a partir da qual eu talvez poderia traçar os passos do meu inimigo diabólico. Mas o plano era irregular e vaguei muitas horas pelos limites da cidade sem saber qual caminho seguir. Ante a aproximação da noite, vi-me na entrada do cemitério onde William, Elizabeth e meu pai repousavam. Entrei e me aproximei da tumba que marcava suas sepulturas. Tudo estava em silêncio, exceto pelas folhas das árvores, suavemente agitadas pelo vento. A noite estava quase escura e a cena teria sido solene até mesmo para um observador desinteressado. Os espíritos dos que partiam pareciam voar e projetar uma sombra que era sentida, mas não vista, ao redor da cabeça do enlutado.

O pesar profundo que o momento provocou-me, a princípio, rapidamente deu lugar à raiva e ao desespero. Eles estavam mortos, e eu vivia; o assassino deles também estava vivo e, para destruí-lo, eu precisava arrastar meu corpo cansado pelo mundo. Ajoelhei-me na grama, beijei a terra e, com os lábios trêmulos, exclamei:

– Pela terra sagrada em que me ajoelho, pelas sombras que vagam perto de mim, pelo luto perpétuo e imenso que sinto, juro, e por você, ó Noite, e os espíritos que lhe presidem: irei perseguir o dæmon que causou esse infortúnio até que um de nós pereça em conflito mortal. Para esse fim, preservarei minha vida; para executar essa cara vingança, contemplarei novamente o sol e pisarei na pastagem verde da terra, que de outro modo desapareceria dos meus olhos para sempre. E eu os chamo, espíritos dos mortos, e a vocês, ministros errantes da vingança, para me ajudar e conduzir o meu trabalho. Que o monstro amaldiçoado e infernal sorva profundamente da agonia e sinta o desespero que me atormenta.

Eu começara minha adulação com tamanhos solenidade e espanto que quase fui assegurado de que as sombras dos meus amigos assassinados podiam ouvir e aprovar minha devoção. Mas a fúria me possuía quando concluí, e a raiva sufocou minha expressão.

Fui respondido em meio à quietude da noite por uma risada alta e diabólica. Ela soou aos meus ouvidos de modo longo e pesado; as montanhas a ecoaram, e senti como se todo o inferno me cercasse de zombaria e risadas. Naquele momento eu deveria ter sido tomado pelo frenesi e destruído minha existência desgraçada, mas minha promessa fora ouvida e eu estava destinado à vingança. O riso morreu quando uma voz conhecida e abominável, aparentemente perto do meu ouvido, dirigiu-se a mim em um sussurro audível:

– Estou satisfeito, desventurado maldito! Você decidiu viver, e estou satisfeito.

Corri para o ponto de origem do som, mas o diabo escapou do meu alcance. De repente, o amplo círculo da lua surgiu e iluminou sua forma horrenda e distorcida enquanto ele fugia em meio a uma velocidade mortal.

Eu o persegui, e por muitos meses essa tem sido minha tarefa. Guiado por uma pequena pista, segui pelos meandros do Ródano, mas em vão. Cheguei ao Mediterrâneo e, por um estranho acaso, vislumbrei o demônio caminhar à noite e se esconder em uma embarcação com destino ao mar Negro. Comprei uma passagem no mesmo navio, contudo ele conseguiu escapar de alguma maneira.

Entre as terras selvagens da Tartária e da Rússia, embora ele ainda me escapasse, nunca perdi sua trilha. Às vezes, os camponeses, assustados com a horrível aparição, informavam-me acerca de seu caminho; outras vezes ele próprio, que temia minha aflição e morte caso perdesse seu rastro, deixava uma marca a fim de me guiar. A neve descia sobre minha cabeça e eu enxergava suas pegadas enormes na planície branca. Para você, que mal começou a vida, a quem a inquietação é algo novo e a agonia é desconhecida, como pode entender o que senti e ainda sinto? O frio, a fome e o cansaço eram as menores dores que eu estava destinado a suportar; fui amaldiçoado por um demônio e carreguei comigo o meu próprio inferno. Ainda assim, um espírito do bem seguiu e dirigiu meus passos. Quando mais precisei, ele me livrou de dificuldades aparentemente intransponíveis. Às vezes, quando a natureza, vencida pela fome, afundava sob a exaustão, uma refeição era preparada para mim no deserto, que me restaurava e animava. O alimento era, na verdade, grosseiro, como aquele que os camponeses do país comiam, mas não duvido que tenha sido colocado pelos espíritos que eu invocara para me ajudar. Muitas vezes, quando tudo estava seco, sem nuvens e eu desidratado pela sede, uma leve nuvem cobria o céu e derramava as poucas gotas que me reviviam para, então, desaparecer.

Eu seguia, quando possível, o curso dos rios. Entretanto, em geral o dæmon os evitava, pois era onde a população do país mais se reunia. Em outros lugares, os seres humanos raramente eram vistos; e eu em geral subsistia com animais selvagens que cruzavam meu caminho. Eu trazia dinheiro comigo e ganhava a amizade dos aldeões ao distribuí-lo, bem como lhes dava parte da minha caça quando era agraciado com fogo e utensílios para cozinhar.

Minha vida, como se seguiu, fora realmente odiosa, e era apenas durante o sono que eu podia me regozijar. Oh, sono abençoado! Muitas vezes, quando me sentia completamente atribulado, deitava-me para descansar ao passo que meus sonhos me embalavam até o êxtase. Os espíritos que me protegiam haviam proporcionado esses momentos, ou melhor, horas de júbilo, a fim de que eu pudesse reter forças para completar minha peregrinação. Privado desses momentos, eu teria afundado sob minhas dificuldades. Durante o dia, era sustentado e inspirado pela esperança da noite, pois durante o sono via meus amigos, minha esposa e meu país amado. Encontrava também o semblante benevolente de meu pai, os tons prateados da voz de minha Elizabeth e Clerval desfrutando de saúde e juventude. Com frequência, quando cansado de uma marcha cansativa, eu me convencia de que estava sonhando até a noite chegar, em que poderia desfrutar da visão dos meus queridos amigos. Que carinho agonizante eu sentia por eles! Como me apeguei às suas formas queridas, pois às vezes eles assombravam até minhas horas de vigília e me convenciam de que permaneciam vivos! Em tais momentos, a vingança que queimava em meu coração se esvanecia, e eu continuava meu caminho rumo à destruição do demônio como se fosse um dever ordenado pelos céus, mais como o impulso mecânico de algum poder acerca do qual eu não tinha consciência do que pelo desejo fervoroso da minha alma.

Não sei determinar quais eram os sentimentos daquele a quem perseguia. Às vezes, de fato, ele deixava mensagens nas cascas das árvores, ou na superfície da pedra, que me guiavam e instigavam minha fúria. "Meu reinado ainda não acabou", dizia uma de suas inscrições. "Você vive e meu poder está completo. Siga-me. Busco o eterno gelo do norte, onde sentirá a atribulação do frio e a geada, com relação aos quais sou impassível. Perto desse lugar você encontrará, se não seguir muito tarde, uma lebre morta. Coma e se revigore. Vamos, inimigo: ainda temos que lutar por nossas vidas. Você deve subsistir a muitas e penosas horas até que esse período chegue."

Diabo zombeteiro! Novamente, juro vingança; novamente o condeno, demônio miserável, à tortura e à morte. Nunca desistirei de minha busca até que um de nós pereça, e então, com que êxtase me juntarei à minha Elizabeth e aos meus amigos que partiram e, mesmo agora, preparam para mim a recompensa pelo meu trabalho tedioso e peregrinação horrível!

Enquanto eu continuava minha jornada para o norte, a neve se tornava mais espessa e o frio aumentava em um grau quase severo demais para suportar. Os camponeses se trancavam em suas choupanas, e apenas os mais resistentes se aventuravam a capturar os animais que a fome forçara a sair de seus esconderijos à procura de presas. Os rios estavam cobertos de gelo e nenhum peixe podia ser pescado; dessa maneira, fui privado do meu principal artigo de consumo.

As minhas dificuldades aumentavam o triunfo do meu inimigo. Uma de suas inscrições dizia: "Prepare-se! Seus esforços apenas começaram. Enrole-se em peles e se abasteça com comida, pois em breve iniciaremos uma jornada em que seus sofrimentos satisfarão meu ódio perpétuo."

Minha coragem e perseverança foram revigoradas por tais palavras de escárnio. Resolvido a não falhar em meu propósito e convocando o Céu para me apoiar, continuei com fervor inabalável a travessia de desertos imensos até que o oceano surgiu à distância e formou o limite máximo do horizonte. Ah, que diferença dos mares azuis do sul! Coberto de gelo, só podia ser distinguido da terra por sua insurgência e protuberâncias distintas. Os gregos choraram de alegria ao contemplar o Mediterrâneo das colinas asiáticas e saudaram com êxtase o término de seus esforços. Não chorei, mas me ajoelhei e, com o coração pesado, agradeci ao espírito-guia por me conduzir em segurança ao lugar onde eu esperava, apesar da chacota do meu adversário, encontrá-lo e lutar contra ele.

Algumas semanas antes do período em questão, eu arranjara um trenó e alguns cachorros e, assim, atravessava a neve com velocidade inconcebível. Não sei se o demônio possuía as mesmas vantagens, no entanto, descobri que, se antes perdia terreno diariamente na busca, agora ganhava. Tanto que, quando avistei o oceano pela primeira vez, ele estava com apenas um dia de vantagem. Esperava, portanto, interceptá-lo antes que ele chegasse às margens. Com a coragem renovada, segui em frente e, em dois dias, alcancei uma aldeia desventurada à beira-mar. Perguntei aos habitantes sobre o demônio e obtive informações precisas: contaram que um monstro gigantesco chegara na noite anterior, munido de um revólver e muitas pistolas, e posto em fuga os habitantes apavorados de uma cabana solitária em virtude de sua aparência terrível. Ele levara o estoque de comida do inverno e, depositando-o em um trenó que confiscara com um grande número de cães treinados, partiu na mesma noite, para a alegria dos aldeões horrorizados. Ele seguiu sua jornada através do mar em uma direção que não levava a terra alguma; conjeturaram que ele deveria ser rapidamente liquidado pela quebra do gelo ou congelado pelas geadas infinitas.

Ao ouvir essas informações, sofri um acesso temporário de desespero. Ele havia me escapado. Eu precisava iniciar uma viagem destrutiva e quase interminável pelas montanhas gélidas do oceano em meio a um frio que poucos habitantes aguentariam por muito tempo, e que eu, natural de um clima ameno e ensolarado, não esperava sobreviver. No entanto, ante a ideia de que o demônio viveria e triunfaria, minha raiva e vingança retornaram e, como uma maré poderosa, dominaram todos os outros sentimentos. Depois de um leve descanso, durante o qual os espíritos dos mortos pairavam ao redor e me instigavam à retaliação, preparei-me para a jornada.

Troquei meu trenó por um mais adequado às adversidades do oceano gelado e, após adquirir estoque abundante de provisões, parti da terra.

Não posso imaginar quantos dias se passaram desde então; só sei que enfrentei tamanha adversidade que nada além do sentimento perpétuo da retribuição justa, que queimava em meu coração, poderia ter me permitido suportar. Montanhas de gelo imensas e acidentadas barravam minha passagem e, muitas vezes, ouvi o trovão do mar, que ameaçava minha destruição. Mas novamente a geada vinha e tornava seguro os caminhos do mar.

Pela quantidade de provisão que consumi, suponho que tenha passado três semanas na referida travessia. Sua prolongação contínua oprimia meu coração, e muitas vezes enxugava lágrimas amargas de desânimo e pesar dos meus olhos. De fato, o desespero quase garantira sua presa, e eu logo teria sucumbido a esse infortúnio. Certa vez, depois de os pobres animais que me transportavam terem, com incrível esforço, atingido o cume de uma montanha de gelo íngreme – o que levou um deles à morte pela exaustão –, vislumbrei a extensão diante de mim com angústia, mas de repente meu olhar percebeu um pontinho escuro sobre a planície escura. Esforcei-me em prol de descobrir de que poderia se tratar e soltei um grito selvagem de êxtase ao distinguir um trenó e as proporções distorcidas de uma forma bem conhecida. Ah, que onda ardente de esperança revisitou meu coração! Lágrimas quentes encheram meus olhos, as quais rapidamente enxuguei para que não interceptassem a visão que eu tinha do dæmon. Ainda assim, minha visão foi obscurecida pelas gotas ardentes, até que, dando vazão às emoções que me oprimiam, chorei em voz alta.

O momento, porém, não permitia demora. Desatrelei o cão morto, dei aos demais uma porção abundante de comida e, depois de uma hora de descanso absolutamente necessária e amargamente penosa para mim, continuei meu caminho. O trenó continuava visível. Não o perdia de vista, exceto nos momentos em que, por um curto período, uma pedra de gelo o ocultava. De fato, eu ganhava proximidade com rapidez e, ao cabo de quase dois dias de viagem, avistei meu inimigo a menos de um quilômetro de distância, o que fez meu coração saltar do peito.

Mas então, quando parecia quase ao alcance do meu adversário, minhas esperanças foram subitamente extintas e perdi seu rastro, como jamais havia acontecido. Ouvi o barulho do mar sob o gelo. O ruído de seu progresso, à medida que as águas rolavam e cresciam abaixo, tornou-se a cada momento mais ameaçador e terrível. Prossegui, mas em vão. O vento surgiu, o mar rugiu e, como no poderoso choque de um terremoto, ele se partiu e estalou com um som tremendo e avassalador. A obra estava consumada: em poucos minutos, um mar tumultuoso atingiu a mim e ao meu inimigo, e fiquei à deriva em um pedaço de gelo que não parava de diminuir, preparando-me para uma morte horrível.

Foram horas tenebrosas. Vários dos meus cães morreram, e eu mesmo estava prestes a afundar sob o acúmulo de angústia quando enxerguei sua embarcação ancorada, o que me ofereceu esperanças de socorro e vida. Eu não fazia ideia de que havia navios se aventurando tão ao norte, e fiquei espantado com a visão. Destruí sem demora parte do meu trenó em busca de criar remos e, com fadiga infinita, movi minha balsa de gelo na direção de sua embarcação. Minha intenção, caso você rumasse para o sul, era me confiar de novo aos mares em vez de abandonar meu objetivo. Eu esperava induzi-lo a me conceder um barco com o qual eu pudesse perseguir meu rival. Mas sua direção era o norte. Você me levou a bordo quando meu vigor estava esgotado, e em breve eu teria sucumbido em minhas dificuldades multiplicadas a uma morte que ainda temo, pois minha tarefa não está cumprida.

Ah! Poderá meu espírito orientador conduzir-me ao dæmon e permitir o descanso que tanto almejo, ou devo morrer para que ele viva? Se isso acontecer, jure para mim, Walton, que ele não irá escapar; que você o procurará e satisfará minha vingança em sua morte. É ousadia pedir-lhe que realize minha peregrinação e suporte as dificuldades pelas quais passei? Claro que sim. Eu não seria tão egoísta. No entanto, se eu morrer e ele aparecer, permita que os ministros da vingança o conduzam e jure que ele não viverá – jure que ele não triunfará sobre minhas desgraças acumuladas e sobreviverá para aumentar sua lista de crimes obscuros. Ele é eloquente e persuasivo; suas palavras já tiveram poder sobre meu coração, mas não confie nele. Sua alma é tão infernal quanto sua forma, repleta de perfídia e malícia demoníaca. Não o ouça. Invoque os nomes de William, Justine, Clerval, Elizabeth, meu pai e o miserável Victor, e enfie sua espada no coração dele. Estarei por perto para guiar o aço.

WALTON, *em continuação.*

26 de agosto de 17—

Ao ler essa história estranha e fantástica, Margaret, não sente seu sangue congelar de horror, como aconteceu comigo? Às vezes, apreendido por uma agonia repentina, ele não conseguia continuar sua história; em outros momentos, sua voz débil, mas ainda penetrante, pronunciava com dificuldade as palavras repletas de angústia. Seus olhos belos e adoráveis estavam agora iluminados com indignação, subjugados à tristeza e às infinitas tribulações. Às vezes, ele dominava seu semblante e sua voz, relatando os incidentes mais horríveis com uma voz tranquila que suprimia toda marca de agitação, então, como vulcão em erupção, seu rosto mudava subitamente para uma expressão da mais selvagem raiva enquanto gritava imprecações contra seu perseguidor.

Sua história é coesa e contada sob a aparência da mais pura verdade. Contudo, confesso a você que as cartas de Félix e Safie, as quais me mostrou, e a aparição do monstro à distância trouxeram-me uma convicção maior acerca da verdade do que suas afirmações, por mais sinceras e coesas que fossem. Um monstro assim realmente existia! Não posso duvidar disso; no entanto, estou inundado de espanto e admiração. Às vezes, tentava obter de Frankenstein os detalhes da formação de sua criatura, mas nesse ponto ele era impenetrável:

"Você está louco, meu amigo?", dizia ele. "Aonde pode levar sua curiosidade sem sentido? Você também criaria para si e para o mundo um inimigo demoníaco? Esqueça! Aprenda com minhas aflições e não procure aumentar a sua."

Frankenstein descobriu que fiz anotações sobre sua história: pediu para vê-las e, em seguida, ele próprio as corrigiu e aumentou em muitos pontos; conferindo sobretudo detalhes às conversas que mantinha com seu inimigo. "Já que você registrou minha história", disse ele, "não gostaria que uma versão mutilada ficasse para a posteridade."

Assim, uma semana se passou, enquanto eu ouvia a mais estranha história jamais concebida pela imaginação. Meus pensamentos e todos os sentimentos da minha alma foram embebedados pelo interesse dedicado a meu convidado, interesse esse incitado por sua história e maneiras gentis. Desejo acalmá-lo; todavia, como posso aconselhar alguém a viver, uma pessoa tão infinitamente infeliz e destituído de toda esperança de consolo? Não é possível! Ele só reencontrará a alegria quando seu espírito despedaçado estiver na paz da morte. Ainda assim, ele desfruta de um consolo que é fruto da solidão e do delírio; ele acredita que, quando sonha com seus amigos, recebendo consolo por suas adversidades ou sendo instigado à vingança, aquelas figuras não são criações de sua fantasia, mas os próprios seres que o visitam das regiões de um mundo remoto. Essa fé confere solenidade a seus devaneios, tornando-os quase tão imponentes e interessantes quanto a verdade.

Nossas conversas nem sempre se limitam à sua própria história e infortúnios. Ele exibe conhecimento ilimitado de todos os pontos da literatura geral, e uma apreensão rápida e penetrante. Sua eloquência é tocante. Quando ele relata um incidente comovente ou discorre sobre as paixões da piedade ou do amor, é impossível ouvi-lo sem derramar lágrimas. Que criatura gloriosa ele deve ter sido nos dias de prosperidade, se é assim nobre e divino na ruína! Ele parece reconhecer seu próprio valor e a grandeza de sua queda.

"Quando eu era mais jovem", disse ele, "acreditava-me destinado a um grande empreendimento. Apesar de minha natureza sentimental, possuía uma frieza de julgamento que me proporcionava realizações ilustres. Esse sentimento do valor da minha natureza me apoiou quando a outros teria sido oprimido, pois eu considerava cri-

minoso desperdiçar em mágoa os talentos que poderiam ser úteis para meus semelhantes. Quando refleti sobre o trabalho concluído, não menos do que a criação de um animal sensível e racional, não consegui me classificar junto ao rebanho de inventores comuns. Mas esse pensamento, que me apoiou no início da carreira, agora servia apenas para me mergulhar na poeira. Todas as minhas conjecturas e esperanças não significavam nada e, como o arcanjo que aspira a onipotência, estou acorrentado a um inferno permanente. Minha imaginação era vívida e meus poderes de análise e aplicação eram intensos; através da união dessas qualidades concebi a ideia e executei a criação de um homem. Mesmo agora, não consigo recordar, sem paixão, dos meus devaneios enquanto o trabalho estava incompleto. Eu pisava nos céus em meus pensamentos, ora exultando meus poderes, ora ardendo com a ideia de seus efeitos. Desde a minha infância, fui imbuído de grandes esperanças e de ambição elevada; mas como afundei desde então! Ah, meu amigo, se soubesse como eu era antes, não me reconheceria nesse estado de degradação. O desânimo raramente visitava meu coração, um destino elevado parecia me aguardar até que caí para nunca, nunca mais me levantar."

Como posso perder esse ser admirável? Eu ansiava por um amigo, procurava alguém que pudesse simpatizar comigo e me amar. Eis que nesses mares desertos encontrei um; todavia, temo que o ganhei apenas para conhecer seu valor e perdê-lo. Eu poderia reconciliá-lo com a vida, mas ele repugna a ideia.

"Agradeço a você, Walton", disse ele, "por suas boas intenções em relação a um desgraçado infeliz, no entanto quando você fala de novos laços e novos afetos, acha que alguém pode substituir aqueles que se foram? Pode alguém ser como Clerval, ou existir outra mulher como Elizabeth? Mesmo que seus afetos não tenham sido fortemente movidos por qualquer excelência superior, os companheiros de nossa infância sempre *possuem certo poder sobre nossas mentes, que dificilmente um amigo tardio pode igualar. Eles conhecem nossas disposições infantis que, por mais modificadas que sejam mais tarde, nunca são erradicadas, bem como podem julgar nossas atitudes com conclusões mais certeiras quanto à integridade de motivos. Uma irmã ou um irmão nunca podem, à exceção de sinais prévios, atribuir um ao outro ações fraudulentas, ao passo que um amigo, por mais forte que seja a amizade, pode ser contemplado com a suspeita. Mas eu desfrutei de amigos, queridos não apenas por hábitos e associações, mas por seus próprios méritos. Onde quer que eu esteja, a voz suave de minha Elizabeth e as palavras de Clerval serão sempre sussurradas em meu ouvido. Eles estão mortos, e apenas um sentimento em tal solidão pode me convencer a preservar minha vida. Se eu estivesse envolvido em qualquer empreendimento ou projeto elevado, repleto de grande utilidade para meus semelhantes, eu poderia viver para cumpri-lo. Mas esse não é o meu destino; devo perseguir e destruir o ser a quem dei existência. Só assim meu dever na Terra será cumprido e eu poderei morrer."*

2 de setembro de 17—

Minha amada irmã,

Escrevo para você cercado de perigos e ignorante quanto à possibilidade de ver novamente a querida Inglaterra e os amigos mais queridos que a habitam. Estou cercado por montanhas de gelo que não admitem escapatória e ameaçam a todo momento esmagar meu navio. Os bravos companheiros, a quem persuadi a se tornarem meus tripulantes, vêm a mim em busca de ajuda, mas não há nada que eu possa fazer. Há algo terrivelmente apavorante em nossa situação, mas minha coragem e esperança não me abandonam. No entanto, é terrível refletir que a vida de todos esses homens esteja em perigo por minha causa. Se perdermo-nos, meus planos loucos serão a causa.

E qual será o seu estado de espírito, Margaret? Você não ouvirá falar da minha destruição e aguardará ansiosamente o meu retorno. Anos se passarão e você terá crises de desespero, ainda torturada pela esperança. Ah, minha amada irmã, a perspectiva de seu coração despedaçado é mais terrível para mim do que a própria morte. Mas você tem um marido e filhos adoráveis, você pode ser feliz. Que os Céus te abençoem e me ouçam!

Meu infeliz hóspede me olha com a mais terna compaixão. Ele se esforça para me encher de esperança, e fala como se a vida fosse um bem que ele valorizasse. Ele me lembra das tantas vezes que as mesmas dificuldades acometeram outros navegadores que passaram por este mar e, a despeito do próprio desânimo, tenta me animar. Até mesmo os marinheiros sentem o poder de sua eloquência: quando ele fala, o desespero deles some. Ele desperta as energias da tripulação que, enquanto ouve sua voz, acredita que essas vastas montanhas de gelo sejam apenas pequeninos montes de toupeira que desaparecerão diante das resoluções do homem. Tais sentimentos, no entanto, são transitórios; cada dia de expectativa os enche de medo, e quase temo que um motim se origine desse desespero.

5 de setembro de 17—

Acabo de presenciar uma cena inusitada. Embora seja altamente provável que esses documentos nunca cheguem até você, ainda assim não posso deixar de registrá-la.

Ainda estamos cercados por montanhas de gelo, em perigo iminente de esmagamento. O frio é excessivo e muitos de meus desventurados companheiros já encontraram sepultura em meio a essa cena de desolação. Frankenstein diariamente regrediu em saúde; um fogo febril ainda brilha em seus olhos, mas ele está exausto e, ao menor esforço, rapidamente se afunda em sua aparente falta de vida.

Mencionei em minha última carta o medo que nutria de um motim. Hoje de manhã, enquanto eu observava o semblante pálido de meu amigo — seus olhos semicerrados e os membros pendendo apáticos —, fui surpreendido por meia dúzia de marinheiros que exigiram falar comigo. Eles entraram na cabine e o líder se dirigiu a mim, argumentando que aquele grupo havia sido escolhido pelos outros marinheiros para me fazer uma requisição que, em justiça, eu não podia recusar. Estávamos imersos no gelo e provavelmente nunca iríamos escapar, mas eles temiam que o gelo ainda pudesse se dissipar e abrir uma passagem que me permitiria dar continuidade à jornada, levando-os a novos perigos depois da superação daquele. Eles insistiam, portanto, que eu fizesse uma promessa solene de que, se a embarcação fosse libertada, eu imediatamente direcionaria meu curso para o sul.

Tal pronunciamento me incomodou. Eu não havia me desesperado, tampouco concebido a ideia de voltar, se libertado. No entanto, como eu poderia, em justiça ou mesmo em possibilidade, recusar essa demanda? Hesitei antes de responder, ao que Frankenstein, que inicialmente se calara e parecia não ter força suficiente sequer para escutar, despertou e, com seus olhos cintilantes e bochechas coradas com o vigor momentâneo, disse aos homens:

"O que vocês querem dizer? O que exigem do seu capitão? Você são tão facilmente desviáveis de seu desígnio? Não chamaram isso de uma expedição gloriosa? E por que ela é gloriosa? Não porque o caminho é suave e tranquilo como um mar do sul, mas porque está cheia de

perigos e terror. A cada novo incidente, a força moral de vocês deveria ser despertada, e a coragem, exibida. O perigo e a morte nos cercam, e são eles que devemos enfrentar e vencer. Isso torna um empreendimento honroso. Mais tarde, vocês serão saudados como benfeitores da espécie, seus nomes serão adorados como pertencentes a homens corajosos que encontraram a morte pela honra e o benefício da humanidade. E agora, eis que, com a primeira imaginação do perigo, ou, se vocês preferirem, a primeira e terrível prova de sua coragem, afastam-se e se contentam em ser vistos como homens que não tiveram força suficiente para suportar o frio e o perigo, como pobres almas friorentas que voltaram para o calor de suas lareiras. Ora, vocês não chegaram tão longe para arrastar seu capitão para a vergonha de uma derrota, provando-se covardes. Sejam homens, ou mais do que homens. Sejam firmes em seus propósitos, firmes como uma rocha. Esse gelo não é feito do mesmo material que seus corações; ele é mutável e não pode resistir a vocês, se assim o determinarem. Não voltem para suas famílias com o estigma da desgraça marcado em suas testas. Voltem como heróis que lutaram e conquistaram, sem saber o que é dar as costas ao inimigo."

Ele falou com uma voz tão modulada à multiplicidade de sentimentos expressos em seu discurso e com um olhar tão pleno de desígnio e heroísmo que você pode imaginar como ele comoveu os homens. Eles se entreolharam e foram incapazes de responder. Pedi-lhes que se retirassem e considerassem o que fora dito, afirmei que não os levaria mais para o norte se assim desejassem, mas que esperaria que, com reflexão, sua coragem retornasse.

Eles se retiraram e eu me virei para meu amigo, mas ele estava afundado na languidez, já quase privado de vida.

Como isso tudo terminará, eu não sei. Mas preferia morrer a voltar vergonhosamente com meu objetivo incompleto. No entanto, temo que tal seja o meu destino; sem o apoio de ideias de glória e honra, os homens nunca poderão continuar de bom grado a suportar suas dificuldades atuais.

7 de setembro de 17—

A sorte está lançada. Consenti em retornar, se não formos destruídos. Minhas esperanças são assim atingidas pela covardia e pela indecisão. Volto ignorante e decepcionado. Suportar esta injustiça com paciência requer mais sabedoria do que tenho.

12 de setembro de 17—

Está tudo acabado. Estou voltando à Inglaterra. Perdi minhas esperanças de utilidade e glória; perdi meu amigo. Mas tentarei detalhar essas amargas circunstâncias para você, querida irmã. E, enquanto flutuo em direção à Inglaterra e em sua direção, não me desanimarei.

No dia 9 de setembro, o gelo começou a se mover e rugidos, tais como trovões, foram ouvidos à distância, enquanto as ilhas se dividiam e rachavam em todas as direções. Estávamos no perigo mais iminente, mas, como só podíamos permanecer passivos, minha atenção se concentrou no meu infeliz hóspede, cuja doença piorou de tal forma que o confinou à cama. O gelo se rompeu atrás de nós e foi empurrado com força em direção ao norte; uma brisa brotou do oeste e, no dia 11, a passagem para o sul tornou-se perfeitamente livre. Quando os marinheiros perceberam que o retorno ao país de origem estava aparentemente garantido, irromperam em gritos de alegria altos e prolongados. Frankenstein, que estava cochilando, acordou e perguntou a causa do tumulto. "Eles gritam", eu disse, "porque em breve retornarão à Inglaterra."

"Você realmente voltará?"

"Sim. Não posso suportar as demandas deles. Não posso levá-los a contragosto ao perigo. Devo retornar."

"Faça-o, se assim quiser, mas não irei. Você pode desistir de seu propósito, mas o meu foi designado pelo Céu, e não ouso. Estou fraco, mas certamente os espíritos que me ajudam na minha vingança me dotarão de força suficiente." Com essas palavras, Frankenstein tentou saltar da cama, mas o esforço foi demasiado e ele desmaiou.

Muito tempo se passou até que ele acordasse. Por vezes, pensei que sua vida já estivesse completamente extinta. Por fim, Frankenstein abriu os olhos, respirou com dificuldade e não conseguiu falar. O médico de bordo deu-lhe um remédio e ordenou que não o perturbássemos. Nesse ínterim, ele me disse que sem dúvida meu amigo não tinha muitas horas de vida.

Sua sentença fora pronunciada; eu só podia sofrer e ser paciente. Sentei-me na cama dele, observando-o; seus olhos estavam fechados e pensei que ele dormia, contudo, naquele momento, meu amigo me chamou com uma voz fraca e pediu que eu chegasse mais perto. E disse: "Ai! A força que me apoiava se foi. Sinto que morrerei em breve, e ele, meu inimigo e perseguidor, pode ainda estar vivo. Walton, não pense que, nos últimos momentos da minha existência, sinto o ódio ardente e o desejo forte de vingança que uma vez expressei; porém, sinto-me justificado em desejar a morte do meu adversário. Durante os últimos dias, ocupei-me em examinar minha conduta do passado, e não a considero culpável. Em um ataque de loucura entusiástica, criei uma criatura racional e cabia-me, tanto quanto possível, assegurar sua felicidade e bem-estar. Era o meu dever, mas havia outro ainda mais primordial. Tratava-se de um dever para com os seres de minha própria espécie, cujas reivindicações eram maiores porque incluíam proporção maior de alegria ou infortúnios. Instado por essa visão, recusei-me, com razão, a criar uma companheira para a primeira criatura. O demônio demonstrou malignidade e egoísmo incomparáveis: ele destruiu meus amigos e condenou à danação seres que possuíam sensações delicadas, felicidade e sabedoria. Não sei até onde ele pode chegar com tal sede de vingança. Miserável como é, deve morrer para que não cause aflições a mais ninguém. Sua aniquilação era encargo meu, mas falhei. Quando tomado por motivos egoístas e cruéis, pedi-lhe que empreendesse meu trabalho inacabado; renovo esse pedido agora, induzido apenas pela razão e pela virtude.

"No entanto, não posso pedir que você renuncie ao seu país e amigos para cumprir essa tarefa. E, agora que está voltando à Inglaterra, terá poucas chances de se encontrar com ele. Mas a consideração sobre o que disse e seus deveres diante do que considera justo ficam ao seu critério. Meu julgamento e ideias já estão perturbados pela aproximação da morte. Não te peço que faça o que eu acho certo, pois ainda posso ser enganado pela paixão.

"É perturbador pensar que ele pode viver para ser instrumento de malícia; a despeito disso, a hora na qual espero encontrar libertação é a única felicidade de que desfruto em anos. As formas dos amados mortos voam diante de mim. Adeus, Walton! Busque o júbilo na tranquilidade e evite a ambição, mesmo que seja apenas a aparente inocência de querer se distinguir na ciência e nas descobertas. Mas por que digo isso? Eu mesmo fui atingido por tais esperanças, e há quem possa ser bem-sucedido."

Sua voz ficou mais fraca conforme ele falava; e finalmente, exausto por seu esforço, afundou no silêncio. Cerca de meia hora depois, tentou falar outra vez, mas não conseguiu. Ele apertou minha mão com debilidade, e seus olhos se fecharam para sempre enquanto a irradiação de um sorriso gentil passava por seus lábios.

Margaret, que comentário posso fazer sobre a extinção prematura desse espírito glorioso? O que posso dizer que lhe permitirá entender a profundidade de minha tristeza? Tudo o que eu venha a expressar será inadequado e fraco. Minhas lágrimas fluem e minha mente é ofuscada por uma nuvem de decepção. Mas viajo para a Inglaterra e aí poderei encontrar consolo.

Nesse momento, sou interrompido. O que esses sons pressagiam? É meia-noite; a brisa sopra razoavelmente e o relógio no convés mal se mexe. De novo, ouço um som de voz humana, mas rouca; vem da cabine onde ainda estão os restos mortais de Frankenstein. Devo me levantar e verificar. Boa noite, minha irmã.

Meu Deus! Que cena acabou de ocorrer! Ainda estou tonto ante a lembrança. Mal sei se terei o poder de detalhar; no entanto, a história que registrei seria incompleta sem essa catástrofe final e espantosa.

Entrei na cabine onde jaziam os restos de meu amigo atribulado e admirável. Sobre ele pendia uma forma que não consigo encontrar palavras para descrever. Era gigantesco em estatura, mas rude e distorcido nas proporções. Conforme pairava sobre o caixão, seu rosto se escondia por trás dos longos cabelos desgrenhados; sua grande mão, porém, estava à vista e estendida, em cor e textura semelhantes à de uma múmia.

Quando ele percebeu o som da minha aproximação, parou de proferir exclamações de pesar e horror e saltou em direção à janela. Nunca contemplei uma visão tão horrível quanto a de seu rosto horrendo e repugnante. Fechei os olhos involuntariamente e me lembrei quais eram meus deveres em relação a esse destruidor. Então, pedi que ficasse.

Ele parou, olhando para mim com espanto; e, voltando-se novamente para a forma inanimada de seu criador, pareceu esquecer minha presença. Todos os seus traços e gestos pareciam instigados pela mais selvagem fúria de uma paixão incontrolável.

"Essa também é minha vítima!", ele exclamou. "Com seu assassinato, meus crimes são consumados; e a jornada miserável de minha vida se liga ao seu fim! Ah, Frankenstein! Ser generoso e devotado! De que serve agora pedir que me perdoe? Eu o destruí irremediavelmente quando acabei com tudo aquilo por que você nutria afeto. Ai! Agora você está frio e não pode me responder."

Sua voz parecia sufocada. Meus primeiros impulsos, que me sugeriam o dever de obedecer ao pedido moribundo de meu amigo e destruir seu nêmesis, estavam agora suspensos por uma mistura de curiosidade e compaixão. Eu me aproximei desse ser medonho; não ousei, porém, erguer os olhos para seu rosto, pois havia algo assustador e sobrenatural em sua feiura. Tentei falar, mas as palavras morreram nos meus lábios. O monstro continuou a expressar autocensuras selvagens e incoerentes. Por fim, aproveitando uma pausa em seu acesso de paixão, decidi dirigir-me a ele. "Seu arrependimento", eu disse, "agora é supérfluo. Se você tivesse ouvido a voz da consciência e prestado atenção às picadas do remorso antes de insistir em levar sua vingança diabólica a esse extremo, Frankenstein ainda estaria vivo."

"Por acaso", disse o dæmon, "você acha que eu estava imune à agonia e ao remorso? Ele não sofreu na consumação da morte. Ah, não! Não sentiu sequer uma pequena fração da angústia que senti durante o demorado processo de execução. Um egoísmo assustador me impelia, enquanto meu coração era envenenado pelo remorso. Você acha que os gemidos de Clerval foram música para meus ouvidos? Meu coração foi criado para ser suscetível ao amor e simpatia; quando forçado pela miséria ao vício e ao ódio, ele não suportou a violência da mudança sem tortura, algo que você é incapaz de imaginar.

"Após o assassinato de Clerval, voltei para a Suíça com o coração partido. Senti pena de Frankenstein e horror de mim mesmo. Mas então descobri que ele, o autor de minha existência e de meus indizíveis tormentos, ousara ter esperança de felicidade. Descobri que, enquanto eu acumulava aflições e desespero, ele buscava seu próprio prazer em paixões e sentimentos dos quais eu estaria permanentemente privado. Assim, a inveja impotente e a indignação amarga me encheram de uma sede insaciável por vingança. Lembrei de minha ameaça e resolvi que ela deveria ser cumprida. Eu sabia que estava me preparando para uma tortura mortal; porém, eu era o escravo, não o mestre, de um impulso que detestava e, ao mesmo tempo, não podia desobedecer. Quando ela morreu, não fiquei infeliz. Eu havia rejeitado todo sentimento e subjugado toda angústia. A partir de então, o mal se tornou meu bem. Não tive escolha a não ser adaptar minha natureza a algo que eu havia voluntariamente escolhido. A conclusão do meu projeto demoníaco tornou-se uma paixão insaciável. E agora tudo acabou; aqui está minha última vítima!"

A princípio, fiquei comovido com o relato de sua desgraça; no entanto, quando lembrei do que Frankenstein dissera sobre seus poderes de eloquência e persuasão e voltei meus olhos para a forma sem vida de meu amigo, a indignação foi reacendida dentro de mim. "Miserável!", eu disse, "é bom que esteja aqui para lamentar a desolação que causou. Você jogou uma tocha em uma casa e agora que ela está consumida, você se senta entre as ruínas e lamenta a queda. Demônio hipócrita! Se aquele a quem você lamenta a morte ainda vivesse, continuaria a ser a presa de sua vingança amaldiçoada. Não é pena *o que você sente; você apenas lamenta o fato de que a vítima da sua malignidade foi retirada do seu poder."*

"Não é isso!", interrompeu o ser. "Essa é apenas a impressão que minhas ações transmitem. Mas não procuro sentimento de companheirismo na minha miséria. Não posso encontrar qualquer simpatia. Quando a busquei pela primeira vez, foi pelo amor à virtude e aos sentimentos de felicidade e carinho com os quais o meu ser transbordava. Mas agora, tal virtude se tornou para mim uma sombra, e essa felicidade e afeto se transformaram em desespero amargo e repugnante. Por que, então, deveria procurar simpatia? Estou satisfeito em sofrer sozinho. Quando eu morrer, sei que a aversão e a ignomínia irão pesar sobre a minha memória. No passado, nutri sonhos de virtude, fama e deleite. Certa vez, criei a ilusão de que viveria com seres que, perdoando minha forma exterior, me amariam pelas excelentes qualidades que eu era capaz de revelar. Eu me alimentara de pensamentos elevados de honra e devoção. Mas agora o crime degradara a um nível abaixo do animal. Nenhuma culpa, travessura, maldade ou desgraça pode ser comparável às minhas. Quando penso no catálogo pavoroso dos meus pecados, não consigo acreditar que sou a mesma criatura cujos pensamentos já foram cheios de visões sublimes e transcendentes de beleza e bondade. Mas é assim mesmo. O anjo caído se torna um diabo maligno. Porém, mesmo aquele inimigo de Deus e do homem tinha amigos e associados em sua desolação. Eu estou sozinho.

"Você, que chama Frankenstein de seu amigo, parece ter conhecimento dos meus crimes e de seus infortúnios. Mas, nos detalhes que ele lhe deu, não relatou as horas e os meses de tormenta que eu sofri, perdendo tempo com paixões impotentes. Embora destruísse suas esperanças, não satisfazia meus próprios desejos. Eu ainda almejava com fervor o amor e o companheirismo, e ainda era desprezado. Não havia injustiça nisso? Devo ser considerado o único criminoso quando toda a

espécie humana pecou contra mim? Por que você não odeia Félix, que expulsou o amigo de sua casa com insolência? Por que você não execra o homem rústico que tentou destruir o salvador de sua filha? Não, esses são seres virtuosos e imaculados! Eu, junto aos miseráveis e abandonados, sou um aborto cujo destino é ser desprezado, chutado e pisoteado. Mesmo agora meu sangue ferve com a lembrança das injustiças.

"Mas é verdade que sou um miserável. Matei os amados e os indefesos, agarrei até a morte a garganta de inocentes, que nunca machucaram a mim ou qualquer outra coisa viva. Conduzi meu criador, o espécime seleto de tudo o que é digno de afeto e admiração entre os homens, à miséria; persegui-o até sua ruína irremediável. Ali está ele, exibindo a palidez e o frio da morte. Você me odeia, contudo sua aversão não pode ser igual à que sinto por mim mesmo. Observo as mãos que executaram tais ações e penso no coração que as concebeu. Anseio, portanto, pelo momento em que essas mãos encontrarão meus olhos e eu não seja mais assombrado pelos referidos pensamentos.

"Não tema que eu seja o instrumento de maldades futuras. Meu trabalho está quase completo. Nem a sua morte ou a de qualquer outro homem é mais necessária. Só resta consumar meu destino. Não pense que demorarei a realizar esse sacrifício, deixarei seu barco na balsa de gelo que me trouxe até aqui e procurarei a extremidade mais setentrional do globo. Criarei minha própria pira funerária e farei cinzas dessa estrutura desventurada para que meus restos mortais não inspirem a imaginação a qualquer infeliz curioso e imoral, que criaria outro indivíduo como eu. Devo morrer. Assim, não sentirei mais a agonia que me consome, ou serei presa de sentimentos de insatisfação. Quem me deu a vida está morto, e quando eu não existir mais, a própria lembrança de nós dois desaparecerá sem demora. Não mais verei o sol ou as estrelas nem sentirei o vento resvalar minhas bochechas. Luz, sentimento e sentido se extinguirão, e nessa condição devo encontrar a felicidade. Anos atrás, quando as imagens que este mundo oferece se abriram a mim pela primeira vez, senti o calor do verão e ouvi o farfalhar das folhas e o barulho dos pássaros. Isso era tudo para mim. Eu deveria chorar pela morte, mas agora ela é meu único consolo. Poluído por crimes e dilacerado pelo mais amargo remorso, onde posso encontrar descanso, exceto nela?

"Adeus! Deixo você, o último de sua espécie humana a quem esses olhos verão. Adeus, Frankenstein! Se você ainda estivesse vivo e acalentasse um desejo de vingança contra mim, ele seria melhor saciado em minha vida do que na minha destruição. Porém, você buscou a minha extinção para que eu não causasse mais desastres; e se, ainda assim, de algum modo desconhecido para mim, você não deixou de pensar e sentir, não desejaria para mim sofrimento maior do que aquele que sinto. Por mais desgraçado que tenha sido, minha agonia ainda era superior à sua, pois a picada amarga do remorso não deixará de irritar minhas feridas até que a morte as feche para sempre."

"Mas logo!", ele exclamou com um triste e solene entusiasmo, "morrerei, e o que agora sinto não será mais sentido. Logo esses pesares ardentes estarão extintos. Acenderei minha pira funerária em triunfo e exultarei na agonia das chamas torturantes. A luz dessa conflagração desaparecerá e minhas cinzas serão varridas até o mar pelos ventos. Meu espírito, enfim, dormirá em paz. Adeus."

Ele saltou da janela da cabine e se dirigiu até a balsa de gelo que estava perto do navio. Logo foi levado pelas ondas, perdendo-se na escuridão e na distância.

FIM.

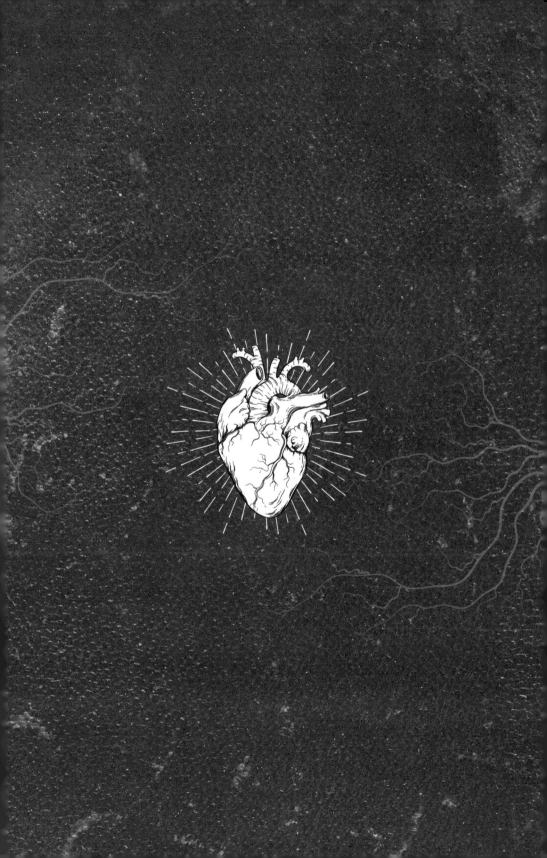

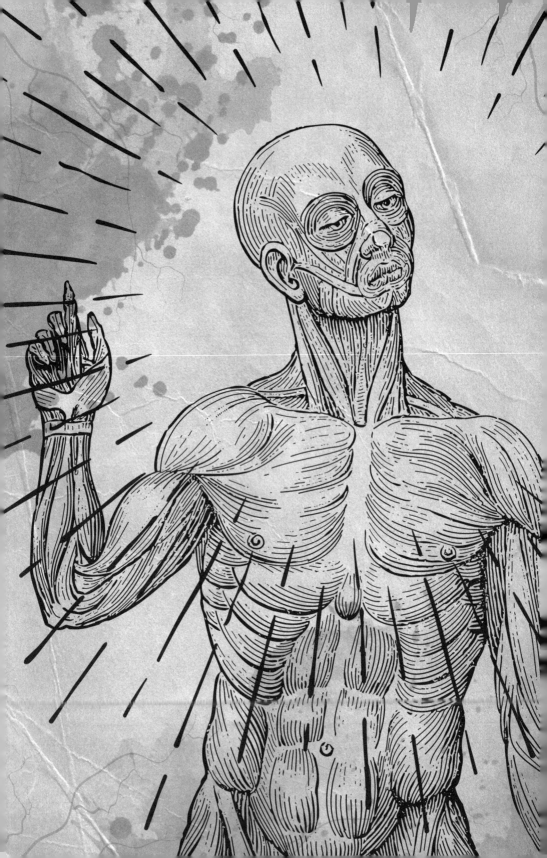

TIPOGRAFIA ADOBE GARAMOND PRO

IMPRESSÃO COAN